행복한 사람은 시계를 보지 않는다

은희경 소설

창비

행복한 사람은 시계를 보지 않는다

초판 1쇄 발행/1999년 4월 10일
초판 38쇄 발행/2023년 8월 2일

지은이/은희경
펴낸이/강일우
펴낸곳/(주)창비
등록/1986년 8월 5일 제85호
주소/10881 경기도 파주시 회동길 184
전화/031-955-3333
팩시밀리/영업 031-955-3399 · 편집 031-955-3400
홈페이지/www.changbi.com
전자우편/lit@changbi.com

서문

이 책은 나의 네번째 책이고, 두번째 창작집이다.

앞서 세 권의 책을 매번 겨울에 냈었다. 봄날에 책을 내는 기분, 나로서는 처음이다.

내가 썼던 소설들인데도 마치 아주 오래 전 입맞춤의 기억처럼 손가락으로 입술을 만져보고 나서야 희미하게 실감이 든다. 어쩐지 주변이 너무 밝고 환하다는 느낌이다. 누군가 와서 두 손으로 내 눈을 가려주었으면 좋겠다.

아니다. 오랫동안 그래왔던 것처럼 단지 봄을 타는 것뿐이다.

책을 낼 때마다 기분이 참 다르다. 첫번째는 어리둥절했고 두번째는 설렜고 세번째는 불안했다. 이번에는 내 일 같지 않고 약간 멍하다. 멍한 김에 소설을 좀 고쳤다. 남의 일처럼 덤덤하게 말이다.

내가 국문과 학생일 때 반드시 초판을 구해 텍스트로 삼는 친구가 있었다. 그는 개정판을 내는 작가를 텍스트에 개칠을 하는 조급증 환자라고 비난했다. 목소리 큰 사람이 이끄는 대로 이리저리 쏠려다니던 시절이기도 하고, 어쨌든 나도 그 친구에게 동의했다. 평생 단 한편의 작품만을 쓰겠다는 특이한 생각이라면 또 모른다. 인생은 변하고 변하는데 어제를 오늘식으로 고치면 내일에 다시 어제가 되풀이되는 현상에는 또 어떻게 적응할 것인가. 그럼에도 소설을 약간 고친 것은 그것을 쓸 때 내 마음속의 사무침과, 그리고 그 사무침을 강변하려는 고지식함에서 벗어나올 수 있었기 때문이라고 생각한다. 자랑삼아 고백하건대, 아무래도 나는 나날이 유연해지고 있는 것 같다.

잘할 수 있는 일과 좋아하는 일이 반드시 같지는 않다고 생각한다. 내가 소설을 쓰는 일에도 그 두 가지 사이의 길항작용이 있다. 이를테면 이런 것이다. 새벽에 국도를 달리다가 간이 휴게소에 들어가면, 희뿌연 안개 속에 트럭을 세워놓고 김이 풀풀 날리는 종이잔 커피를 마시는 운전기사들의 건강한 웃음소리를 들을 수 있다. 그러나 가까이 가보면 그들의 눈은 충혈되어 있고 뒤통수의 머리카락은 기름에 전 수세미처럼 엉켰으며 화제는 자기들을 혹사하는 회사에 대한 거친 욕설과 노골적 음담들이다. 이 창작집에는 그 두 가지가 다 들어 있다. 첫 창작집에서 내가 잘할 수 있는 일을 주로 했다고 한다면 이 창작집에서는 내가 좋아하는 짓을 조금 더 해보았다고 할 수 있다. 작품이 잘되었는지 아닌지는 접어두고 익숙한 방식을 거부했다는 점이 내 마음에 든다. 나는 날로 배짱도 세어지는

4

것 같다.

잡지에 소설을 발표할 때 짜증나는 절차는 '작가의 말'이라는 것이다. 할말은 작품 속에 다 했는데 무슨 말을 더 하라는 건가 내심 불만이었고, 그 불만을 표현하는 소극적 반항으로써 '작가의 말'을 요구하는 경우엔 제 날짜에 원고를 넘겨본 적이 없었다. 그러나 이제 와서 그 글들을 읽어보니 처음 쓸 때의 초심이 느껴진다.

「명백히 부도덕한 사랑」
부도덕한 사랑, 그런 게 있을까? 없을 것 같다. 명백히 부도덕한 사랑, 그건 있을지도 모른다. 모든 명백함이란 마치 지나치게 잘 짜인 거짓말처럼 의심스럽기 마련이다. 하지만 그것도 아니다. 부도덕함이 없는데 그것이 어떻게 명백할 수 있겠는가.

「멍」
친구들을 만났다. 직장을 잃은 친구는 전셋집이라도 줄여가려 하는데 세가 나가지 않아 그것마저 어렵다고 한숨이다. 또 한 친구는 복잡하고 어려운 사랑에 빠져 있다. 이혼을 하고 싶긴 하지만 여러 사람을 불행하게 만들 수는 없다고 괴로워한다. 두 사람은 서로 상대의 고통을 가볍게 보는 눈치이다. 심란한 마음으로 찻집에서 나왔다. 수업을 마친 초등학생들이 봄 햇살 속으로 재잘대며 쏟아져나온다. 저 아이들은 무슨 걱정이 있을까. 그 생각을 해놓고 순간 미안해진다. 저 아이들 나이였을 때의 나를 괴롭혔던 수많은 심각한 고민들을 벌써 잊었구나. 그러고 보니 나는 너무나 자주 잊어버리는 것 같다. 사람에게는 모두 제 나름의 멍이 있

다는 사실을. 그럼 그가 입고 있는 옷을 헤치고 그 속의 멍까지 본다면
타인을 알았다고 말할 수 있을까. 잘 모르겠다.

「행복한 사람은 시계를 보지 않는다」

이 말은 빠스떼르나끄가 했고 『문장백과 대사전』에 따르면 그 이전에
A.S. 그리보예도프가 했다. 언젠가 늦은 밤 우리는 서대문에서 아현까지
가로수의 수를 세기 위해 차를 몰고 거리로 나갔다. 그날은 비가 왔다.
검게 젖은 포도 위로 불빛들이 흘러다녔다. 일생 일대의 느린 운전. 다
세고 나자 그가 물었다. 몇시야? 내가 대답했다. 행복한 사람은 시계를
보지 않아.

「서정시대」

이 소설은 『문학동네』 젊은작가 특집의 자전소설 용도로 씌어진 것이
다. 소설 속에 '씌어진 나'가 웃음을 자아낸다면 자기 자신을 그렇게 그
릴 때의 '쓰는 나'는 그만큼 신랄했다는 뜻이다. 소설 속의 나는 웃기는
사람이지만 나를 웃기게 쓰는 소설가는 웃기는 사람이 아니라는 것. 그
것이 '농담을 좀 아는' 사람의 정체일 것이다. 소설가라는 자들의 정체
성 또한 거기에 있다. 그리고 바로 그것이 이 소설에서 가장 자전적인
면이다.

「지구 반대쪽」

사물을 한 방향에서만 보지 않으려는 것은 내가 삶에 대해 갖고 있는
긴장의 한 방식이다. 나는 같은 것과 다른 것, 옳고 그름, 안과 밖 따위의
고정관념들이 이분법적 가치판단에서 벗어나 시간과 공간을, 현실과 꿈

사이를 자유롭게 넘나드는 것을 상상했다. 그리고 그런 양쪽 극단이 한 사람의 의식 속에서 일치를 이루는 것을 꿈꾸었다. 소설을 끝마치면서 이런 생각을 해본다. 내 삶에서도 양쪽 끝을 만나게 하고 엄숙한 경계를 해체시켜야 하리라고, 반대쪽에 있는 것들과의 화간(和姦) 속에서 비로소 삶이 제대로 모호해지는 것이라고.

반대쪽에서 나를 바라보고만 있는 당신, 이 사랑의 고백을 듣고 내게로 한걸음 다가와줄는지.

「여름은 길지 않다」
읽기에 가장 지루하고 쓰기에는 가장 재미있었던 소설.

「인 마이 라이프」
지금의 삶이 내 것이 아닐지도 모른다는 생각을 이따금 한다. 돌이켜보면, 태어남이 그렇듯이 내 스스로 뭔가 선택해본 적이 한번도 없는 것 같다. 앞이 멀리까지 보이지 않는 상태에서 남들이 가는 방향으로 발을 내디뎠을 뿐. 그렇게 해서 내가 서 있게 된 시간과 장소, 나의 당연한 주소로 보이는 그 지점에 나는 또 몸을 부려놓고 안간힘을 쓰며 일상을 메워나가기 시작한다. 그것이 정말 나일까. 내가 아니라면, 왜 나는 여전히 그 사람으로 살고 있는 걸까.

소설을 왜 쓰냐는 질문에 이런 식으로 대답해왔다. ①내가 누군지 알고나 살아야겠다는 생각에 ②내 삶의 상투성에 넌더리가 나서 혹은 내가 하고 싶은 일을 하면서 살려고. 그 다음 말은 속으로만 중얼거렸다. ③신문광고를 보고 ④친구의 권유로.

③④번이 아니듯 ①②번 역시 정답은 아니었는지도 모른다. 가령 '어쩌다보니'라든가 '재미있어서'가 더욱 진실에 가깝지 않았을까. 사실 처음 소설을 쓰기 시작할 때는 내 인생이 새로운 국면을 맞은 것 같았고 신도 났었다. 외롭고 힘들 때, 괜찮아, 이걸 소설로 쓰면 그래도 그게 남는 거지 뭐,라고 중얼거리기까지 했다.

그런데 요즘 나는 다시 지겨워졌다.

나는 과연 자유로워졌는가, 이것이 내가 바라던 새로운 나인가 하는 질문이 나를 조급하게 만들고 있다. 그러나 부탁이니, 당신, 어떤 삶이든 결국은 자기를 틀에 가두는 과정이라는 말로 나를 건전하게 만들지는 말아주기 바란다.

가족에게 내 사랑을 공개적으로 표현할 수 있다는 것은 책을 낼 때의 한가지 즐거움이다. 이 책이 부모님과 동생들, 그리고 나의 가족들에게 기쁨과 보답이 되기를 기대해본다. 매운 눈으로 내 글을 보아준 편집자 김성은씨에게도 감사의 마음을 전한다. 그동안 내가 스쳐지났던 마을들, 바닷가, 굽은 길, 절터, 낮은 산들, 차가운 달과 시리우스, 소나무숲, 여름 스키장, 한밤의 묘원, 다질링 향, 동백나무 화분, 라이트 밀러, 내 눈물이 떨어졌던 모래밭—그 아름다운 동반에 대해서도.

1999년 3월 25일
은 희 경

차례

명백히 부도덕한 사랑

나하고 살면 인생이 바뀔 것 같아요?

그래. 왜요? 너는 내가 사랑하는 여자니까.

그럼 12년 전에는 사랑하지 않는 여자하고 결혼했던 거예요?

물론 그때는 사랑한다고 생각했으니까 결혼을 했겠지.

하지만 그건 진짜가 아니었어. 당신이 나하고 결혼한다고 해요,

그러면 12년 뒤에 똑같은 말을 하지 않을 것 같아요?

그때 어떤 기회가 오면 당신은 또 이번이 진짜 사랑이고

진짜 마지막이라고 생각하면서 나를 떠나겠죠.

지금 아내한테서 떠나려는 것처럼요.

명백히 부도덕한 사랑

그런 소설을 읽은 적이 있다. 아버지가 이혼을 선언하고 집을 나가다가 아들이 던진 깡통에 맞아 뇌진탕을 일으키는 이야기. 아버지는 이혼을 하지도, 어린 애인과 재혼하지도 못하고 병원에 혼수상태로 누워 있다. 아버지를 죽일 뻔한 아들과 20년 결혼생활을 배신당한 아내, 그리고 금지된 사랑에 빠진 아버지의 애인——그들도 모두 불행해졌다. 그 얘기를 전해들은 작가가 생각에 잠겨 집으로 돌아오는 것으로 소설은 끝이 난다. 그는 누구의 불행에 대한 소설을 썼을까.

나

3년 전 나는 스물아홉살이었다. 늘 새벽까지 깨어 있었고, 늦잠을 잤다.

서향 창으로 이른 시각부터 햇빛과 자동차 소리가 쏟아져들어왔으므로 평화로운 잠은 못 되었다. 이불을 머리까지 뒤집어쓰고 이리저리 뒤척이며 아침을 보내곤 했다. 무슨 일이 있어도 오늘은 커튼을 사다 달아야지. 그런 생각이 1년 가까이 계속되고 있었지만 그날 밤이 되어도 달라진 것은 없었다. 언제나처럼 혼자였고, 밤이니까 어두웠다.

내가 사는 낡은 오피스텔 주변에는 높은 건물들이 많았다. 거기에 작은 사무실이 빽빽이 들어차 있었고 지하에는 퇴근시각을 기다리는 룸까페와 생맥줏집이 있었다. 뒷골목에도 허름한 술집과 포장마차가 즐비했다. 8차선 대로변의 무궁화 네 개짜리 특급호텔은 부근에서 가장 번듯한 건물이었다. 그리고 특급호텔 앞에서 신호등만 건너면 똑같은 구색을 갖춘 또 하나의 건물군이 마련돼 있었다.

그 거리 역시 나처럼 밤이 깊도록 잠을 이루지 못했다. 쉴새없이 자동차가 와서 멈췄다가 출발했고 사람들이 만났다가 헤어졌다. 밤거리를 떠다니는 공허한 얽힘과 엇갈림들, 그리고 그것들이 사라진 뒤의 정적. 그 소리를 들으며 나는 어렴풋이 잠이 들었다. 눈을 떠보면 아침이었다.

내 냉장고 안에서는 열개들이로 포장된 모닝빵이 매일 두 개씩 줄어들었고 닷새 후면 어김없이 두 개는 푸른 곰팡이가 피어 버려졌다. 어머니가 담가 보내준 지 몇달이 지나 시어빠진 김치가 함께 버려지기도 했다. 3개월마다 돌아오는 갱년기 여성 클리닉의 정기진료일에 맞춰 서울에 올라오는 어머니는 그때마다 내 냉장고 안에서 시어질 김치를 '신선도 유지 만점'이라고 씌어진 김장봉투에 넣어 갖다주었다. 결혼식의 하객으로 올라온 날은 유독 많은 잔소리를 퍼붓고 돌아갔지만 아무 소용 없다는 것도 알고 있었다.

월말이 되면 나는 은행에 가서 공과금을 내고 적금을 붓고, 돌아오는 길에 생리대를 샀다. 나의 생리주기는 규칙적인 편이라서 거의 30일 간격을 유지했다. 생리가 끝나는 일로 나는 다시 새 달이 시작된 것을 알았다. 열쇠로 문을 따고 텅 빈 방에 발을 들여놓으면서 허전하다는 기분이 드는 때도 이따금 있었다. 잘 생각해보면 어머니와 통화한 지 일주일이 넘었다는 것 정도였다.

매일 아침 나는 뻐꾸기 시계가 여덟 번 울 때 일어나서 따뜻한 물로 샤워를 했다. 고장난 뻐꾸기는 언제나 이십분 늦게 울었다. 샤워를 마친 뒤 납작하고 검은 포트폴리오 속에 스케치북이나 책표지 시안 따위를 챙겨넣으면 출근준비가 다 끝났다. 내가 다니는 디자인 사무실은 특급호텔 건너편에 있는 16층 건물의 9층에 있었다. 나는 긴 파마머리를 핀으로 묶고 머리카락이 젖은 채로 일하러 갔다.

거리에 나서면 오가는 사람들 무리에 섞여들어 저절로 걸음이 빨라졌다. 몇분 만에 빌딩 두 개를 지나 특급호텔 앞까지 온 나는 신호등이 푸른색으로 바뀌자마자 떠밀리듯 횡단보도로 내려섰다. 그리고 어느 틈에 엘리베이터 앞에 섰다. 엘리베이터가 내려오기를 기다리면서 나는 잠시 잊고 있던 숨쉬기를 하곤 했다. 그러느라 그 건물 1층에 있는 은행의 유리문을 향해 멍하니 시선을 주고 서 있는 적이 많았다.

나는 나를 고용한 강선배와 다른 디자이너 둘과 함께 일했다. 단행본 표지디자인 몇건과 32페이지짜리 격월간 사보 레이아웃 두어 건이 고정된 일거리였다. 거기에 출판광고와 카탈로그, 리플릿 제작

14

까지 일이 많은 편이었다. 그렇게 해도 겨우 네 사람의 월급을 충당할 뿐이라는 데에 강선배의 고충과 탄식이 있었다. 자신의 작업실이자 집이기도 한 디자인 사무실을 유지해가는 동안 강선배는 내가 처음 알았던 때보다 훨씬 지치고 늙었다. 강선배 자신은 그것을 불운한 천재의 운명에 포함시켰다. 그는 이젤 앞에 서본 지가 너무나 오래되었다는 사실 때문에 불행해했다.

불문과를 졸업하던 해에 나는 아버지 회사에 부도가 나서 오랫동안 준비했던 유학을 포기했다. 디자인 속성학원을 다닐 무렵부터 불어라고는 상송조차 제대로 들어본 기억이 없다. 절망을 느낄 수 있기 때문에 거기에서 빠져나가려는 희망도 모색할 수 있는 강선배는 나와 달리 늘 활기가 있었다.

——『포도요법』이란 건강책이 들어왔는데 말야, 충무로에 가서 잘생긴 물방울이 앉아 있는 포도 사진 좀 구해봐. 『한국기업에 맞는 리스트럭처링』——이건 맥으로 작업할 거야. 시안이 두 개는 들어가야겠지? 하나는 지난번에 『경제혁명』 시안으로 썼던 거, 건물들이 쭉쭉 뻗어 있는 컷사진 말야. 거기에 제목만 바꿔서 만들어줘. 『남편, 적인가 동지인가』 있잖아, 그거 출력은 언제 되지? 필름 수정한 것하고 같이 찾아오고.

강선배의 작업지시를 메모하면서 나는 머리핀을 풀어놓곤 했다. 젖은 머리카락 속으로 손가락을 집어넣어 아직 남아 있는 물기를 털었다. 샴푸냄새가 풍겨나왔다. 메모를 할 때마다 나는 으레 다른 한 손으로 머리카락을 만졌다. 한 손으로 전화를 받으면서는 다른 한 손으로 이면지 위에다 높은음자리표나 새장 따위를 그리곤 했다.

그해 들어서 강선배의 야근이 부쩍 많아졌다. 나는 사무실 문밖에

신문지로 덮어놓은 빈 음식그릇을 발견하고, 또 밤샘했어요?라고
아침인사를 하곤 했다. 강선배의 뾰족한 턱에는 언제나 까칠까칠한
수염이 돋아나 있었다. 새로운 입버릇도 하나 생겨났다. 두 손으로
감싸쥔 커피잔을 무릎 위에 놓고 물끄러미 내려다보다가 문득 혼잣
말처럼 중얼거리곤 했다. 이러다가 인도에는 언제 가나…… 그러더
니 그해 4월 정말 캘커타로 떠났다.

두 달 예정이었지만 장담은 할 수 없다고 했다. 강선배가 떠나면
일을 따올 사람이 없어지는 셈이다. 수염 깎을 시간도 없이 일하는
데 월급 주는 일마저 쉽지 않다고 불평할 사람도 물론 없다. 사무실
은 나머지 사람들끼리 꾸려가야 했다. 내 수입도 훨씬 줄어들 것이
다. 그러나 적금을 깨면 서너 달은 살 수 있다. 그 다음은 그때 가서
생각하면 된다. 아버지 사업은 다시 부도나기 전과 다름없어졌지만
나는 도움을 받지 않는 대신 참견도 받지 않는 편을 택했다.

떠나기 전 강선배는 '인도를 생각하는 모임'이라는 데에 나를 데
려갔다. 공식 모임이 끝난 뒤의 술자리에서 나는 몇사람과 인사를
나누었다. 시인이기도 하다는 고등학교 교사와 부천에서 개업한 성
형외과 전문의, 그리고 나처럼 그날 처음 나왔다는 진초록 폴로셔츠
를 입고 던힐을 피우는 나직한 목소리의 은행 차장. 은행 차장은 나
를 본 적이 있다고 말했다. 납작한 검은 가방을 들고 엘리베이터를
탔었죠. 그거야, 그 가방은 지금도 갖고 있고 엘리베이터는 어느 건
물에든 있으니까요. 그가 조금 웃었다. 내가 거짓말하는 것 같아요?
나는 그의 손가락이 가늘다고 생각하면서 그가 재떨이에 비비고 있
는 담배가 다 꺼지기를 기다렸다. 그러나 그는 더이상은 아무 말도
하지 않았다.

술집에서 나오니 밤이 꽤 깊어 있었다. 맨 먼저 밖으로 나온 나는 골목 안에 스민 봄밤의 꽃향기와 취기를 맡았다. 내 뒤를 따라나온 사람은 그였다. 등뒤로 천천히 다가오는가 싶더니 갑자기 내 머리카락에 손끝을 갖다댔다. 머리카락이…… 그러나 내가 돌아보기도 전에 계산을 마친 일행들이 와자하게 몰려나왔다.

취한 강선배가 두리번거리는 품이 나를 찾는 듯했다. 비틀거리는 걸음으로 다가오더니 내 옆에 서 있는 그를 보았다. 강선배는 그의 어깨를 치며 과장된 친근감을 표시했다. 한차장이라고 했어요? 나도 그 은행하고 인연이 좀 있는 사람이에요. 왜 창구에 비치되어 있는 복지적금 리플릿 있죠? 황금알 세 개가 나무에 매달려 있는 거, 그거 내 손으로 만들었어요. 지금, 본점에 있다면서요? 네, 외환관리부에 있습니다. 그의 대답은 담담했다. 참, 초면인데 명함도 안 갔던가요,라며 강선배가 주머니를 뒤지기 시작했다. 강선배는 며칠 후면 그 명함의 주소에서 떠난다. 자기가 존재하지 않을 주소를 알려주려고 하고 있다. 캘커타에서는 언제 돌아오실 건가요. 그가 묻자 강선배는, 글쎄요, 제발 안 돌아왔으면 좋겠는데, 아 여기 있네요, 사무실이 마포예요, 하면서 명함을 건네주었다.

내 친구 중에는 세상의 인연이 다 번뇌라며 강원도 어느 절로 들어가다가, 시외버스 안에서 군인 옆자리에 앉게 되어 두 달 만에 결혼한 애가 있다. 인연을 끊겠다는 사람일수록 마음 깊이에는 사람에 대한 그리움이 강하다. 벗어나려고 하면서도 집착의 대상을 찾는 것이 인간이 견뎌야 할 고독의 본질인지도 모른다.

버스가 끊긴 시각이라 나는 택시를 탔다. 그가 택시를 잡아주었다. 그것이 전혀 어색하지 않았으므로 달리는 차 안에서 밤거리를 내다보며 나는 잠깐 그에 대해 생각했다.

그의 여자

그는 얼마 전까지 마포에 있는 지점에서 근무했다. 거기 있을 때 우연히 어떤 여자에게 눈길을 준 적이 있다. 여자는 납작하고 검은 가방을 두 손으로 모아 쥐고 엘리베이터 앞에 서서 은행 안을 멍청히 들여다보곤 했다. 어느날 그는 집에 두고 온 서류가 있어서 아내에게 갖고 나오도록 했다. 아내가 기다리고 있는 지하 찻집으로 가다가 엘리베이터를 향해 걸어오고 있는 그녀를 보았다. 그는 그녀를 따라서 위층으로 올라가는 엘리베이터에 올라탔다. 엘리베이터 안에는 그녀와 그 둘뿐이었다. 그녀가 긴 파마머리를 묶고 있던 머리핀을 뺐다. 머리카락이 흐트러지면서 샴푸냄새가 났다. 그는 그녀가 내리자마자 지하로 내려가는 단추를 눌렀다. 그녀가 내린 층수는 잊었지만 샴푸냄새는 오래 기억에 남았다.

그가 그 이야기를 한 것은 가을이 다 되어서였다. 내가 중절수술을 한 날이었다.

왜 그 얘기를 이제야 해요? 그는 묵묵히 내 앞에 놓인 도가니탕 그릇에 소금을 넣어주었다. 젓가락으로 파를 듬뿍 집어들어 내 그릇 속으로 옮기면서, 파는 몸에 좋은 거야, 많이 먹어, 했다. 자기가 말하고 싶을 때에만 말한다는 것을 알고 있었으므로 나는 더 묻지 않았다. 도가니탕은 조금 짰다. 간은 그의 식성에 맞춰져 있었다. 남을 위해준다는 것이 간혹 그렇게 자기 방식을 강요하게 되어버리는 때도 있다. 그러나 나는 동기를 우선해서 받아들였다. 사랑의 첫단계에서는 자기보다 상대를 우선하려는 긴장이 이기심을 유보해준다. 들어가서 쉬어야 한다고 생각하면서 늦게까지 그의 곁에 있었던 것도 같은 이유에서였다.

우리는 특급호텔 바의 커다란 유리문을 통해 밤거리를 내다보았다. 횡단보도의 신호등 불빛이 바뀔 때마다 8차선 차로 한가운데에서 사람의 무리가 교차되었다. 그렇게 해서 밤거리는 피돌기가 이루어지듯 순환되고 있었다. 그는 위스키를 반병 가까이 마셨다. 할로겐 조명이 머리 위로 쏟아져서 그의 흰 머리카락 몇올이 은빛 비늘처럼 반짝였다. 주름살의 음영이 깊었다. 무슨 생각을 하는 걸까. 어떤 결정을 앞두고 마음은 정해졌으되 그것이 정말 최선이기를 마지막 순간까지 스스로에게 다짐하는 표정이었다. 그리고 지쳐 보였다.

나는 한쪽 손으로 턱을 괴고 한쪽 손으로는 오래 전에 얼음이 다 녹아 미지근하고 싱거워진 레모네이드를 노란색 빨대로 천천히 젓고 있었다. 오늘 특별히 힘들어해야 할 필요가 있는가. 물론 나는 부주의했다. 몸과 마음이 상했고 도덕적인 회오를 감당해야만 한다. 그러나 도덕에 대한 자의식으로 고통받아야 한다면 그것은 중절수술이 아니라 사랑 때문이다. 부도덕은 그를 사랑하기 시작했을 때 이미 함께 시작된 일이었다. 내게 고통스러운 것은 오늘 했던 수술이 아니라 내일도 지속될 사랑이며, 만약 고통에서 벗어나기를 원한다면 술잔을 앞에 놓고 호들갑의 여분인 감상을 즐길 것이 아니라 자리를 박차고 떠나버려야 한다, 영원히.

거리에 갑자기 사람이 불어났다. 술집들이 문을 닫는 시각이었다. 나가야죠? 내가 입을 열자 그는 손가락 사이에서 타고 있던 던힐을 재떨이에 비벼껐다. 그러나 일어나는 대신 내 얼굴을 빤히 쳐다보았다.

　그의 아내는 술집이란 모두 열두시면 문을 닫는 거라고 굳세게 우긴다고 했다. 한시가 넘어서 들어오면 외박으로 치고 중징계했다. 나와 헤어지고 나면 그는 먼저 꺼놓았던 호출기와 휴대전화의 전원을 살렸다. 시동을 거는 그의 손안에는 언제나 다급함과 그것을 감추려는 땀이 들어 있었을 것이다. 나는 그가 불안함을 감추고 내 곁에 오래 머물기를 바라지 않았다. 그가 서둘러 떠나고 난 뒤에야 오히려 일과를 마친 듯한 피로와 편안함을 함께 느꼈다. 그가 괜찮은 결혼생활을 가질 수 있다면 그를 위해 좋은 일이었다. 그를 사랑하는 일이 그의 아내의 몫을 뺏는 것이라고 생각했다면 더 많이 차지하려고 그녀를 질투했을까. 그러나 그와 나의 관계는 결혼이나 취직, 진급처럼 누구나 갖추기 마련인 공개적인 신상과는 상관없었다. 나는 그것들을 점유해들어가는 존재가 아니었다.

　디자인 학원에 다닐 때 친목 체육대회에 간 적이 있다. 다음날 나는 온몸에 통증을 느꼈다. 평소에 안 쓰던 근육을 썼기 때문이라고 했다. 운동을 하지 않았다면 있는지조차 몰랐을 근육이 통증을 주고 있었다. 그와 나도 마찬가지였다. 오랜만에 운동을 한 사람들이 다 그렇듯이 사용하지 않던 근육에 통증을 느끼고 있을 뿐이었다. 그렇게 생각하는 편이 좋았다.

　그의 차는 내가 사는 오피스텔의 지하 주차장에 세워져 있었다. 우리는 특급호텔을 나와 오피스텔 쪽으로 천천히 걸어갔다. 걸음 사이로 아랫도리에서 뭔가 물컹 빠져나갔다. 간호사가 말했었다. 이제 오늘 날짜를 첫 생리일로 잡으시면 돼요. 열다섯살의 초경 이후 언제나 월말이었던 생리일이 이제부터는 중순이 됐다는 뜻이었다. 내 몸은 태생의 규칙을 버리고 그와의 관계에서 파생한 새로운 규칙에 맞춰졌다. 여자의 몸은 과거를 쉽게 잊지 못하도록 되어 있다.

그 얘기를 왜 이제야 하냐고? 오피스텔의 엘리베이터가 내려오기를 기다리며 그가 내 쪽으로 몸을 돌렸다. 너를 보자마자 샴푸냄새가 나던 그 여자라는 걸 첫눈에 알아봤어. 난 널 단순히 한 여자로만 사랑한 게 아냐. 넌 특별한 존재야. 그는 깊은 숨을 내쉬었다. 내가 언제까지 회피할 수 있을까……

땅, 하는 소리와 함께 엘리베이터 문이 열렸다. 그가 먼저 한 발을 내디뎠다. 타자. 나는 가만히 서서 움직이지 않았다. 그는 내 방에 올라간 적이 없었다. 엘리베이터 앞에서 나를 배웅한 뒤 주차장으로 가기 위해 계단을 내려갔었다. 타라니까. 그가 엘리베이터 안에서 한 손으로 열림단추를 누른 채 내 팔을 붙잡아끌었다. 네 방에서 자고 가야겠다. 그리고 거절의 문구를 생각해내기도 전에 덧붙였다. 청혼하는 거야.

현관문을 열자 어둠속에서 혼자 울고 있던 뻐꾸기가 목청을 높였다. 뻐꾸기는 울음소리를 들어줄 사람을 찾아낸 어린애처럼 두어 번 더 훌쩍댄 다음 문을 닫고 들어갔다. 지금 열두시가 된 건가? 하는 그에게, 고장이라 이십분 늦게 울어요, 내가 설명했다. 그의 손이 내 스웨터 속으로 들어왔다. 오전까지도 아프게 뭉치던 젖가슴은 말짱히 나아 있었다. 오늘은 안돼요. 알고 있어. 그냥 네 옆에서 잠들고 싶었어. 어둠속이라서 그는 속삭이듯 말했다. 내 인생을 바꿔줄 거지?

몹시 피곤했으므로 나는 깊은 잠을 잤다. 새벽에 깨어서는 당황했다. 그가 옆에 잠들어 있는 것이 뜻밖에도 자연스러웠다. 내게는 뻔뻔스러운 구석이 있는 모양이었다. 그의 뺨에는 베개에 눌린 자국이 붉게 나 있었으며 벌어진 입술 사이로 숨소리와 입냄새가 새어나왔다. 이불을 고쳐 덮어주려다 문득 팔을 멈췄다. 내 마음속에 가족적 정서가 있다는 확인이 나를 혼란스럽게 만들었다.

그가 깨지 않도록 조심해서 일어난 다음 냉장고를 열었다. 희뿌연 냉기가 텅 빈 위아래 칸을 하릴없이 떠돌고 있었다. 집에서라면 그는 뭘 먹고 출근할까. 안쪽 깊숙이 처박힌 채 잊혀진 김치통에서는 뚜껑을 열자마자 강렬한 산(酸)냄새가 코를 찔렀다. 냉장고에 들어 있어야 마땅한 것들의 목록이 머리를 스쳐갔다. 어머니의 냉장고에 들어 있던 것들. 냉장고를 채워야겠다는 것은 물론이고 비어 있다는 것조차 그날 처음 깨달은 사실이었다.

그와의 결혼을 원한 적은 한번도 없었다.

그러나 어쩌면 불가능하다고 생각했을 때까지만인지도 모른다.

아침에 그는 내 입술에 입맞추고 현관을 나갔다. 밤새 수염이 자라 약간 수척해 보였다. 다른 사람 눈에는 지저분하거나 무절제하게 보일지도 모른다. 이를테면 아침 일찍 출근해서 깨끗이 다림질한 유니폼을 입고 경쾌한 리듬으로 관엽식물에 분무기를 뿜어대는 같은 은행 여직원의 눈으로 보면 말이다. 물론 그 여직원에게는 열살 위의 유부남 애인 따위는 없을 것이다.

오후에 사무실에서 그의 전화를 받았다. 그는 하루쯤 쉬지 않고 출근을 했다며 나를 나무랐다. 네 고집이 센 줄은 알지만 이제부터는 나도 잔소리 좀 해야겠어. 내 책상 위의 이면지에는 '고집, 잔소리'라는 낙서가 생겨났다. 그런 때 여자는 사골 같은 거 고아먹고 푹 쉬어야 하는 거야. 이면지 위에는 '그런 때'라는 글씨가 새로 나타났다. 그 옆에 '여자에 관한 경험의 축적'이란 글씨가 보태지면서 여러 겹의 동그라미가 둘러쳐졌다.

내게는 처음이지만 그에게 처음이 아닌 일은 종종 있었다. 맨 처음 침대에 누웠을 때 내 등뒤로 손을 돌려 익숙하게 브래지어의 고리를 풀었다. 함께 욕실에 들어갔을 때는 소리가 울리지 않도록 물을 조금 틀어놓았다. 그것을 탓할 수는 없다. 스물아홉인 내가 그에게 서른살이 되었을 때의 느낌, 서른한살이 되었을 때의 느낌, 서른두살이 되었을 때의 느낌, 그 느낌을 혼자만 겪었다고 비난하는 것과 같다. 그는 내가 그를 알기 전부터 이 세상을 살아왔다. 그 세상 속에 아내라는 존재도 포함되어 있는 것뿐이다.

식당에서 맛있는 음식을 먹고 '이 음식은 내가 좋아하는 것이니 나말고 다른 사람이 먹으면 안된다'라고 우길 사람은 없다. 오히려 소문을 내고 여러 사람과 더불어 즐기고 싶어한다. 아름다운 경치도 마찬가지이다. 경치를 독점하기 위해 높이 담장을 쌓아놓는 사람은 동화 속의 거인을 빼고는 아무도 없다. 사랑은 그렇지 않다. 언제까지나 지속된다고 확신할 수 없기 때문에 배타적이 된다. 독점욕이 생기고, 그 독점욕이 구속을 낳는다. 그 때문에 사랑 자체가 파괴된다 할지라도 그 덫을 피할 수는 없다. 나도 예외는 아니었다. 그와 결혼할 수도 있다고 생각하면서부터 나는 확실히 달라졌다.

통화하고 나니 커피가 싸늘하게 식어 있었다. 왼손의 전화기와 오른손의 스케치 연필을 내려놓고 나는 새 커피를 타기 위해 의자에서 몸을 일으켰다. 문득 이면지 귀퉁이에 있는 낯선 글씨가 눈에 들어왔다. Vouloir, c'est pouvoir. 통화중 어느 대목에서 썼는지 기억에 없지만 분명 내 글씨였다. 언젠가 은행에서 순서를 기다리다가 벽에 붙은 현상수배범 공고를 본 적이 있다. 이마가 좁고 미남형. 수시로 안경 착용하며 변장에 능함. 평상시는 서울말씨를 쓰다가 위급시 전라도 말씨를 씀. 커피 여과지를 꺼내며 나는 쓰게 웃었다. 무엇에 위험을 느꼈으며 뭘 감추고 싶어서 낯선 언어를 빌렸던 것일까. '원한다는 것은 가능하다는 것이다'라고?

그날 밤 그가 다시 내 오피스텔로 왔다.

나는 아무 말 없이 문을 열어주었다.

인생을 바꾸고 싶다는 말은 그가 자주 하는 말이었다. 어딘가 다른 곳에 진짜 자기의 생이 있을 것만 같다고 말했다. 어느 장소에서 어떤 시간을 보내든 그곳에 완전히 있지 않고 얼마쯤은 그만의 다른 생으로 가 있는 느낌이라고도 했다. 너를 처음 만났을 때, 그 무렵이 제일 심각했던 것 같아. 출근하면 지겹고 집에서도 뭔가 허전하고, 인생이 이게 아닌데 싶고……

그는 소래포구나 오대산 전나무숲으로 혼자 사진을 찍으러 다녀보았다. 그동안 자기 자신을 위한 투자에 인색했다는 반성이 그로 하여금 렌즈를 장만하는 데 다소 과감한 지출을 하게 했다. 그러나 얼마 안 가 시들해졌다. 입사동기 하나가 명예퇴직을 하고 지하철역 근처에 커피전문점을 차렸을 때 그는 오랜만에 적극적인 관심을 보였다. 그러나 커피전문점이 언젠가는 동기의 명의가 될 부친의 건물에 자리잡고 있음을 알자 다시 시들해졌다. 그의 아내는 그에게 '사십대 공포 증후군'이라는 진단을 내렸다. 수요부부볼링대회 같은 데 함께 가보자는 자상한 아이디어를 내놓았다. 그가 '인도를 생각하는 모임'에 가보겠다고 하자 '좋은 아버지가 되려는 사람의 모임'도 있다고 알려주기도 했다. 그러나 일요일이면 전원주택을 보러 간다며 양평과 문산 등지로 혼자 차를 몰고 나가는 그의 등뒤에서 시골생활은 질색이라고 미리 못을 박았다. 그는 아내가 그의 인생에 선택적으로 동반하고 있다는 데에 쓸쓸함을 느꼈다.

그의 아내가 유치원 다니는 아들을 자연학습 캠프에 데려다주러 간 날이었다. 오랜만에 자동차 없이 나온 그는 회사 근처에서 술을 마시고 늦은 시각 지하철을 탔다. 그의 앞에 서 있는 두 여대생은 PC통신에서 번개로 만난 상대에 대해 떠들어댔다. 세이가 들어온 거야. 서울 사시면 저랑 드라이브할래요,라고. 어머, 캡이다. 그래서? 저도 차 있어요,라고 뻥을 깠지. 그랬더니 졸나 잽싸게 방을 만들어 갖고 초대를 하더라. 비밀번호가 뭔지 아니? 에스 이 엑스야. 들어갔어? 아니, 계속 세이를 보내더라. 잼있는 거 싫어요? 글쿠나, 함하면 존데, 이런 식이야. 글쎄 근데 만나보니 중딩인 거 있지. 바로 기절 들어갔다는 거 아니니.

그는 귀가 따가웠다. 누군가 대신 눈치를 줄 사람이 없을까 슬쩍 옆자리를 두리번거렸다. 회사원인 듯한 오른쪽의 남자는 허리를 꼿꼿이 편 채 『상사의 마음을 사로잡는 법 99가지』라는 책에 눈을 박고 있었다. 왼쪽에 거의 겹쳐질 듯이 앉은 젊은 남녀는 서로에게 너무 몰두해서 다른 사람에게 관심 둘 틈이 없었다. 그러고 보니 자정이 가까운 시각의 전동차 안에서 자신이 가장 나이 들어 보였다.

신도시에 있는 그의 집은 종점에서 한 정거장 전이었으므로 그는 그 무거운 감정을 조금 오래 느껴야만 했다. 개찰구에 표를 집어넣고 나오다가 그는 맞은편의 오른쪽 벽에서 한 남자가 자기를 향해 걸어오는 것을 보았다. 남자는 늙고 피곤해 보였다. 그는 계속 걸으면서 남자를 바라보았다. 거울 속의 남자 역시 계속해서 그를 마주보았다. 남자의 눈빛이 허탈했다. 이윽고 남자를 지나쳐가며 그는 마지막 일별을 그 남자의 살아온 시간들과 살아갈 시간의 경계점이기도 한 사십이라는 나이에 던졌다.

오늘도 집에 안 들어갈 거예요? 상관없어. 그는 내 옆에서 잠들었다.

새벽에 전화벨이 울렸다. 얼른 전화기를 끌어당겼다. 속삭이듯, 그러나 방해자에 대한 노골적 비난이 담긴 퉁명스러운 목소리로 여보세요,라고 말했다. 전화기 저편에서 나 못지않게 억눌린 목소리가 흘러나왔다. 나다. 엄마, 이렇게 일찍 웬——내 말이 끝나기도 전에 어머니는 울기 시작했다.

어머니의 딸

어머니의 울음이 가라앉기를 잠자코 기다리는 동안 내 머릿속을 스쳐간 불길한 상상은 건강에 관한 것, 재산적인 손실, 나쁜 꿈, 친지의 죽음 따위였다.

아버지가 집을 나가겠단다,라는 말을 듣고도 내 짐작은 내키지 않는 이사 정도에 머물렀다. 그러나 아버지가 원하는 것은 이사가 아니라 이혼이었다. 죽기 전에 한번이라도 자기 마음대로, 홀가분하게 살아보겠다고…… 말은 그렇게 하더라만. 어머니는 깊은 숨을 내쉬었다.

더이상 어머니의 가족애적인 독선과 잔소리의 습관을 심상하게 받아넘길 수 없게 되었다는 것일까. 아버지의 이혼선언은 부부싸움을 제 쪽에 유리하도록 마무리지으려는 의례적인 분풀이가 아니었다. 그것을 강조하기 위해 아버지는 간밤에 집에 들어오지 않았다. 한잠도 이루지 못한 어머니는 창문에 하얀 새벽빛이 비쳐드는 것을 보았다. 아버지의 의도는 충분한 성공을 거두었다. 일의 심각함을 몸서리치게 실감한 어머니는 격렬한 증오에 사로잡혔다. 그년이 누군지 내가 모를 줄 알고! 하고 외칠 때, 지금까지 절망의 무게로 눌려 있던 어머니의 낮은 목소리는 갑자기 탄력을 회복하며 앙칼지게 떨려나왔다. 어머니의 한탄은 길게 계속되었다.

나는 줄곧 한 손으로 이마를 짚고 있었다.

십분도 더 지났다고 여겨질 무렵 전화기를 왼손으로 옮겨쥐었다. 그러고는, 이따가 다시 전화할게요,라고 한 다음 대답을 기다리지 않고 가만히 그것을 내려놓았다. 그러나 선뜻 손이 떨어지지 않아 나는 전화기를 짚고 그대로 서 있었다. 숙인 얼굴로 긴 머리카락이 쏟아져내렸다. 머리카락을 천천히 쓸어올리다가 그제서야 그가 등 뒤에 있다는 걸 알아차렸다. 그는 어깨를 안으며 내 머리카락 속에 얼굴을 파묻었다. 무슨 전화야?

벌써 햇빛이 들어오고 있었다. 나는 서향 창을 물끄러미 쳐다보았다. 그의 입김이 목덜미에서 귓불 쪽으로 가까이 다가왔다. 언젠가 맡아본 적이 있는 담뱃진 냄새가 났다. 어린 시절 아침이면 아버지한테서 이런 냄새가 났었다.

그날 밤에 어머니에게 전화를 걸었다. 아버지는 아직 돌아오지 않았다.

길 가는 사람 다 막고 물어봐라. 젊은년이 환갑 늙은이를 뭐 좋다고 따라다니겠어. 돈푼이나 있는 줄 알고 사람 홀리는 거지. 미친년,

첩년 신세가 뭐 그리 좋다고. 어머니의 말투에는 정실로서의 자존심, 그리고 자신감이 들어 있었다.

'첩년'이라는 말은 잘 만들어진 말이었다. 부정하고 간교하고, 그러고도 초라한 존재를 조롱하기에 무척 적절했다. 나는 차갑게 대꾸했다. 그거야 엄마 생각이죠. 그쪽도 중학교 선생이고 마흔이 넘었다는데 이게 무슨 돈문제겠어요. 그러니까 미친년이지. 남편 죽은 지 몇년 됐다는데 그전부터도 벌써 학교 안에서 소문이 안 좋게 났다더라. 내가 이게 늦발에 무슨 우세냐. 딸 같은 년하고 머리끄덩이 틀어잡게 생겼으니. 그런다고 뭐 해결이 되겠어요. 그럼 가만히 앉아서 구경만 하란 말이냐? 당장 학교로 찾아가서 낯박살을 내도 분이 풀릴까 말까 한데. 엄마가 그러면 아버지는 절대 안 돌아와요.

침대 모서리에 앉아 전화를 하던 나는 무심코 베개 위에 떨어져 있는 머리카락을 집어냈다. 짧고, 그리고 흰 머리카락이었다.

뭐? 너, 지금 이게 남의 일이냐? 자식이 돼갖고 당장 뛰어내려와도 시원찮을 판에 기껏 한다는 말이. 야, 어떤 집은 딸이 나서서 다 해결도 해주고 그랬다더라. 여자도 불러내서 만나보고 말야.

고속버스를 타고 있는 나를 상상해본다. 버스에서 내려 약속장소인 커피숍으로 간다. 긴 머리를 하나로 단단히 묶고 입을 꾹 다문 품이 꽤나 기세등등하다. 그녀는 먼저 와서 기다리고 있다. 나는 의자에 엉덩이를 내려놓으면서부터 벌써 그녀를 노려보기 시작한다. 왜 유부남을 좋아하는 거죠? 턱이 저절로 치켜올라간다. 가족이 고통받으리라는 생각은 안하나요? 묵묵히 듣고 있던 그녀가 벌떡 일어난다. 사람을 잘못 보셨어요. 전 당신 아버지의 여자가 아녜요. 뭐라구요? 그럼 누구예요? 당신도 아는 남자의 아내죠. 희뿌옇게 처리된

화면 속에서 당황하는 내 얼굴이 클로즈업 된다. 갑자기 머리핀이 스르르 풀어지면서 길고 풍성한 파마머리가 뜯기기 좋게 헤쳐진다……

하긴 만나보나마나 뻔하지. 봐도 알고 안 봐도 안다고, 애들 가르치는 선생이란 년이 그런 더러운 짓을 하고 돌아다니는 걸 보면 얼마나 뻔뻔하고 막돼먹은 년이겠어. 나는 입술을 꼭 물었다. 엄마한테도 문제가 있으니까 이런 일이 생긴 거죠. 뭐라고? 너 지금 뭐라고 그랬냐? 무슨 문제? 문제 좋아한다. 바람 피우는 남자들이 핑계 없는 거 봤냐? 아, 처녀가 애를 배고도 할말이 없는 줄 아냐고? 내 시선은 탁자 위에 올려진 약봉지로 돌려졌다. 그 약봉지는 작은 십자 기호 옆에 푸른 글씨로 '김영옥 산부인과'라고 선명하게 찍힌 쪽이 위로 향해 있었다. 나는 발끝으로 탁자다리를 힘껏 밀었다. 지익, 하고 바닥의 리놀륨이 긁히는 소리가 났고 탁자 위에 놓여 있던 스탠드 등갓이 덜컥거렸다. 내 손에 쥐어져 있던 볼펜 밑에서 종이가 직직 찢어졌다.

흥, 누구 맘대로 이혼을 해? 꽁하고 고지식한 인간이 하긴 뭘 한다고. 내가 그 인간 속에 백번도 더 들어갔다 나왔는데 그 속을 모를까. 자신있는 말투와 달리 어머니의 목소리는 떨려 나왔다. 그러고는 다음 순간 갑자기 왁살스럽게 높아지며 저주를 퍼붓기 시작했다. 그 대상은 아버지가 아니었다. 나쁜 년! 남의 눈에서 눈물나게 하면 제 눈에서는 피눈물이 쏟아지는 법이야! 남의 가슴에 못 박으면 응? 제년 창자에는 말뚝이 박힌다는 걸 알아야지! 내, 이년 망하는 꼴을 두 눈으로 보기 전에는 무덤에도 못 들어간다. 지옥까지 쫓아갈 거야, 나쁜 년!

수화기 저편에서는 잠시 가쁜 숨소리만 들려왔다.

내가 흘려보내는 침묵도 그에 만만찮게 격앙되어 있었다.

한 손으로 거칠게 전화선을 꼬아서 힘껏 틀어쥔 내 어깨는 심하게 들썩거렸다. 어머니와 내가 침묵 속에 다스리고 있는 전의는 명백히 상반된 것이었다.

한참 만에 어머니가 먼저 입을 열었다. 그만 끊자. 밥 한술 떠야겠다. 혓바닥이 다 일어나서 물 한모금도 안 넘어가. 이러다가 죽어 자빠지면 나만 손해지. 전화기를 내려놓으려는데 어머니 목소리가 다시 흘러나왔다. 넌 오늘도 빵 먹냐? 그 종자들 내림이 어디 가겠어. 입은 짧으면서 몸은 게으르고. 밖에서 돌아다니면 누가 그 까탈을 맞춰주고나 있는지 원.

갑자기 무릎 위로 눈물이 뚝 떨어졌으므로 나는 제풀에 깜짝 놀랐다.

아버지의 딸

나는 아버지를 닮았다.

그것 없이는 삶이 엄청나게 불편하리라는 사실을 알면서도 어머니의 잔소리를 지겨워했다. 잔소리란 듣는 사람 자신도 너무나 잘 알고 있는 옳은 말이 반복된다는 점에서 사람을 짜증나게 한다.

왜 숙제를 꼭 밤에 하냐. 학교에서 오자마자 해놓으면 놀 때도 마음 편히 놀고 좀 좋아? 늘 전깃불 아래에서 꼼지락거리니까 일찍부터 안경을 썼지. 근데 너 왜 동그라미를 칼로 오리고 있어? 가위를 써야지. 부지깽이로 연탄 집는 것 봤냐? 도구를 제대로 찾아써야 시간을 절약하는 법인데 너는 봉지 뜯을 때도 보면 칼 가위 다 놔두고 꼭 입으로 물어뜯더라. 아이고, 책상 속이 이렇게 범벅이니까 가위 하나 찾기도 힘들지. 집하고 여자는 갖추기 나름인데 여자가 이렇게 촉촉찮아서 어느 집에 들이밀까 정말 한걱정이다.

집에 들어왔으면 옷부터 좀 갈아입어요. 옷도 다 사람 같아서 정을 줘야 은혜를 갚지 주인이 그렇게 고랑죽을 만들면 아무리 손질해도 뽄이 안 나요. 저것 봐요, 안경을 또 방바닥에 벗어놓네. 잠깐이라고 주의 안하면 일은 꼭 그런 때 나는 거예요. 지난번에도 옷 갈아입다가 당신 발로 밟은 거 기억 안 나요? 저고리 이리 주세요. 아이고, 호주머니 속에 동전이 이렇게 많으니까 옷이 무겁지. 무조건 종이돈 주고 나서 거스름돈 받으면 세어보지도 않고 쑤셔넣는 습관, 그것도 다 성격하고 관계가 있어요. 귀찮다고 당장 편한 것만 취하는 것처럼 미련한 게 어딨어요. 길게 보면 그런 게 다 손해라구요. 사람이 두루두루 생각해야지 어떻게 코앞에 닥친 것밖에 못 봐요. 아, 왜 방으로 들어가요? 아이들 뭐하나 좀 거두기도 하고 마당에 풀 자란 것도 살펴보고 그래야지, 폐병환자도 아니고 혼자 방안에 틀어박혀 있으면 아이들이 뭘 보고 아버지 본을 받겠어요. 그나저나 이 방에서는 담배연기 빠질 날이 없어. 저 저, 방바닥으로 재 떨어지겠네. 재떨이를 앞에 챙겨놓은 다음에 담뱃불을 붙이라고 그렇게 신신당부를 했건만. 그리고 그 땅 말예요, 등기 떼어오는 거 안 잊어버렸죠? 어디 좀 봐요. 이 양복 주머니 속에 들었어요? 쯧쯧, 이놈의 동전이 걸거쳐서 찾지도 못하겠네. 이러다 주머니 뜯어져서 중요한 거 잃어버리기 딱 좋지. 하찮은 것 같아도 습관 하나 고치고 못 고치고에 팔자가 바뀌기도 하는 법인데 당신은 매사가 그 모양이야. 아이고, 저

봐요. 기어코 재 떨어졌잖아요! 우리집은 애고 어른이고 내가 안 챙겨주면 하는 짓이 똑같다니까!

어머니는 아버지가 재떨이를 안 챙겨갔다고 번번이 화장실 문을 두들겨댔다.

아버지는 혼자 있는 것을 좋아했다. 처음부터 그런 성격이라 어머니가 잔소리를 시작했는지 아니면 어머니 잔소리 때문에 그런 성격이 생겼는지는 중요하지 않다. 어쨌든 어머니 표현대로 '폐병환자'처럼 폐쇄적인 성격은 아니었다. 낙천적이고 유머가 많았으며, 고등학교 밴드부 시절 불었다는 트럼펫을 꺼내 먼지를 닦을 때는 어린애처럼 자랑을 늘어놓기도 했다. '취미도 성격 따라간다더니 낚시도 등산도 아니고 하필 방안에 틀어박혀 꼼짝 않는 것만 좋아한다'는 어머니의 비난을 무릅쓰고 고전음악을 즐겨 들었다. 손재주가 많은 아버지가 썰매나 연 만드는 과정을 지켜보는 것이 내게는 큰 즐거움이었다. 어머니는 탐탁찮아했다. '까짓 구경 그만 하고 빨리 가서 숙제나 하라'고 채근해도 나는 고집스럽게 아버지 옆에 지켜앉아 있기 일쑤였다. 한번은 밥먹으라고 부르러 온 어머니에게 돌아보지도 않고 쩟, 하고 혀를 찼다가 밥 한그릇을 비우는 긴 시간 동안 계속해서 어머니의 호된 교화를 받아야 했다. 그러나 일어나면서 나는 또 한번 쩟, 하고 혀를 찼고 회초리를 맞았다.

아버지는 어머니의 잔소리에 전혀 대꾸를 하지 않았다. 아버지가 참을 수 있었던 것은 경멸 덕분이었다. 철들고 나서야 그것을 깨달은 나는 아버지를 은근히 무서워하게 되었다. 그러나 아버지는 사람됨과 가족애라는 억압에 복종했다. 다시는 제 궤도에 들어오지 못할지도 모를 일탈의 위험을 감당할 만큼 강하지도 못했다.

열두어살 때 나는 노점에서 과자를 샀다. 그 과자는 반지처럼 속이 뚫려 있어 손가락에 끼워놓고 하나씩 빼먹는 맛이 그만이었다. 과자를 줄줄이 손가락에 끼고 학교에서 돌아오던 나는 마침 집안에서 나오고 있던 아버지와 대문 앞에서 맞닥뜨렸다. 아버지의 표정은 몹시 험상궂었다. 갑자기 팔을 뻗더니 내 손을 거칠게 낚아챘고 손가락이 아프도록 과자를 모조리 잡아뺀 다음 땅바닥에 동댕이쳤다. 그러고는 구둣발로 짓밟았다. 조금 전 내가 아껴 먹던 과자는 흙바닥에 뭉개지고 산산조각이 났다. 놀라는 나를 향해 던져진 아버지의 설명이라고는, 먹는 것 갖고 장난하냐, 앙? 하는 납득할 수 없는 말뿐이었다. 날씨는 더웠고 아버지의 귀 옆으로 번들거리는 땀이 길게 흘러내리고 있었다. 닭벼슬처럼 벌게진 목덜미가 흰 셔츠깃과 대비되어 더욱 난폭하게 보였다. 나는 하얗게 질려 그 자리에서 굳어졌다. 그러면서도 옆눈으로 대문 안을 힐끗 쳐다보았다. 나는 아버지가 화풀이하고 있다는 것을 알 만한 나이였다. 한 사람의 마음속에 선과 악이 공존한다는 사실을 알게 된 그때의 나는, 하지만 아버지 속의 악에 대항하지는 못했다. 어머니에게 하듯 쯧, 하고 혀를 차기는커녕 울음을 터뜨릴 용기조차 없었다. 아버지를 닮아서 나는 비겁했다.

그리고 아버지를 닮아서 뻔뻔스러운 건지도 모른다.

텔레비전에서는 영화가 시작되고 있었다. 몇년 전에 같은 채널에서 본 적이 있는 영화였다. 오십세 생일파티를 하던 단골 술집에서 아버지가 한 여자를 만나 사랑에 빠지게 된다. 아버지는 집을 떠나며 어머니에게 말한다. 당신이 싫은 게 아냐. 이곳에서 나는 빛바랜 달력 같아. 하지만 그녀와 함께 있을 때는 새로운 인생을 느껴.

리모컨을 찾아 두리번거리던 나는 다리를 뻗어서 발가락으로 텔레비전을 껐다.

내 집게발가락은 엄지발가락보다 훨씬 길었다. 그런 발가락을 가진 사람은 아버지가 어머니보다 일찍 죽는다는 말을 들었다. 아버지도 이런 발가락이었다. 아버지는 유복자이니 아버지의 어머니가 아버지의 아버지보다 오래 산 것은 확실하다. 아버지의 발가락이 눈앞에 떠오르자 내 입에서는 깊은 숨이 새어나왔다.

만기 출소를 겨우 며칠 앞두고 탈옥했다 붙잡힌 죄수에 대한 기사를 읽은 기억이 났다. 며칠은커녕 단 몇분만 지나도 숨이 막혀버릴 것 같았다며 그는 가슴을 쥐어뜯었다. 사람의 가슴에 너무 오랫동안 쌓이고 눌린 짐더미는 종이 한장의 무게만 더 얹혀도 순식간에 무너질 수 있다. 나는 아버지에게 짐이 저절로 무너지지 않는 한은 그대로 지고 있어야 한다고 말해야 할까? 마침내 짐더미 밑에 깔려 허리가 부러져버린 아버지에게 다가가 도덕적 품격을 칭송하기 위해서? 그리고 타인에 대한 배신은 부도덕하지만 자기 자신에 대한 기만은 부도덕한 게 아니라고 한수 가르치려고?

가족이란 서로의 꼬리를 물고 있다. 아프게 깨물면 아프게 물린다. 그렇다고 가볍게 물었다가는 자칫 서로를 놓칠 수도 있다. 너무 세게 물면——끊겨버릴지도 모른다, 모든 사랑이 다 그렇듯이.

전화벨이 울렸다. 유난히 벨소리가 귀에 거슬려 이마가 찡그려졌다. 열 번이 넘게 울린 뒤에야 전화기를 들었다. 왜 이렇게 늦게 받아? 그였다. 무슨 통화가 그렇게 길었어? 회사에서 걸다가 하도 통화가 안돼서 그냥 집에 들어왔어. 마누라가 나가고 없어. 나 외박한다고 자기도 시위하는 모양이야. 그래봤자 친정에 가 있겠지.

그 밤, 세상은 온통 딸들과 어머니들, 여자와 남자, 아내와 남편으로 꽉차 있었다.

마음을 정하고 나니까 그래. 이렇게는 하루도 더 못 살겠어. 내년이면 나도 사십인데 지금 못 바꾸면 평생 이렇게 살고 말 거야. 네가 내 인생의 마지막 기회라구, 알아?

창밖에서는 쉴새없이 밤의 소음이 들려왔다. 자동차가 와서 멈췄다가 출발했고 사람들이 만났다가 헤어졌다.

나하고 살면 인생이 바뀔 것 같아요? 그래. 왜요? 너는 내가 사랑하는 여자니까. 그럼 12년 전에는 사랑하지 않는 여자하고 결혼했던 거예요? 물론 그때는 사랑한다고 생각했으니까 결혼을 했겠지. 하지만 그건 진짜가 아니었어. 당신이 나하고 결혼한다고 해요, 그러면 12년 뒤에 똑같은 말을 하지 않을 것 같아요? 그때 어떤 기회가 오면 당신은 또 이번이 진짜 사랑이고 진짜 마지막이라고 생각하면서 나를 떠나겠죠. 지금 아내한테서 떠나려는 것처럼요. 무슨 말을 하고 싶은 거야? 그가 불쾌한 듯 말꼬리를 잡아챘다. 차라리 나이 많은 남자한테 와서 남의 애 키우며 살기 싫다고 솔직하게 말해라. 내가 지금 장난치고 있는 거니? 날 그런 놈으로 봤어? 넌 정말 기분 나쁜 방법으로 거절을 하는구나. 잘 자라.

전화는 일방적으로 끊어졌다. 그에게는 어머니처럼 한참 동안 숨소리를 고르다가 짐짓 평정을 찾은 척하고 나서야 전화를 끊을 만한 참을성과 사려가 없었다. 나는 손에 든 전화기를 쳐다보았다. 어머니가 듣고 싶어하는 말을 그에게 하고, 그가 듣고 싶어하는 말은 어머니에게 했다. 그들은 내 마음속에서 교전을 벌이고 있었다. 내가 어느 편인지 나 자신도 알 수 없었다.

　나는 몸을 일으켰다. 비스듬히 던져진 베개를 똑바로 고쳐놓았다. 머리카락 두어 개를 더 발견했다. 역시 흰 머리카락이었다. 머리카락을 집어 쓰레기통에 버리고, 그리고 산부인과에서 준 약을 먹었다. 다시 텔레비전을 켠 다음부터는 마치 불빛 앞에 모여드는 나방처럼 빛이 흘러나오는 화면을 향해 아무 생각 없이 앉아 있었다. 영화는 거의 끝나가는 중이었다. 쭈뼛거리며 딸의 결혼식에 참석한 아버지를 딸이 포옹하는 장면이었다. 나는 그 영화의 끝장면을 알고 있었다. 아버지는 하객들의 축하 속에서 가족사진을 찍는다. 그러고는 여자가 있는 곳으로 돌아간다. 아버지가 혹시 가족에게 완전히 돌아갈지도 몰라서 두려워하던 여자는 눈물로 아버지를 맞이한다.

　뻐꾸기가 문을 열고 나와 울기 시작했다. 열두시 이십분이었다.

　나는 전화기를 들었다가 내려놓았다. 그러나 다시 들어 번호를 눌렀다. 벨소리가 여러번 울리는데도 받지 않았다. 자는 거예요? 나는 입속으로 중얼거렸다. 받아보세요, 할말이 있어요. 전화벨 소리도 목이 쉬어가고 있다고 느껴질 즈음 신호가 끊어지며 누군가 전화를 받았다. 여보세요. 여자의 목소리였다. 여보세요, 여보세요, 말씀을 하세요, 여보세욧! 그러고 보니 그의 아내는 친정이 가까워서 살림을 더 게을리 한다는 말을 들은 기억이 났다.

　불을 끄고 침대에 누웠다.

　그에게 화를 낸 것은 어머니와 아버지 일로 예민해진 탓이 아니었다. 그와 결혼할 수는 없는 일이라고 생각했고 그리고 그 사실을 받아들이기가 너무 고통스러웠기 때문이었다. 그 말을 전하지 못한 나는 새벽까지 눈을 뜬 채 이불 속에서 뒤척였다.

어머니의 연적

어머니는 매일 밤 전화를 걸어왔다.

그게 말이나 되냐? 아, 살 날이 얼마 안 남았으면 점잖게 노후를 준비하는 게 나잇값을 하는 거지 젊은년하고 살겠다고 체면이고 뭐고 미쳐 돌아가니 말이야. 남의 눈이 뭐 그렇게 중요한가요? 그럼 그게 안 중요하면 왜 사람 소리는 듣고 싶어해? 다 체면을 지키니까 서로서로 피해 안 주고 사는 거지. 동네 개같이 털레털레 내놓고 돌아다니면 그게 사람이냐? 와이샤쓰 주머니에서 극장표가 나오더라. 분하고 기가 차서. 나는 극장이라고는 남진이 쇼하고 돌아다닐 때 가보고는 생긴 것도 구경 못했는데. 엄마, 아직도 아버지 주머니를 뒤져요? 그게 어디 뒤진 거냐. 빨려고 하다보니 윗주머니에서 나온 걸, 그럼 일부러 보지 말란 말이냐. 생각할수록 웃기는 인간이지. 내 꼴은 보기 싫어하면서 내 손으로 빤 옷 입고 내 손으로 한 밥은 어떻게 먹지? 어젯밤에는 글쎄 그년이 집으로 전화까지 했더라.

아버지는 집에 돌아오긴 했어도 어머니가 있는 안방에는 발을 들이지 않았다. 밤늦게 들어와 건넌방에서 잠만 자고 뱀허물 같은 빨랫감을 벗어놓고는 아침 일찍 나가버리곤 했다. 내외만 살고 있는 집이라서 전화기는 안방에만 있었다. 전화를 받는 것은 언제나 어머니일 수밖에 없었다.

뭐라고 해요? 내가 받으니까 제깟 년 한마디 못하고 끊어버리지 뭐.

그날 밤 어머니의 전화기 건너에서 슬그머니 전화를 끊은 여자가 나는 아니었나?

　나는 어머니 역성을 드는 말을 단 한번도 하지 않았다. 어머니는 내가 아버지를 닮아서 표독하고 싸가지가 없다고 욕을 했다. 오냐, 알았다. 그래 너는 뭐 그 종자가 아니더냐, 하면서 전화기를 덜컥 놓아버리는 때도 있었다. 그러나 다음날이면 다시 전화를 걸어왔다. 하소연하기 위해서가 아니었다. 혼자 있는 시간이 두려워 누군가와 얘기를 나누려는 거였다. 어머니는 고독했다. 육십이 되도록 삶의 허드렛일 속에서 부대껴온 어머니는 고독의 호사를 견뎌본 경험도 없었으며 방법을 알지도 못했다. 내가 고독에 익숙해져 있기 때문에 잘 아는데 말이죠, 고독이란 누구와도 나눌 수 없고 나누어서 가벼워지는 것도 아니에요, 그렇게 말해줄 수는 없었다. 나는 다른 말을 했다. 아버지한테는 아버지 인생이 있어요. 사람이 싫은 걸 어떡하겠어요.

　그러고는 흥분한 어머니의 대꾸는 듣지 않고 입속으로 나머지 말을 계속 뇌까렸다. 감정을 어떻게 강요하냐구요. 좋아하는 여자하고 살아보겠다는 거잖아요. 그 나이에 연정이 생겼다면 얼마나 각별하고 소중하겠어요. 엄마가 집착을 하면 할수록 아버지 마음은 멀어져요.

　나는 또 속으로 중얼거렸다. 아버지가 없다고 생각하고 혼자 지내는 데 익숙해지도록 해보세요. 친구분하고 여행을 가든지 서예를 배우든지, 아니면 병원 같은 데 자원봉사를 해보든지. 지금이라도 늦지 않았어요. 남의 감정에 의존하지 말고 적절한 거리 유지를 하며 내 인생의 주인은 나라는 생각을 통해서…… 제기랄!

　마음속에 집착이 있을 때 사람은 혼령 같다. 무엇을 봐도 보이지 않고, 먹는지 뱉는지도 느끼지 못한다. 고독을 겪어본 사람만이 집착의 끔찍함을 아는 것은 참 이상한 일이다. 캘커타에서 강선배는 자주 엽서를 보내왔다. 벗어나보니 서울의 일들이 제대로 보이는 것 같다. 이곳은 아직도 신분제의 억압이 많다. 그런데도 사람들은 다 자유롭게 살아가니 이상하지. 돌아가면 네게 할말이 많다.

나는 밤시간을 두 가지 일로만 보냈다. 어머니와 통화하지 않는 시간에는 그를 만나고 있었다.

한번은 식당에서 음식이 나오기를 기다리며 각자 신문을 나눠 쥐고 읽었다. 어느 심리학자가 쓴 수필의 제목이 눈에 들어왔다. '40대 기혼남, 왜 영계 좋아할까' ——필자가 조사해본 바로는 기혼 남자들은 외도를 할 때 열살 이상 어린 여자를 '선호'한다. 그들은 아내들에게 아직 남성성을 확보하기 이전의 철없는 모습을 다 노출했고 오랜 세월을 함께 살면서 생활의 때를 공유했다. 아내들은 대개 남편에 대해 밑바닥까지 안다고 생각하며 어린애 취급을 한다. 그러나 사십 이후부터 남자는 자기의 존재를 강렬히 증명하고자 하는 욕구가 커지므로 아내의 눈에 비친 자기의 모습에 만족하지 못한다. 자기들의 경제력과 사회적 지위, 인생의 연륜에 존경을 표하는 어린 여자들이야말로 그들에게 인생의 사는 맛을 만끽하게 해준다——심리학자의 말은 맞다. 남성성의 과시, 그런 점도 있다. 그러나 정반대로 스스로가 어린애처럼 굴고 싶은 마음도 있을 것이다. 집안에서는 권위있는 가장이지만 젊은 여자를 만나 애교 섞인 반말을 나누며 유치하게 사랑을 고백함으로써 젊어진 기분을 느끼는 사람을 실제로 주변에서 본 적이 있다. 나는 대충만 훑어보고는 그가 보던 경제면과 바꿨다.

그는 그 수필을 열심히 읽는 눈치였다. 그럴듯한데?

내 생각은 달랐다. 40이란 숫자도 어린 여자와의 관계라는 것도 머릿속의 개념일 따름이다. 획일적인 개념의 틀이 누구의 경우에나 맞아떨어지는 것은 아니다. 그러나 개념은 점괘와 같아서 그것을 받아들이는 사람에게는 영향력을 발휘한다. 그는 자기의 정형화된 사고방식과 틀이 자신의 일상을 권태롭게 만들고 있다는 생각은 하지 않는 듯했다. 사랑에도 일일이 이유를 붙이려 했다. 나이 탓이 아니라, 그는 원래부터 보수적인 사람이었다.

어머니와의 관계처럼 나는 그와도 평화롭지 못했다.

그가 아내를 가리키는 호칭에는 두 가지가 있었다. '마누라'라고 지칭할 때와 '집사람'이라고 할 때의 차이를 나는 알고 있다. 집사람을 의존하고 살면서 마누라는 지겨워하는군요. 그 두 가지는 똑같은 역할의 양면일 뿐이에요. 너하고 살면 다를 거야. 마누라는 나하고는 맞지 않는 여자라니까. 당신 아내와 내가 다른 게 뭐가 있죠? 똑같이 당신에게 술을 그만 마시라고 말해요. 담배를 순한 것으로 바꾸라고 하고. 당신은 내가 하는 말은 배려로 듣고 아내가 하는 말은 잔소리라고 짜증을 내죠. 자신이 낡은 달력 같은 존재가 되기 싫다고 말예요. 하지만 언제까지나 새로운 관계는 없어요. 넌 달라졌어. 지금 내가 얼마나 힘든 상황인 줄 몰라서 만날 때마다 억지를 부리는 거니. 그러지 말고 일어나자. 네 방에 가서 얘기하자구. 안돼요. 대체 왜 그래? 그냥 싫어요. 또 병원에 가게 될까봐서? 너한테 두 번이나 그런 일을 겪게 할 것 같아? 그러지 않으려고 결혼을 서두르는 거잖아.

혼자 주차장으로 내려가며 그는 기운없이 물었다.

내가 너한테 부담을 준 거니? 정말로 날 사랑하기는 하는 거야?

방으로 들어오면 얼마 안 가 전화벨이 울렸다.

어딜 그렇게 늦게까지 싸돌아다니냐? 너는 참 속도 편하다.

회사든 집이든 내 전화기 주변에는 매일 몇장씩이나 되는 이면지에 낙서가 가득 차곤 했다. 그렇게 9월이 다 갔다.

다른 일도 물론 있었다.

강선배가 인도에서 돌아오는 날 아버지에게서 전화를 받았다.

강선배는 오후 다섯시 십분 도착이었다. 사무실 직원 셋이 모두 공항으로 마중나가 강선배를 놀라게 해주기로 돼 있었다. 내가 맨 마지막으로 사무실을 정리했다. 문을 잠그려고 열쇠를 구멍에 꽂는데 전화벨이 울리기 시작했다. 으레 그렇듯이 나는 열쇠를 그냥 돌리고 나가버리려 했다. 갑자기 쏟아지는 빗소리를 듣지 않았다면 아마 그렇게 했을 것이다. 우산을 가지러 다시 들어간 나는 그때까지 계속 울리고 있는 전화기를 천천히 들었다. 여보세요. 거기가 아트비전 기획입니까. 아버지의 목소리는 소도시에서 연 매출 삼사십억 남짓한 작은 사업체를 굴려 가족의 부양에 평생을 바쳐온 중년 남자답게 조심스러웠다. 지방 억양 속에는 경계심이 깔려 있었다. 아버지와 직접 통화를 한 기억은 거의 없었다. 부녀관계를 어머니가 너무 잘 중재했고 그 대가로 독점했기 때문에 아버지와 나는 문제점도 불편도 모르는 채로 단절되어 있었다. 내가 나이 들수록 아버지를 더 닮아간다는 것까지 어머니가 말을 해줘서 알 정도였다.

별일 없냐? 네. 아버지는요? 잘 있다.

스케치 연필로 오선지와 높은음자리표를 다 그리고도 다음 이어갈 말을 찾지 못한 나는 새장을 그리기 시작했다. 아버지도 한 손으로 담배 파이프를 두드리거나 탁상달력을 뒤적이고 있는지 그것은 알 수 없었다. 아버지 역시 다음 이어갈 말을 찾고 있다는 것만은 느껴졌다.

내가 전화한 건 다름이 아니고——아버지는 말을 끊고 목을 한번 가다듬었다. 네 장래문제로 상의할 게 있어서 말이다. 네? 아직도 공부할 마음이 있는 거냐? 내가 말귀를 알아듣지 못해 눈을 깜박거리는 사이에 아버지는 갑자기 말을 줄줄 쏟아놓았다. 내가 그쪽으로 견문이 없어서 모르겠다만 지금이라도 유학을 가려면 수속 같은 게 수월하겠냐 그 말이다. 여기서 다달이 돈을 부치는 거말고 한꺼번에 학비를 다 갖고 가는 방법은 없는 거냐? 다른 게 아니고, 회사일도 그렇고 내가 주변을 좀 정리할 일이 있어서——아버지는 또 한번 목을 가다듬었다. 너한테 목돈을 줄 테니 결혼자금으로 쓰든지 공부를 하든지 네가 네 앞길을 가려줬으면 좋겠다, 괜찮겠냐? 계좌번호 좀 불러봐라. 그런 다음 아버지는 큰일을 잘 치러낸 사람처럼 안도의 농담 한마디를 덧붙였다. 기대는 마라. 뭐 큰돈은 아니니까.

거리에는 비가 많이 쏟아지고 있었다. 나는 야외 주차장에서 나를 기다리고 있는 자동차로 뛰어갔다. 잠깐 사이에 옷이 흠뻑 젖었다. 어머, 기껏 우산 가지러 들어가놓고 그냥 나왔네. 내 목소리는 명랑했다. 어디서 전화온 모양이던데? 네, 아버지예요. 흥분을 누르기 위해 약간 떨리기까지 했다. 그때와 똑같았다. 그의 청혼을 받던 날.

디자인 속성학원을 수료한 이후 나는 한번도 유학을 원해본 적이 없었다. 그러나 그것 역시 불가능하다고 생각될 때까지뿐이었다. 내 눈앞에는 불어회화를 배우러 오르내리던 알리앙스 프랑세즈의 계단만 보였다.

내가 들고 있던 가방은 크고 납작한 포트폴리오가 아닌 정장 핸드백이었다. 그 안에서 손수건을 꺼내 젖은 머리를 닦았다. 습관적으로 핸드백 옆구리를 슬쩍 젖혀 먼지가 있나 없나 확인하는 것도 잊지 않았다.

나음 순간 나는 몸을 흠칫 떨었다.

여자는 눈에 안 띄는 곳을 더 깨끗하게 해야 한다. 옷만 번듯하게 차려입고 구둣굽에 흙 묻히고 돌아다니는 여자들 봤지? 잘 봐라. 그런 여자들은 하나같이 핸드백도 보이는 데만 번쩍번쩍 약칠을 하고 옆구리를 보면 먼지가 더께로 앉았을 거다. 꼭 네 책가방처럼 말이야. 너, 실내화 저거 언제 빤 거냐? 저게 원래 저렇게 회색이었냐?

어머니가 방을 나가자마자 나는 책가방과 실내화를 방바닥에 내동댕이치곤 했다. 그러나 어쨌든 내 책가방과 실내화는 반에서 가장 깨끗했다.

내 계좌번호를 받아적자 아버지는 바로 전화를 끊었다. 어머니와의 일에 대해서는 한마디도 입밖에 내지 않았다. 설령 이혼을 한다 해도 나는 여전히 아버지의 가족이었다. 어머니는 아니었다.

뜻밖에도 내게 주어진 희망들, 그것은 모두 어머니의 절망으로부터 나온 것들이었다.

이 세상이란 갑의 불행이 을의 행운을 가져다주는 제로섬 게임이라는 정도는 나도 일찌감치 깨친 바 있다. 강선배가 자유를 찾아 떠나는 바람에 사무실의 나머지 사람들이 몇달 동안 불편을 겪었다. 그러나 제 손으로 어머니 몫의 행복을 빼앗아 제 앞에 쌓아놓는 딸의 이야기는 들어본 적이 없다. 나는 비오는 차창 밖을 멍청히 바라보았다. 그가 근무하던 은행의 유리문 안을 볼 때처럼 아무것도 보지 않는 눈길이었다. 내가 내다보고 있는 습기찬 창이 오래 전부터 입김으로 부옇게 흐려져 있다는 걸 깨닫지 못한 채 나는 눈이 아프도록 그 창에 서린 미망을 바라다보았다.

나는 아버지가 이제야 자신의 삶을 살게 됐다고 축하할 마음은 전혀 없었다.

강선배는 작은 불상과 향나무 목걸이를 선물로 갖고 왔다. 일행 모두는 강선배의 집이기도 한 사무실로 되돌아와 여행가방을 내려놓고 지하 호프집으로 갔다. 강선배의 쏟아져나오는 인도 이야기는 막을 길이 없었다. 박이라는 디자이너가 말려보려고 하긴 했다. 선배, 이제 그만 좀 해요, 두 시간째야. 나도 그런 말은 들었어. 인도에 처음 갔다 오면 석 달은 할말이 많다고, 그 다음에 또 한번 갔다 오면 책을 쓰고, 그리고 뭐? 그 다음부터는 굳이 말이 필요없다, 그런 다던가?

호프집에서 나와 룸까페로 2차를 갔을 때 강선배는 내 옆자리에 앉았다. 이따금 내 어깨 위에 팔을 얹기도 했다. 넌 오늘 기분 별로인 것 같다. 무슨 일 있니? 강선배의 질문에 늘 유머감각을 인정받고 싶어하는 박이 대신 대답했다. 강선배가 돌아왔는데 이 자리에 기분 좋은 사람 누가 있겠어요? 가만있어봐, 가기 전하고 영 분위기가 달라졌어. 너, 연애하냐? 나는 피식 웃으며 술잔을 들었다. 이번에는 다른 동료가 대답했다. 연애라뇨? 선배 없는 동안 우리가 얼마나 보안에 신경을 썼는데요. 오늘도 아, 그러니까 아버지한테 전화온 것말고는 아무일도 없었는데, 그죠?

내가 넘어져 무르팍을 깨고 발바닥을 못에 찔리고 초경을 보고서

44

깜짝 놀라 울음을 터뜨린 곳은 어머니의 끈끈한 타액 속이었다. 아버지의 몽롱한 담배연기 속이 아니었다. 그리고 아무리 지금에 와서는 별 의미가 없게 되었다고 하지만 아버지가 반평생 누리고 살아온 평화와 윤택 역시 바로 그곳에서 생겨난 것이었다. 거기 의지해 살아왔으면서 뒤늦게 헌신의 당연한 이면인 집착과 독선만을 탓할 수 있을까. 나는 아버지가 더이상 무섭지 않았다. 아버지를 경원했다. 이 세상에 일방적인 관계란 없다. 아무 빌미 없이 생겨난 짝사랑이란 존재하지 않는다. 희망이 없다면 아무도 사랑을 계속하지 않을 것이다. 어머니가 그 악역을 평생 계속할 수 있었던 것도 아버지의 수요와 소비가 있었기 때문이었다.

군인과 결혼한 친구는 결혼한 지 1년도 안돼 총기사고로 남편을 잃었다. 그녀는 언젠가 강원도로 떠날 때처럼 또 사람이 싫어졌다며 자동응답 전화기를 사러 나왔다. 그러나 전화를 해보면 언제나 벨이 세 번도 울리기 전에 그녀가 받았다. 그녀가 더브(dove) 콤플렉스에 대해 말해주었다. 비둘기 암컷은 수컷한테 그렇게 헌신적이래. 그런데 일찍 죽는단다. 자기도 사랑받고 싶었는데 주기만 하니까 허기 때문에 속병이 든 거지. 사람도 그래. 내가 주는 만큼 사실은 받고 싶은 거야. 그러니 한쪽에서 계속 받기만 하는 건 상대를 죽이는 짓이야. 인연을 맺는다는 건 참 끔찍하지 않니? 그 친구는 아직 독신이었다. 하지만 전화기를 고치는 기술자나 자기를 치료하는 정신과 의사 중에서 곧 상대를 찾아낼 것이다.

나는 단숨에 술잔을 비웠다. 강선배가 빈 잔을 채워주었다. 잔 속의 맥주거품이 기어올라오는 것을 물끄러미 쳐다보며 나는 내게서 화제를 떠나게 하려고 한마디 했다. 선배는 인도가 왜 좋다는 거예요? 강선배는 돌연 진지하게 대답했다.

"다양성의 존중. 자유로우니까."

"다들 자유롭게 자기 하고 싶은 대로만 하면 이해관계에 얽혀서 싸움이 생길 거 아녜요. 가령 남자 하나를 두 여자가 서로 차지하겠다고 하면 말이죠."

"인도에서는 남 간섭을 안해. 내가 자유롭게 행동할 권리를 확보하기 위해서 남의 자유를 존중하는 거지. 만약 자유가 지나쳐서 나쁜 짓으로까지 발전한다 치자. 그것은 그 사람 업이 되어서 그 사람이 지는 것이니까 남들은 상관 안하는 거야."

나는 속으로 중얼거린다.

대체 무슨 말이죠? 다른 여자가 차지하도록 간섭 말고 놔두란 건가요? 아니면 난 본시 나쁜 사람인데 어쩔 테요, 하고 어머니 몫까지 뺏어오란 말인가요?

"거지들도 말야, 동전을 구걸하는 주제에 얼마나 거만한지 아니? 준 사람한테 고마워하는 게 아냐. 내 덕에 네가 덕을 쌓았으니 고마워해야 할 사람은 내가 아니라 너다, 이런 식이라니까."

늘 균형잡힌 시각을 자랑하는 박은 다른 각도에서 해석했다.

"그거야, 가난한 사람들이니까 그렇죠. 인구의 이퍼센트가 돈을 다 차지하고 있고 나머지 구십팔퍼센트는 가진 게 없는 나라잖아요. 가진 게 없으니 잃을 것도 없고, 집착이 없으니 자유롭겠죠. 여행사 다니는 친구 하나가 인도에서 만난 현지 가이드를 한국에 초청했는데……"

인도 이야기는 어차피 계속될 모양이었다. 나는 계속 술을 마셨다. 나중에는 강선배가 채워주기를 기다리지 않고 혼자 따라 마셨다.

"인도에서 대학교수를 했다나, 암튼 지식층이에요. 그 사람이 처음 새마을호 기차를 타보더니 눈이 휘둥그레지더래요. 돈과 질서의 위력에 놀란 거죠. 세계적으로 치안이 잘된 나라가 대만하고 일본하고 한국이라는데, 가시적으로는 한국이 제일 규격적이고 통제가 잘되어 있다고 하잖아요."

강선배는, 야, 서로 자유롭게 잘만 살더라, 질서 따위가 뭣 땜에 필요하냐,라고 소리를 질렀다.

자신에게 리더 기질이 있다고 생각하는 박은, 우린 무소유가 안되니까 인도식의 자유는 얻을 수 없다 이런 얘기죠,라고 나서서 뜻을 정리했다. 그런 다음 자신이 반골이자 리더라고 믿는 수다쟁이들이 다 그렇듯이 커다란 목소리로, 자, 집착을 버리자! 인연을 끊자!라고 외치며 술잔을 높이 쳐들고 난데없는 건배를 강요했다.

나는 강선배 쪽으로 몸을 돌렸다. 자꾸만 혀가 말리는 게 느껴졌다. 참 그래, 선배가 나 가르치던 학원, 거기 지긋지긋하게 붙어 있던 액자 하나 있었잖아요. 거기 써 있던 말 생각나요? 진리가 너희를 자유롭게 하리라. 이제 알겠네. 아무것도 안 가져야 한다, 이웃만 사랑하고, 그러면 자유롭다, 떳떳하고, 그게 진리다, 그런 뜻이었구나. 강선배가 다시 내 어깨에 손을 얹었다. 너도 자유 찾는 거 보니까 이 생활에 지쳤구나. 강선배는 고개를 몇번 젓더니 갑자기 술냄새가 나는 입술을 내 귓가에 대고 영화배우처럼 어깨를 격하게 떨며 말했다. 캘커타에 같이 가자, 가서 영영 돌아오지 말자. 강선배가 아프도록 내 어깨를 껴안았지만 취한 나는 팔을 뿌리칠 힘이 없었다.

나에게는 고독이 오랜 친근이었다. 외롭지 않다고 거짓말을 해주는 술도 있었다. 적금과 집세를 벌 수 있는 삼류 디자이너라는 기능도 있고 낙서 습관, 자르거나 기르거나 멋대로 할 수 있는 풍성한 머리카락도 있었다. 새 주소를 얼마든지 만들어 가질 수 있는 살아가야 할 많은 시간들도 갖고 있었다. 지금이라도 불어 아닌 영어회화를 공부해볼 수도 있고, 캘커타의 공원에 앉아 고양이만한 쥐들과 함께 까마귀를 쫓으며 모닝빵을 나눠먹는 일로 인생을 보내도 된다. 어쩌면 결혼도 할 수 있다. 나는 필요없는 것까지 포함해서 많은 것을 가졌다. 이를테면 자유와 집착까지를.

젊은 남자주인이 우리 자리로 와서 닫을 시간이 거의 다 됐다고 말할 때쯤 두 남녀가 까페 안으로 들어왔다. 여자는 이십대로 보였고 남자는 그 두 배는 되어 보이는 차림새였다. 젊은 남자주인은 그들이 의자에 엉덩이를 붙이자마자 다가가서 영업이 끝났다고 말했다. 남녀는 일어나고 싶지 않은 모양이었다. 여자 쪽이 더욱 헤어지기 싫어하는 얼굴이었는데 그녀는 주인을 향해, 아저씨, 우리 딱 한 병만 먹고 갈게요,라고 애원하듯 말했다. 주인은 버럭 화를 냈다. 이 언니가 말귀를 못 알아들어? 끝났다잖아!라고 반말을 던졌다. 노골적으로 여자를 깔보고 있었다. 주인의 말에 벌떡 일어난 것은 나였다. 내 목소리는 무척 날카로웠다. 이봐요, 아저씨! 내 쪽을 향해 고개를 돌리려던 주인 남자는 그러나 다음 순간 악, 소리를 내며 바닥으로 쓰러졌다. 칸막이 안에서 병이 날아온 것이다. 병에 이어서 까페 여자가 뛰쳐나왔고 병 깨지는 소리와 고함소리가 따라나왔다. 카운터 옆자리에 앉아 있던 손님 둘이 칸막이 안으로 뛰어들어갔다. 그 둘은 따로따로 왔다가 서로의 손가락에서 ROTC 반지를 발견하고 기수를 따져본 다음 갑자기 친해져 합석을 하게 된 건장한 남자들이었다. 하지만 싸움은 말려지지 않았다. 싸움은 더 커졌다. 칸막이 안에서 누군가의 몸이 튀어나와 우리 자리 위로 쓰러지듯 넘어졌다. 우리 일행도 휩쓸리게 되었다. 손님들, 주인 남자, 우리 일행들 할 것 없이 적을 따져보지도 않고 마구 주먹을 휘둘렀다. 까페 안은 연극무대처럼 어두웠다.

노누늘 이리저리 떠밀리며 깨진 병조각과 끈적한 맥주 사이로 너부러졌고 의자에 머리를 부딪혔다. 경황중에도 강선배는 나를 문 쪽으로 힘껏 밀쳤다. 그 바람에 내 안경이 바닥으로 떨어졌다. 나는 밖으로 나가지 않았다. 바닥에서 뒹구는 내 안경을 구두로 짓이겼다. 아버지 발에 밟혔던 내 과자처럼 와작, 소리가 나는 듯했다.

자기의 것이든 남의 것이든 다들 옷에 피가 묻었다. 단추 따위는 초반에 떨어져나갔고 옷소매가 뜯어지기도 했다. 윗사거리에 있는 병원 응급실에서 취중이라 마취도 못하고 이마를 열한 바늘 꿰맨 사람도 있었다. 그날 소리없이 까페를 빠져나가 몸을 피한 것은 늙수그레한 남자와 그의 팔꿈치에 뺨을 꼭 붙이고 있던 젊은 애인뿐이었다.

나중에 강선배가 물었다. 사실은 너 때문에 일어난 싸움이야. 모두가 취해서 미쳐 있었거든. 네가 소리를 지른 게 공격신호가 된 거야. 대체 왜 그랬니? 얌전히 나가는 아가씨 등에다 병은 또 왜 던졌어? 문에 맞아서 다행이었지만, 안 그랬으면 그 늙은 애인이 가만있었을 것 같애? 그리고 그 시간에 어디를 그렇게 급히 갔니? 우산도 안 받고.

밖으로 나오자마자 정신없이 빗속을 뛰었다. 강선배가 따라나오며 계속 내 이름을 불렀지만 내 귓가에 들리는 것은 빈방에 울리고 있을 어머니의 전화벨 소리뿐이었다.

　다음날 호텔의 바에서 나는 계속 기침을 해댔다. 그는 몹시 화를 냈다. 그 선배라는 젊은 놈, 처음 볼 때부터 인상이 안 좋았어. 말버릇이 그게 뭐야? 머리 묶은 것이나 찢어진 청바지나, 순 겉멋만 들어갔고. 인도는 제대로 알고나 갔다 온 거래? 다시는 그런 술자리에 어울리지 마. 그는 던힐을 거칠게 비벼껐다. 나를 흘끗 쳐다보는 이마의 깊은 주름살이 그의 얼굴을 일그러뜨렸다. 너하고는 언제부터 알고 지내는 사이지?

　고등학교 때 늘 내 뒤에서 버스를 타곤 하던 남학생이 있었다. 한번은 집까지 따라오며 내 발꿈치를 예찬했다. 어떤 사이지? 아버지도 주름살을 일그러뜨리며 그렇게 말했다.

　그날 밤 그는 내 오피스텔에서 잤다.

　마지막 밤이라고 다짐했으므로 나는 한잠도 이루지 못했다.

나

　10월 넷째주에는 내 생일이 있었다. 강선배가 돌아온 뒤 일이 바빠졌으므로 나는 그날도 야근을 했다. 그는 내가 일하는 건물의 지하 호프집에 와 있었다. 기다리지 마세요. 밤샘을 해야 할지도 몰라요. 그러자 그는, 밤새 기다릴 수 있어,라고 짧게 대답했다. 내가 피하고 있다는 것을 그도 어렴풋이 짐작을 했다. 그는 가수 지망생인 호프집 주인이 직접 취입한 시끄러운 트로트와, 그리고 그 구성진 트로트를 한순간에 제압해버리는 근처 보험회사에서 퇴근한 생활설계사 아줌마들의 와자한 웃음소리를 참아가며 세 시간째 앉아 있었다. 순전히 나를 감동시키기 위해서였다.

호프집 계단을 내려서는 내 얼굴은 담담했다. 그는 구석자리에 옆모습을 보이고 앉아 있었다. 올리브색 양복에 퍼플 계통 넥타이, 내가 조금 전 표지디자인에 쓴 배색이었다. 그와 나는 닮은 점이 많았다. 나는 쓴웃음을 삼추었다. 내가 어떤 감정 속에 있는지 나 자신이 잘 알았다. 보통은 '헤어짐의 고통'이라고 말해지지만 사실은 '헤어지고 싶지 않은 미련'에 가까웠다.

그는 탁자 위에 반지가 든 작은 상자를 꺼내놓았다. 그러고는 아내와 다른 방을 쓰기 시작했다고 말해주었다. 두 가지 다 내게 좋은 선물이 되리라고 확신하고 있었다. 반지가 든 상자를 그의 앞으로 다시 밀어놓자 그는 의자 등받이에 깊숙이 기대고 앉은 그대로 눈을 흡뜬 채 꼼짝 않고 나를 보았다. 언제까지나 쏘아보았다.

신호등 불빛이 바뀌기를 기다리며 나는 혼자 서 있었다.

옷가게와 문구점, 빵집 들은 다 가게문을 닫았다. 드문드문 네온 간판만이 밤거리를 밝혀주었다. 거리를 헤매던 바람이 내 긴 머리카락을 흩어놓고 지나갔다. 머리숱이 많은 것만은 어머니를 닮았구나. 발밑으로 나뭇잎 하나가 비스듬히 떨어져 굴렀다. 어머니는 쓸쓸한 계절에 나를 낳았다. 건너편 신호등에 푸른 불이 들어왔다. 길을 건너는 내 걸음은 움직이는 사람들 무리에 휩쓸려 점점 빨라졌다.

특급호텔 앞을 지나다가 가로등 아래에서 토사물을 밟을 뻔했다. 버스가 끊긴 정류장에는 아무도 없었다. 내가 토큰을 사곤 하던 조그만 유리구멍이 달린 노점은 사방이 봉해져 있었다. 한 여자가 보도블록 위에 쭈그리고 앉아 있었고 남자는 서지 않는 택시를 따라

뛰며 신사동을 애타게 외쳐댔다. 비닐만 펄럭거리는 텅 빈 신문 가판대, 빈 병과 깡통이 넘쳐나서 옆으로 기울어진 쓰레기통, 거기에 막 병 하나를 던져넣고는 옆에 서서 우는 남자, 힐끗 보고 지나가는 행인의 무심한 관심, 깊어지는 밤.

시간이 흘러가고 있었다.

재킷을 벗어 걸고 스커트의 지퍼를 내리는데 전화벨이 울렸다. 받지 않았다. 샤워를 하는 중간에 또 한차례 벨소리를 들었다. 벨소리는 아주 오랫동안 울렸다.

새벽에도 울렸다. 이불 속에서 뒤척이던 나는 전화기로 손을 뻗었다.

잠이 통 안 오는구나. 어제는 말이다, 니 아버지 속옷하고 와이샤쓰를 빠는데 아주 혼났다. 별일도 많지. 담가두었던 빨래를 끄집어내는데 왜 그렇게 더럽고 냄새가 나던지 대야에 손을 집어넣기가 정말 싫더라. 부부란 게 아무리 오래 살아도 남은 남인가보다. 자식하고는 달라. 미운 짓을 한다고 정나미가 이렇게 떨어지는 걸 보면 말야. 요새는 돌아가신 우리 어머니 말씀이 종종 생각나. 인공 때도 숨는 장소를 어머니한테 말하고 간 사람은 살았는데 마누라한테 알려주고 간 사람은 다 죽었다고 했거든. 우리 아버지가 여름에 찬 돌을 잘못 베고 낮잠을 주무시다가 입이 돌아간 적 있었대. 근데 참기는 참아도 정말 꼴보기 싫더란다. 눈도 돌리기 싫더라지. 앞으로 같이 못 살 것만 같아서 도망이라도 쳐야지 궁리를 하고 있었는데 말야, 침을 맞고 감쪽같이 나으니까 도로 정이 솟더라지 않냐.

잠결에 나는 은행에 들르지 않았다는 생각을 언뜻 했다. 공과금과 적금도 내야 하지만 무엇보다 아버지에게 받은 돈을 돌려보내야 하는 것이다. 나는 어머니의 계좌번호를 물어보려다가 그만두었다. 어머니와의 관계는 내일도 계속된다. 내일 하면 된다. 그보다는 이 달에는 은행에서 순서를 기다리며 혹 생리가 시작될까봐 불안해 의자에 엉거주춤 앉아 있지 않아도 된다는 데에 생각이 미쳤다. 규칙이 바뀌는 것도 나쁘지만은 않은 것 같다. 한번쯤 고독에서 벗어나보는 것도 나쁘진 않았다.

내 시선은 벌써 햇빛이 들어오기 시작하는 서향 창으로 향했다. 또다른 시간이 흘러들어오고 있었다. 나는 아버지의 딸이며 아버지이며 아버지의 여자였다. 나는 어머니의 딸이며 어머니의 연적이었다. 나는 그의 여자이며 그의 아내의 연적이었다. 나는 그의 아내였다. 그리고 나다, 나는. 그리고……

이것은 모두 3년 전의 일이다.

시간은 지나간다. 아니다. 시간은 정지해 있고 내가 그 곁을 지나쳐간다. 아침마다 사람들에게 휩쓸려서 특급호텔 주변의 건물들을 스쳐지나갔듯이. 그 건물의 수많은 방을 일일이 두드려보지 않고 그냥 무심코 지나쳐 걸었듯이.

중요한 것은 뒤돌아보지 않는 일이다.

[세계의 문학 1997년 가을호]

멍

그의 맨살은 따뜻하다.

그는 이 맨살 속에 멍이 아른아른한

누르스름으로 남아 있을 때쯤이면 늘 새로 멍을 만들어오곤 했다.

하지만 이제 더이상 새로운 멍을 만들지 않은 덕분인지

그의 몸은 아주 깨끗하다. 멍이 없다!

내 손이 멍을 찾아서 그의 몸 이곳저곳을 다급하게 헤맨다.

그의 가슴, 그의 배, 그의 팔과 다리, 아아,

그의 하얗고 투명한 몸속!

내 손은 갑자기 멈춘다.

멍의 기억은 사라지고 없다.

멍

1

우편물은 모두 네 종류였다. 셀로판지를 통해 인쇄된 주소와 이름이 내비치는 창봉투가 하나, 흰 사각봉투 둘, 그리고 우표가 두 줄로 길게 붙어 있는 두툼한 서류봉투.

사신(私信)이 거의 없는 요즘은 봉투만 봐도 우편물의 내용을 대충 알 수 있다. 한성문화재단, 이것은 아마 내가 예심을 맡았던 문학상 시상식의 초대장일 것이다. 비씨카드 주식회사, 이건 뜯어보나마나 청구서이다. 명세내역까지도 짐작할 수 있다. 결혼기념일에 백화점에 가서 아내에게 화이트골드 목걸이를 사주었고 후배들이 찾아와서 그리 즐기지 않는 단란주점으로 2차를 간 적이 있다. 주유소에서 세 번, 그리고 학교 앞 일식집에서도 두어 번쯤 카드를 사용했을 것이다. 어머니에게 보내드린 500리터 냉장고의 마지막 할부금도 포함돼 있을 테고 말이다.

또 하나의 사각봉투에는 올빼미 모양의 마크 옆에 '아이센스 안경'이라는 상호가 박혀 있다. 빳빳한 걸 보니 컴퓨터에 입력된 고객이라는 이유만으로 받게 되는, 진심과는 별 관계가 없는 결혼기념일 축하카드쯤인 모양이다.

나머지 하나만은 쉽게 짐작이 가지 않는다. 서류봉투에 '국어교육과 이진찬 교수님'이라고 쓴 단정한 글씨나 '강동구 둔촌동 주공아파트 303동 208호'라는 주소 아래 적힌 이름으로 보아 발신인이 여자라는 것은 알 수 있다. 한현정? 그러나 기억에 없는 이름이다.

나는 연구실 문을 따고 들어와서 우편물을 책상 위에 던져놓는다. 그리고는 언제나 그렇듯이 먼저 가방을 책상 옆에 내려놓고 재킷을 벗어 옷걸이에 건 뒤 컴퓨터의 전원을 켠다. 다음은 팬히터의 온 스위치를 누를 차례, 그런 다음에는 전기포트에 물을 붓는다.

의자에 앉자 바퀴가 제 발끝에 힘을 주느라 삐익 소리를 낸다. 등을 기대고 연구실 안을 무심히 둘러본다. 그리고 어느 순간엔가 내 눈길은 창밖을 향해 돌려져 있다. 적정한 산소량이 유지되지 않는 수족관 속의 열대어가 수면 바깥을 향해 주둥이를 내미는 듯한 본능적인 동작이다. 그냥 숨을 한번 들이마시려고 했을 뿐인데 뱉으려고 보니 어깨가 흔들리도록 깊은 숨이 새어나온다. 아내 생각을 해서가 아니다. 거기까지가 이 방에서의 일과를 시작하는 순서에 포함되는 것이다.

또 하루가 시작된 건가.

서랍을 열고 카메라 렌즈닦이를 꺼내 안경을 닦는다. 안경닦이를 누르고 있던 은색 편지칼의 차가운 감촉이 손끝에 닿는다. 몇년 전 경복궁에서 열린 '마야 잉카전'에 갔다가 산 물건이다. 그 칼을 천천히 서류봉투 모서리에 끼워넣으면서 나는 포트 쪽을 힐끗 본다. 포트 속의 물이 우물우물 불평하는 듯한 성마른 소리를 내더니 어느 순간 격앙된 듯 바르르 끓기 시작한다. 한현정이란 이름을 이마에 새긴 누런 서류봉투도 칼날을 꼭 물고 몇번인가 지직지직 버티더니 이윽고 단념한 듯 투두둑 입이 뜯어진다.

봉투 안에 내가 놀랄 만한 것은 역시 들어 있지 않다. 원고로 보이는 A4 용지 묶음이다. 겉장에는 15포인트에 장평을 80쯤 주고 '진하게'를 선택해서 인쇄한 신명조체로 '멍의 기억'이라고 씌어 있다. 소설 원고인 모양이다. 이런저런 지면에 평론가라는 직함으로 이름을 들이미는만큼 안면이 없는 사람에게서 원고가 부쳐져오는 일은 종종 있었다. 멍의 기억 ── 한현정이라는 이름만큼이나 인상을 남기지 못하는 제목이다. 겉장을 들춰보니 맨 앞에 시구가 인용되어 있다. 이런 시작 역시 내가 그다지 좋아하지 않는 방식이다.

'단 한 번 궤도를 이탈함으로써 두 번 다시 궤도에 진입하지 못할지라도' ── 여기까지 읽어가는데 갑자기 날카로운 소리가 방안의 정적을 깬다. 화면보호 상태에서 조용히 흰 구름만 흘려보내던 컴퓨터가 내 주의를 끌기 위해 '삐리릭' 소리를 낸 것이다.

원고를 그대로 봉투 속에 집어넣고 나는 컴퓨터 앞으로 의자를 당긴다.

연구실의 개인 컴퓨터에 인터넷을 깔아준다고 했을 때, 모든 것을 돈과 연관시키는 재단의 그 결정이 첨단정보를 제공하려는 배려만은 아니리라고 짐작하긴 했다. 짐작이 맞았다. 하루에도 몇번씩 '삐

'리릭' 하는 호출음이 교수들을 원격조종당하는 로봇처럼 컴퓨터 화면 앞으로 불러앉히는 것이다. 학교 기물을 아끼도록 지도해라, 학장에게 인사를 잘하도록 지시하고 교수들도 모범을 보여라, 엘리베이터 사용 억제와 물 아끼기 실천에 적극 나서라 등등. 이 모두의 끝에 따라붙는 '협조 바란다'는 정중한 문장은 우락부락한 팔뚝에 새겨진 해골 문신이나 뒷골목 담벼락의 가위 그림보다 훨씬 더 으스스하다. 이제는 공문을 분실했다거나 전화연락을 못 받아서 미처 몰랐다는 핑계도 통하지 않는다.

회식 자리에서 한 동료가 '여긴 학교가 아니라 군대'라는 불평을 했다. 육사 교관을 거친 다른 동료는 '군대도 안 그래요, 소년원이라면 몰라도'라고 반박했다. 학교와 군대와 감옥의 가장 나쁜 점이 함께 발달되어 있는 곳이 소년원이라는 주장을 나도 어느 소설에선가 읽었다. '그게 조직의 속성인데, 그러려니 해야지 뭘' 하고 누군가 시큰둥하고 무난하게 그 화제를 마무리했던 기억이 난다.

엔터 키를 누르니 화면보호가 걷히며 교무처에서 보낸 공지사항이 뜬다. 내일 있을 교양강좌에 학생들의 참여를 적극 유도하라는 내용이다. 물론 교수들의 참석도 '협조 바란다'고 명기돼 있다. 이틀 전부터 같은 내용이 벌써 세번째 올라온다. 교수들까지 전원 교양강좌를 듣게 함으로써 강연료 12만원에 대한 아까움을 덜어보겠다는 발상이다.

이 달의 교양강좌. 제목은 '문학과 나의 인생'이고 강사는 소설가 박정환이다.

내가 전화를 걸자 정환은 반가워했다. '야, 동기 중에 이 판에서 밥 빌어먹는 건 우리 둘뿐인데, 연락 좀 자주 하고 살면 입 부르트냐?'는 그에게 나도 '가까이 하고 싶은 인간이라야 말이지. 아쉬울 때 한번씩 전화하는 거 보면 몰라?'라며 허물없이 대꾸해주었다. 나는 동향이라거나 동창이라는 이유로 누군가를 특별히 가깝게 생각해본 적은 별로 없었다. 비록 '강연 좀 맡아줄 수 있냐?' 하고 물어보자마자 그가 '강연료가 얼마야? 너같이 싸가지없는 동창한테 술 처먹일 돈은 돼야 가지'라고 동창임을 강조하며 선선히 받아주었다 하더라도 말이다.

나는 머그잔에 디카페인 커피 두 숟갈을 넣고 포트를 기울여 뜨거운 물을 붓는다.

창밖의 하늘은 잔뜩 흐리다. 몇개인가의 거리, 건물들 저편으로 부옇게 아파트 단지가 보인다. 그중 한 아파트에서 지금 아내는 헛구역질을 다스려가며 물에 만 밥을 삼키고 있을 것이다. 다섯살 난 딸애는 그 옆에서 신나는 한글나라인지 한글세상인지 하는 이름의 학습지를 펴놓고 빈칸에 닿소리 스티커를 붙이느라 이마를 찡그릴 테고.

현관을 나서는 내 등뒤에서 아내는 말했다. 저 오늘 병원 가요. 나는 아무 대꾸도 하지 않았다. 아내가 마치 더러운 가래침을 내뱉듯한 말투로 오늘 가겠다고 하는 병원. 그곳이 작년에 불면증 때문에 드나든 적이 있던 정신과일 거라고 생각했다. 그러나 지금 생각해보니 산부인과였는지도 모르겠다. 아내의 우울증이 심해진 것은 피임에 실패한 뒤부터이니까.

딸애를 가졌을 때 아내는 임신 6개월의 몸으로 자궁 속의 물혹을 떼어내는 수술을 했다. 물혹이 태아와 비슷한 속도로 자라고 있어 태아를 압박해왔기 때문에 어쩔 수 없는 일이었다. 태아의 안전을 위해 수술은 마취 없이 이루어졌다. 그 수술 후 아내는 출산의 고통에 대해 번번이 코웃음을 쳤다. 자연이 주는 고통은 다 견딜 만하게 만들어진 거예요. 생각해봐요. 사람이 번히 두 눈을 뜨고 있는데 배를 부욱 찢더니 뱃속에 있는 것을 다 헤치고는 덩어리 하나를 찾아내서 잡아당겨갖고 싹둑싹둑 잘라낼 때 그 고통, 남이 상상이나 할 수 있겠어요? 아내는 텔레비전 드라마 속에서 아이를 끌어안고 입을 쪽쪽 맞춰대는 엄마들을 멍청하니 바라보곤 했다.

내가 전문대학에 임용된 것도 그 무렵이었다. 아내와 나는 서울을 떠나 이곳 경기도로 이사했다. 토박이로 서울에서만 살아왔고, 더욱이 친정과 같은 동네에 살며 모든 가사에 친정어머니의 도움과 간섭을 받아온 아내는 젖뗀 아이처럼 불안해했다. 아내는 낯선 변두리 도시에서 외톨이가 된 채 혼자 힘으로 첫아이를 키워야 했다. 몸까지 약했으므로 살림을 꾸리고 아기 키우는 일이 너무 힘에 부쳤다. 누구나 다 겪는 일이라고 해서 힘들지 않은 것은 아니다. 아내는 아기가 잠이 드는 금쪽 같은 시간에도 아기와 함께 잠들지 못했다. 제인생이 어디로 가버린 것인지 슬퍼하느라 잠으로 시간을 축낼 수가 없었다.

그때만 해도 말상대를 해줄 수 있는 것은 전화기를 뺀다면 나뿐이었다. 아내는 나와 마주앉아 있는 시간을 원했다. 그러기 위해서는 아기가 자줘야 했고 또 내가 피곤하지 않아야 했다. 두 가지 다 어려운 일이었다. 특히 나는 늘 피곤했다. 임용조건으로 기부금이나 기자재 구입을 강요하고 그럴 형편이 안되면 매달 급여에서 발전기금 명목으로 얼마간의 금액을 제하는 재단이고 보면 학교 돌아가는 품새는 뻔한 일이었다. 열악한 조건에서 별 의욕 없는 학생들을 제대로 가르치는 일도 쉽진 않았다. 무엇보다 쓸모없는 잡무와 심부름과 신경전과 수모에 적응하는 일에 치여서 다음 학기에 마칠 작정이었던 논문을 포기해야 될지도 모른다는 불안이 나를 더욱 피곤하게 만들었다. 교수도 되었고 하니 대출받기가 쉽지 않냐며 사업자금을 돌려달라는 형의 전화가 걸려온 날엔 어머니에게서도 전화가 왔다. 제 뱃가죽 뜨뜻하다고 하나밖에 없는 형을 모른 척하다니 먼저 간 아버지를 볼 낯이 없어 죽지도 못하겠다며 어머니는 우는 소리를 냈다.

일주일에 이틀쯤은 내가 밤에 아기를 돌봐줘야만 자신도 생존을 위한 최저 수면시간을 채울 수 있다는 게 그 무렵 아내의 주장이었다. 그럼에도 나는 늘 먼저 잠자리에 들었다. 잠결에 아기를 어르는 아내의 기척에 깨어서 기저귀 가는 일을 돕거나 분유를 타는 일은 자주 해준 편이지만 그것을 주기적인 의무로 삼기에는 나 자신의 삶의 고달픔도 만만치가 않았다.

아내는 언젠가는 아이가 네살이 되는 날이 오리라는 기대만으로 그 시절을 근근이 이겨냈다. 유아원에 보낼 나이가 되면 일자리를 찾을 작정이었다. 6년간의 직장생활이 지긋지긋하다며 결혼과 함께 대학병원의 약사 자리를 그만둔 아내는 약국을 차리고 싶어했지만 그럴 만한 돈이 없으니 다시 취직을 해야 했다. 파트타임 자리 정도는 있을 거라고 생각했다. 작년부터 아내는 친구들과 선후배에게 부지런히 전화를 했다. 그러나 마땅치 않은 눈치였다. 거울 앞에서 아랫배를 손바닥으로 눌러대며 짜증을 내고 콜드크림 마싸지를 하다가도 곧잘 한숨이더니 전에 없이 이웃에 대한 험담을 즐겨 했다. 어느 집 아이는 키가 너무 작은데 엄마가 직장에 다니므로 애정결핍 때문임이 분명하다는 악의 섞인 주장까지 했다. 또 아무것도 아닌

일에 풀이 죽는가 하면 툭하면 공격적이 되었다. 몸이 훨씬 더 고단했던 시절보다 부부싸움도 오히려 잦아졌다. 약국을 차리고 싶다는 말은 입밖에 내지 않았다. 늘 담뱃재를 아무데나 떤다는 둥 화장실 변기 위에 신문을 두고 나왔다는 둥의 문제로 다퉜지만 알고 보면 그게 그거였다.

아내는 볼링을 배우기 시작했고 단소 강습 같은 데에도 기웃거렸지만 여성문화센터 회원모집의 광고전단에서 보장하는 것처럼 삶이 윤택해진 것 같진 않았다. 이웃 아줌마에게서 바티칸 여행중에 사왔다는 장미나무 묵주를 선물받고는 그녀를 따라 성당에도 몇번 나갔지만 영혼의 안식 같은 건 얻지 못했다. 아내는 아기 키우는 일에 치여 모든 것이 유보되어 있던 때보다 더 불행했다. 아내를 가장 견딜 수 없게 만드는 것은 그녀가 불행해진 데에 남편인 나를 비롯하여 그 누구도 잘못한 사람이 없다는 사실이었다.

피임에 실패한 것을 알게 된 것은 보름쯤 전이었다. 아내는 이제야 불행의 원인을 알았다는 듯이 맹렬하게 제 운명을 저주했다.

아내는 애초부터 둘째아이를 원하지 않았다. 나 역시 아내가 이제 겨우 지나쳐온 고통스러운 시간을 다시 반복하도록 우길 마음은 없었다. 어찌 보면 간단한 문제였다. 그러나 아내는 선뜻 산부인과에 가지 않았다. 대신 자기 자신을 괴롭혔다. 지금까지 찾아헤매던 증오의 대상을 자기 안에서 발견해낸 모양이었다. 아내의 혈관들은 나날이 내압이 높아가더니 말초신경에서부터 실핏줄이 터지기 시작했다. 그것은 이내 제 가슴속의 멍이 되었다.

멍의 기억.

창밖을 보고 있던 내 시선이 반사적으로 책상 위로 떨어진다. 누런 서류봉투 속의 소설 원고는 조금 전 내가 놓은 자리에 그대로 있다. 머그잔 속의 커피는 차게 식어버렸다. 나는 커피를 마시려고 찻잔을 든다. 지금처럼 아무도 찾아오지 않는 이른 시각에는 식은 커피를 마시는 것도 그럭저럭 습관이 되었다.

그러나 싸늘한 찻잔에 입술을 대던 나는 갑자기 어리둥절한 표정이 된다. 한현정이란 이름이 누구의 것인지 떠올랐던 것이다.

2

생선 지느러미를 띄운 뜨거운 술이다.

정환은 눈을 내리깔고 잔의 가장자리를 후후 불어가며 조금씩 입술을 축인다. 머리를 숙인 탓에 가르마를 중심으로 퍼져 있는 흰머리가 유난히 무성해 보인다. 피어오르는 김을 피해 이마를 찡그릴 때마다 눈가로는 순식간에 잔주름이 모이곤 한다. 형제 많은 집의 장남이라서인지 정환은 대학 다닐 때부터도 어른스러웠다. 마흔이 되려면 한두 해 남았는데 영락없이 사십 줄로 깊이 휘어진 사내의 모습이다. 하긴 내 모습도 남 보기엔 그리 다르지 않을 것이다. 매일 보는 얼굴이라 눈에 익어서 느끼지 못할 뿐이다.

오랜만에 만난 친구만큼 자신의 나이를 실감하게 해주는 것도 없다. 10년 만에 만난 친구의 변한 얼굴을 보면 자신은 의식 못했던 10년 나이를 그 자리에서 한꺼번에 떠맡는 것 같다. 20년 만에 만나는 친구라면 더할 것이다. 갑자기 자신이 살아온 20년에 대해 무거운 회한에 휩싸이게 마련이다.

얼마 전 아내도 비슷한 말을 한 적이 있다. 우연히 대학동창을 슈퍼마켓에서 만나 몇몇 친구의 소식을 전해듣게 되었다. 참, 너 미경이 알지? 걔도 우리 단지 사는데, 남편이 치과 원장이야. 남편이 몇 살인데 그렇게 일찍 자리잡았어? 글쎄, 마흔쯤 됐을걸. 마흔? 아내는 깜짝 놀랐다고 한다. 순간 자기도 모르게, 어머, 걔 왜 그렇게 늙은 남자한테 시집을 갔다니?라는 말까지 튀어나왔다. 그 얘기를 전하며 아내는 쓸쓸하게 웃었다. 그러고 보니 내년이면 당신 나이도 마흔이고 내가 서른여섯 되잖아요. 하루하루 치여서 살다보니 정작 세월이 뭉텅이로 가버린 것은 모르고 있었어.

"세월이 많이 흐르긴 흘렀구나."

농어회를 집으며 정환이 하는 말이다. 시장바닥에 앉아서 깍두기 하나 놓고 막걸리 퍼마시던 놈들이 회에다 히레라니, 더구나 요즘 같은 시절에 말야. 그러더니 불현듯 무슨 생각이 났는지 헛웃음 같은 게 입가에 어린다. 사실은 며칠 전에도 일식집에서 한잔 했거든. 중학교 동창 중에 카센터 하는 돈 많은 친구가 하나 있는데 나 술 못 사줘서 안달이야. 소설가가 뭐 소설만 쓰냐. 사보에 꽁뜨 쓰고 여기저기 강연 가고 여성지 수기 심사하고, 먹고사는 일이 바쁘지. 근데 걔는 바쁘다고 하면 내가 작품 구상하러 여행이나 다니고 뭐 소재찾아서 사람 만나 술 마시고 그러는 줄 안다구. 어쩌다가 내 인터뷰기사 같은 거 나면 코팅해서 가게에 붙여놓고 저하고 둘도 없는 친구라고 침을 튀기나봐. 그걸 보면 손님들이 아저씨! 하려다가 사장님! 한다나 어쨌다나.

정환은 젓가락으로 철판 위에 있는 팽이버섯을 찢으며 가볍게 덧붙인다. 새 책이 나올 때마다 어떻게 알고 먼저 연락을 해오는데, 늘 열 권씩 사서 단골손님한테 선물한다고 생색이지. 젠장, 내가 꼬박

꼬박 일년에 책을 세 권씩 낸다고 얼마나 존경하는지…… 적당히
식은 술이 정환의 목울대를 단숨에 넘어간다. 이사철마다 한권 내고
마누라 애 낳을 때 한권 내고 막내동생 대학 갈 때 한권 내고, 그 덕
에 내가 불후의 명작을 벌써 몇권이나 쓴 거야? 혹시 천재 아냐? 잔
을 비우며 내가 대꾸한다. 당대에 아무도 안 알아주고 요절해야 천
재지 나이 사십에 무슨 수로 요절하려고? 그러게 말야,라며 정환이
피식 웃는다. 이 나이까지 살아버렸으니 이제 욕되게 생을 끌고 가
다 내려놓는 것말고 무슨 선택이 남아 있겠어.

우리는 동창과 써클 선후배의 소식으로 화제를 바꾼다. 소식을 전
하는 것은 주로 정환이다.

광고회사를 그만두고 우동집을 차린 누구는 하루 40만원 매상을
채우는 데 재미를 붙였다가 허리병이 나서 자리보전중이고, 누구는
전교조에 관련돼 학교를 그만둔 뒤 생활설계사로 나선 마누라 덕에
먹고사는가 싶었는데 그 새로운 가장이 그만 바람이 나서 가출했고,
또 누군가는 아버지가 물려준 시내 노른자위 땅에 6층짜리 주차빌딩
을 지어 부러움을 산 것도 잠깐, 허가가 안 떨어져 안절부절못하고
있다. 여자 동기 중 누구는 방송국에서 구성작가 하다가 가수 매니
저하고 결혼한 지 몇달 만에 이혼했고, 제일 예쁘고 똑똑하고 콧대
까지 높던 누구는 남편 따라 미국에 가서 빨래방을 하고 있는가 하
면, 또 한동네 산다는 것을 잡지 기사를 통해 안 누구는 학습지 구독
을 권하러 와서는 자기의 파란만장한 인생이 담겼다는 습작 소설을
내밀며 눈물바람을 하고…… 정환은 이렇게 덧붙인다. 다들 사는
게 그래. 꿈도 사라지고 떠나온 길은 멀고, 다 그런 거지.

뜨거운 히레술을 세 잔이나 마신 나는 머리가 조금 아파온다. 소

설을 써들고 찾아왔다는 여자 동기 얘기를 들은 뒤부터였을까. 나는 정환에게 한현정의 얘기를 해야 할지 말아야 할지 망설이고 있다.

그러나 그녀의 이름은 뜻밖에도 정환의 입에서 먼저 나온다. 금방 담배에 불을 붙이고 첫모금을 깊이 빨아서인지 목소리가 조금 칼칼하다.

"너 영규 소식 들었냐?"

"심영규? 글쎄. 출판사인가 기획사인가 다닌다고 들은 것 같은데. 시로 등단했다는 말도 있고. 발표된 걸 본 적은 없지만."

"그 자식이 무슨 시를 써. 한현정 마음에 들려고 폼 잡은 거지."

정환의 말투는 퉁명스럽다. 한현정이라는 이름만은 약간 어색하게 발음한다.

어느 시기에 나와 정환, 한현정은 같은 캠퍼스 안에 있었다. 나는 석사장교로 국방의무를 때운 뒤 막 박사과정에 들어갔고 군복무 기한을 꼬박 채운 정환은 4학년에 복학해 있었으며 한현정은 2학년인가 그랬다. 그리고 그 시기에 정환과 나의 동기로는 유일하게 캠퍼스에서 마주치는 사람이 하나 더 있었는데 그가 심영규였다. 그는 복교생이었다. 신입생 때 데모에 끼었다가 제적당했던 것이다. 겨우 한 학기만 같이 다녔으므로 나는 영규를 깊이 알지 못했다.

한현정에 대해서는 더욱 몰랐다. 정환이 문학회의 후배라고 챙기면서 어울려 다니는 걸 몇번 보았을 뿐이었다. 한 번인가 두 번인가 학생식당에서 점심을 함께 먹은 적이 있긴 했다. 물론 정환과 함께였고 그 자리에 영규도 있었던 듯하다. 그녀는 유복하고 사랑이 많은 집안에서 깨끗하게 씻겨가며 키워진 푸성귀 같은 인상을 주었다. 불어터진 짜장면을 먹는 데도 반듯하고 탐스러워 보였다. 그녀가 졸업도 하지 못한 채 뱃속에 4개월 된 아이를 지니고 심영규와 결혼했다는 소식을 듣고도 내가 놀라지 않은 것은 바로 그 때문이었다. 그녀는 순진하게 보였고, 그런만큼 제 인생을 감당하려는 고지식함이 엿보였던 것이다. 남의 일에 그다지 관심이 없는 나는 한현정을 그 정도로만 기억했다.

두어 모금밖에 빨지 않은 담배를 재떨이에 비벼끄며 정환이 영규 얘기를 계속한다.

"한 달쯤 됐나. 교통사고를 크게 당했다고 하더라."

"어쩌다가?"

"넌 정말 영규 어떻게 사는지 통 모르는 모양이구나. 어쩌다가? 그렇게 묻는 놈은 네가 처음이다. 다들 기어코? 그러더라."

정환의 얼굴에는 노골적인 경멸이 나타난다.

"이 나이에 처자식 먹여살릴 궁리는 제껴두고 혼자 바람같이 싸돌아다니니 팔자야 좋은 놈이지. 회사를 다니는 건지 여기저기 기웃대면서 술이나 얻어마시자는 건지, 곧 엄청난 사업 벌일 거라고 허풍이나 치고. 너한테는 찾아온 적 없었나보구나."

"나야 뭐 친한 사이도 아니니까."

"누군 친한 사이고? 사십이 돼서까지 곤드레가 되어 길바닥에서 자는 놈한테 그런 걸 따질 염치가 어딨어."

몇년 전 정환은 자정 넘은 시각에 영규를 우연히 만난 적이 있다고 말해준다. 신촌 기차역 앞의 택시정류장에서였다. 엉망으로 취해 길바닥에 너부러진 남자를 택시기사 둘이 흔들어 깨우고 있었다. 남자는 정류장의 쇠기둥에 기대고 있다가 거꾸러진 모양으로 머리가 차도 위까지 내려와 몹시 위험했다. 그러나 아무리 흔들어도 꼼짝하지 않았다. 택시기사들이 욕설을 퍼부으며 거의 발로 차다시피 해서 그를 인도 쪽으로 굴려놓았다. 그 바람에 엎어져 있던 그의 얼굴이 위를 향해 돌려졌다. 솔기가 뜯어진 더러운 양복에다 침이며 흙이며 잔뜩 묻어 어느 거지 못지않은 부랑의 연조를 과시하는 그 얼굴은 영규의 얼굴이었다.

다음날 아침 정환의 집에서 깨어난 영규는 정환 처가 끓여준 콩나물국을 먹고 나서도 갈 생각을 하지 않았다. 출근 안해도 돼?라고 정환이 묻자, 나가면 잔소리만 들을 텐데 뭐,라며 태평스럽게 돌아누웠다. 한현정을 의식한 정환이 약간 어색한 목소리로, 집에 연락해야지,라고 말한 데에는, 상관없어, 간단히 대꾸했다. 라디오 방송에서 '문화 초대석'이라는 코너에 출연하기로 한 정환이 나갈 차비를 마쳤는데도 따라나서기는커녕 제집처럼 현관에 나와 정환의 어린 아들과 함께 빠이빠이를 하는 거였다. 오후에 돌아와보니 전날 밤과 비슷한 지경으로 취한 채 책상 다리 옆에서 소주병과 사이 좋게 고꾸라져 자고 있었다. 그가 돌아간 다음 정환은 한동안 잠잠하다 싶던 아내의 잔소리를 다시 뒤집어써야 했다. 정환의 표현에 따르면, 여자란 싸움의 원인이 된 일만 따지는 게 아니라 거기에 평소의 불만을 엮고 비약시켜서 문제 해결을 비켜가는 일에는 타고난 족속이었다.

정환의 사정에는 아랑곳없이 영규는 자주 연락을 해왔다. 정환은 문학에 대한 열정과 신념을 토로하는 영규의 장광설을 참을성있게 들어주기도 하고 경멸과 연민의 와중에서 그의 사업구상이란 것도 그런대로 고개를 숙이고 들어주었다. 술을 사고 잠을 재워준 것은 물론 돌려받을 기약 없이 푼돈을 빌려줘야 할 때도 있었다. 정환은 영규가 그렇게 오랫동안 우정을 강요할 줄은 미처 몰랐다고 한다. 어느날은 동네 개들이 짖어대서 나가보니 대문 앞에 토사물을 쏟아놓고 쓰러져 있었으며 또 어느날은 정환과 함께 자던 요에다 오줌을 흠뻑 누기도 했다. 포장마차에서 우연히 만난 여자를 '내가 소설가 아무개의 친구인데 그 집에 가서 술 한잔 더 하자'고 꼬드겨 데려와서 밤늦게 벨을 눌러댈 때는 아무리 '진국' 소리를 듣는 품 넓은 정환도 얼굴이 일그러졌다.

영규가 제적당했을 때 우리는 모두 갓스물을 넘긴 나이였다. 스무살의 가슴에 영규는 끌려가는 친구를 보고도 방관했던 자의 부끄러움을 새겨놓았다. 우리 동기에게 있어서 영규는 굳이 달라고 하면 갚지 않을 수 없는 선대의 빚 같은 편치 않은 존재였다. 당시 과대표였던 정환은 특히 마음속의 빚이 많았는지도 모른다. 그러나 모르겠다. 영규에게 한현정을 잃고도 아직 다 못 갚았다고 생각될 정도인지는.

"사고난 날도 술을 엄청 마셨다고 하더라구. 용악문학상 시상식에 나타났더래. 수상자가 모교 교수이긴 해도, 그거야 우리 졸업한 후에 들어간 교수인데, 지가 무슨 상관이 있다고 그런 자리에 얼굴을 내미는지 몰라. 후배가 와서 전하는데 삼차까지 따라가서 저 혼자 기분 다 내고, 아주 볼만했다더라."

당연한 일이지만 그 후배는 처음에 영규를 몰라본 모양이었다. 영규 쪽에서 먼저 다가와, 너 시 쓰는 아무개지? 나 79학번 심영규다, 라고 인사를 청했다. 후배는, 그럼 박정환 선배하고 동기시겠네요? 하고 알은체를 했다. 다음 순간 아차 싶었지만 이미 늦었다. 후배는 그 밤 내내 영규와 함께 움직여야만 했다. 뒤풀이 자리에 가 앉자마자 영규는 술을 급하게 마셔댔다. 꼬부라진 혀로 쉴새없이 떠들었다. 그런 자리에서 듣기에 민망한 험담투성이었고 음담패설에 욕설도 섞였다. 후배는 거기 모인 사람들에게 영규와 결코 친한 사이가 아님을 증명해야 할 필요를 강하게 느꼈으므로 안절부절못했다. 그는 화장실 다녀오는 길에 슬쩍 다른 자리로 가 앉았다. 술이 거나해지면서 좌석이 마구 뒤섞이는 분위기였다. 후배가 앉았던 영규의 옆자리에도 계속 누군가가 앉았다. 그러나 하나같이 얼마 안 가서 분연히 혹은 싸늘히 일어서곤 했다. 영규는 춤까지 추었고 생전 처음 보는 음전한 여자 문인들의 팔을 끌어당기며 구애도 하고 굴욕적인 박대도 받았다. 나중엔 훌쩍거리기까지 했다.

후배가 새로 옮겨앉은 자리는 마침 그날의 수상자와 같은 테이블이었다. 누군가가 영규를 가리키며 수상자에게 물었다. 선생님 제잔가요? 그 대학 출신이라던데요? 아뇨. 나도 처음 봅니다. 그럼 저 작자가 아는 사람도 없이 여긴 왜 와서 주접을 떨죠? 점잖은 시인은 너그럽게 대답했다. 놔두세요. 배반낭자(杯盤狼藉)라고, 술이 극에 이르면 흐트러지고 즐거움이 극에 이르면 슬퍼지는 거 아닙니까. 그러고는 입속말로 조용히 덧붙였다. 원래 잔칫집이란 거지도 오는 데니까요.

"그러니 그게 무슨 망신이야. 그러고도 마지막까지 남아서 아무나 붙잡고 한잔 더 하자고 설치더래. 그런 놈이 차도라고 안 뛰어들겠어?"

"병원엔 가봤냐?"

"그럴까 하다가 말았다. 소식도 좀 늦게 들었고, 한현정이 망가진 모양 그것도 대하기 좀 그렇고……"

정환은 식어버린 매운탕을 한 숟갈 떠먹더니 고춧가루가 목에 들러붙었는지 헛기침을 몇번 한다.

"이젠 세월도 지나고, 이런 말 해도 되는 시절이 온 것 같아 말이지…… 사실 걔가 데모나 제대로 한 거냐? 멋모르고 우쭐해서 전단 나눠주다가 짭새들 덮칠 때 도망 못 가서 잡힌 거잖아."

물컵으로 손을 뻗는 그의 표정은 아무래도 떨떠름하다.

"아무튼 영규 그 자식은 인생 전체가 다 포즈야. 현실이라고는 없어. 직장생활을 어떻게 하는 줄 알아? 왜 김범수라고, 영규한테 전단 들려보냈던 선배 있잖아. 실형 살고 나와서 사회과학 출판사 다니다가 몇년 전에 사식집 한 옆에다 기획회사라고 조그맣게 차렸나봐. 영규 그렇게 빌빌거린다는 소식 듣고 데려다가 사보 만드는 일을 맡긴 모양인데…… 처음에는 대충 호감을 사나봐. 창의적이고 신선하다, 이거 물건이 되겠는데, 이런 식으로 말이지. 근데 중요한 순간에 사고를 친대. 자기가 알아서 하겠다고 자료를 다 가져가서는 그날부터 며칠 동안 얼굴도 안 비친다는 거야. 시안 한번 못 내보고 클라이언트한테 잘린 게 몇번이나 된다더라. 뒷감당도 못하면서 큰소리부터 치고 보는 거나 일 저지르고 나서 몰래 숨어 있는 거, 그거 응석 아니냐? 그래도 주제에 술집에 가면 아가씨들한테는 인기 많다더라. 인간이 순수하다나 어쨌다나."

정환은 몇가지 얘기를 더 전한다. 딸 낳을 병원비까지 제 뱃속에 술로 처넣은 놈이야. 한현정이 어디서 급히 돈을 돌려갖고 혼자 병원에 가서 애를 낳았대. 애비라는 놈은 다음날인가 그 다음날인가 또 잔뜩 취해갖고 나타나서 병원 경비하고 한판 붙고 있는 걸 산모가 나와 애걸복걸해서 겨우 돌려보냈다고 하더라.

"솔직히 난 지금도 이해가 안 가. 한현정은 대체 뭘 보고 영규를 받아들였을까. 그 허풍에 넘어갈 정도로 머리가 빈 여자도 아닌데 말야."

벽시계를 보니 벌써 열한시를 가리키고 있다. 나는 말머리를 돌린다.

"제수씨랑 애들은 다 잘 있지?"

"마누라야 늘 그 타령이고, 밑엣놈이 올해 국민학교 들어가. 참, 초등학교. 나 원, 소학교나 공민보통학교나 국민학교나, 원고에 썼다 하면 출판사에서 전부 다 초등학교로 바꿔버리니 나도 이젠 자동으로 거기 맞추게 되네. 왜 컴퓨터에서 불현듯이라고 치면 삐릭, 소리가 나면서 불현과 듯을 띄어버리고 신호등이라고 치면 신호와 등 사이를 제까닥 떼놓잖아. 나중에는 그 단어를 잘 안 쓰게 되더라구. 이런 걸 무슨 경우라고 하는지, 혹시 '반항'인가?"

"이 나이에? 아마 '적응'일걸, '포기'거나."

시간이 늦어지고 술기운이 올라서인지 우리의 이야기는 맥이 없이 시들하다. 지금까지 화제를 주도해가던 정환이 특히 말수가 적어진다. 나는 불이 꺼진 내 연구실과 책상, 그리고 서랍 속에 은색 편지칼로 눌려 있는 한현정의 원고를 생각한다. 한현정은 왜 정환이 아닌 내게 소설을 보냈을까.

술집에서 학교까지는 십여분밖에 걸리지 않는 거리이다. 나는 연구실에 있는 그녀의 원고를 정환에게 양도하려는, 사실은 떠맡겨버리려는 생각을 잠깐 해본다. 그 소설이 어떤 내용일지는 짐작할 만하다. 여자의 신세타령에 호의를 가질 수 없는 나보다는 애정을 갖고 읽어주는 사람에게 맡겨지는 편이 그녀를 위해서도 훨씬 나을 것이다. 나는 정환을 힐끗 본다. 정환도 자기 생각에 골똘해서 말이 없다. 우리는 마지막으로 한잔을 더 주문한다.

말없이 술잔을 만지작거리던 정환이 시선을 잔에 둔 채로 중얼거린다.

"마찬가지였을 거야."

나는 새로 날라져온 뜨거운 술을 한모금 마시고 그의 다음 말을 기다린다.

"뭐가 그렇게 다르겠어. 똑같이 악다구니를 쓰다가 한편 서로 불쌍해하기도 하고, 그렇게 늙어갔겠지. 데려다가 고생시키기는 지금 마누라나 마찬가지였겠고…… 마누라가 나한테 하는 잔소리를 그 여자가 하고 있다고 생각하면 끔찍해. 차라리 뺏기기를 잘했다는 생각도 들고…… 그래도……"

말을 끊더니 정환은 한참 동안 다시 물끄러미 술잔을 내려다본다. 술잔에 비친 제 얼굴에 당황하는 표정 같기도 하다. 갑자기 쓸쓸하게 웃고는 잔을 쳐들어 술을 기울이는데 뺨에 홍조가 어려 있다.

"그래도 한번 같이 살아봤더라면 하는 생각은…… 지금도 같아. 그런 건 죽을 때까지 안 변하는 모양이야."

"그것도 일종의 멍 같은 건가?"

"멍?"

나는 아무 대답 없이 영규의 사고소식에 대해 마저 묻는다.

"퇴원은 했대?"

"수술했다는 소식까진 들었는데 그 다음은 모르겠다. 지금쯤 퇴원했겠지 뭐. 왜, 가보게?"

"아니, 그건 아니고……"

종업원 아가씨가 자리로 오더니 치워도 되겠냐고 묻는다. 계산서 갖다드릴까요?라며 단골인 내 쪽을 바라본다. 내가 지갑 안에서 카드를 꺼내는 걸 보고 정환도 제 가방을 끌어당기려 한다. 나는 가볍게 손을 저어 만류하고 아가씨에게 카드를 건넨 다음 하던 말을 마무리한다.

"그냥, 넝 때문에……"

"왜 자꾸 넝 이야기야?"

"그런 제목으로 소설을 써서 보내온 여자가 있어."

"누군데?"

"응…… 그냥 그런 사람이 있어."

정환도 더이상 물어볼 생각은 없는지 아무 말 없이 양복 저고리의 소매에 팔을 집어넣는다.

밖으로 나오자 차가운 밤이 기다리고 있다. 몇개의 간판에 불이 켜져 있을 뿐 거리는 무섭게 조용하다. 이 시간에 서울까지 어떻게 가려구, 그냥 우리집에서 자고 가라. 내 말에 정환은 신림역까지 택시 타고 나가면 아직 심야버스가 있어,라고 하더니 무슨 친한 사이라고 자고 가, 아쉬울 때나 또 연락하면 되지, 하며 껄껄 웃는다. 어둠속에서도 주름살이 뚜렷한 음영을 만든다.

택시가 와서 선다. 정환이 먼저, 이어서 그의 낡은 가방이 택시 안으로 구겨져 들어간다. 택시는 바로 출발하지 않는다. 택시비를 흥정하는 모양이다. 보고 있기가 어쩐지 민망해진 나는 신호등이 푸른색으로 바뀌자마자 횡단보도를 건너간다. 다 건너간 다음 돌아보니 정환이 택시에서 도로 내리고 있다. 그리고는 다른 택시를 향해 손을 쳐들며 뛰어간다. 그의 무릎께에서 외투자락이 경망스럽게 벌어져 펄럭거린다. 옆구리에 가방을 낀 채 한쪽 손은 주머니 속에 들어가 있다. 그 손끝은 강연료 봉투에 닿아 있을 것이다. 11월인데 밤공기가 꽤 차다.

3

한현정의 원고를 읽은 것은 그러고도 며칠이 지난 뒤이다.

아침에 아내는 현관 신발장에 기대서서, 오늘은 정말 병원에 가야겠어요,라고 말하더니 대답이라도 기다리듯이 내 얼굴을 빤히 쳐다보았다. 산부인과에 가려는 모양이었다. 이미 아내가 결정을 내린 문제라고 생각했으므로 나는 아무 대답도 하지 않았다. 딸애 때 아내가 치렀던 고통을 생각하면, 출산이 부부 모두의 일이라고는 해도 어쨌든 아내의 몸에서 이루어지는 일인만큼 그녀가 일차적인 당사자로서의 권한을 갖는 것은 당연했다.

하늘은 여전히 흐려 있다.

올 겨울은 유난히 흐린 날이 많다. 공기가 포근해서 눈이 올 것 같지는 않은 날씨이다. 출제한 시험문제를 컴퓨터로 전송해놓고 생각 없이 창밖을 보다가, 눈에 띈 김에 역시 별 생각 없이 꺼내든 것이 한현정의 원고이다.

멍의 기억

단 한 번 궤도를 이탈함으로써 두 번 다시 궤도에 진입하지 못할지라도 캄캄한 하늘에 획을 긋는 별, 그 똥, 짧지만,

그래도 획을 그을 수 있는, 포기한 자 그래서 이탈한 자가
문득 자유롭다는 것을.

—김중식 「이탈한 자가 문득」 중에서

그는 지금 여기 없다. 여행중이다.

항상 떠나고 싶어했으므로 그는 분명 행복할 것이다. 이곳에서 그
는 조그만 상자 속에 첩첩이 몸을 구겨넣은 서커스의 거인처럼 말없
이 신음해왔다. 그러므로 어디에 있든 이곳에서보다 행복하지 않을
수는 없다. 그런데도 나는 그가 빨리 여행을 끝내고 돌아오기를 기
다린다.

돌아오면 나는 그에게 먼저 물감을 사주고 싶다. 그가 물감을 갖
고 싶어했던가? 그건 잘 모르겠다. 어쨌든 그에게는 물감이나 나무,
돌, 뭐 그런 따위의 정 붙일 이름이 필요할 거라는 생각이 들어서이
다. 너무 늦어버린 걸까. 그러나 나는 끝까지 그를 기다릴 것이다.

얼마 전 그날도 그는 술에 취해 들어왔다. 그는 벨을 누르는 법이
없다. 문을 발로 찬다. 새벽에 자기 집 문을 발로 차면서 자기 아내
를 '거기 누구 없어?'라는 객쩍은 호칭으로 부르는 것은 근동에 그
밖에 없을 것이다. 내가 문을 열자마자 그는 마치 옷장 속에 숨겨두
었던 시체처럼 뻣뻣이 내 몸 위로 쓰러졌다. 나는 이력이 붙은 침착
함으로 그의 몸을 마루까지 부축해 끌고 와서 소파에 눕혔다.

구겨진 물건처럼 소파에 부려져도 그는 고개만은 번쩍 쳐들고 있
다. 그는 술이 취하면 절대로 고개를 눕히지 않는다. 아무리 머리를
눌러도, 때론 좀 흉하지만 배를 타고 올라가서 두 무릎으로 그의 어
깨를 찍어누르고 양손으로 힘껏 눌러보는데도 소용없다. 죽은 듯 늘

어져서 눈을 감고 있지만 이상하게도 고개만은 철심을 박은 듯 빳빳했다. 그리고 구두를 벗기려고 하면 여지없이 나를 걷어찼다. 그런 날이면 나는, 두 손을 바닥에 축 늘어뜨리고 고개만 약 30도 각도로 비스듬히 쳐든 채 쓰러져 있는 그를 소파 위에 놓아두고 혼자 방에 들어가서 잔다.

그런 날이면 또 나는 자명종 시계바늘을 여섯시에 맞춰놓는다. 어린 딸애가 깨어나기 전에 일어나 그의 모습을 수습하기 위해서다. 나는 모든 것을, 이를테면 삶의 자잘한 수고로움과 고단함, 가난 같은 것을 딸에게 다 보이는 것을 원칙으로 하고 있다. 그러나 술에서 깨어나지 못한 아빠의 모습은 되도록 감추고 싶었다. 아빠가 치르는 삶의 엄숙한 형질변화를 이해하기에는 아직 그애는 어린아이였다.

딱 한번 딸애가 나보다 먼저 일어난 적이 있다. 마루로 나가보니 딸애는 웅크려 잠든 그를 물끄러미 내려다보고 있었다.

"엄마, 왜 아빠는 구두를 신고 자?"

"글쎄, 계속 걸어가려고 그러나보지."

"꿈속에서?"

딸애는 고개를 끄덕였다. 그러고는 가만히 그의 구두를 벗겼다. 아빠 밤새도록 걸어서 다리 아프겠다,라고 중얼거리면서.

지난밤에 그는 어떤 잠을 이루었을까. 내가 혼자 편안한 이부자리에서 일어나며 맨 먼저 떠올리는 것은 불편했을 그의 잠, 그 잠의 체위이다. 이제라도 그를 이부자리에 눕혀야 한다. 이제는 제아무리 빳빳한 그의 고개도 탄성을 잃었을 것이다.

나는 그에게 다가가 먼저 옷을 벗긴다. 그의 맨살 속에 아른아른 비치는 부드러운 누르스름함이 있다. 멍의 흔적이다. 자주 헛발을 딛고 모르는 곳을 헤매고, 그러는 동안 그의 양복마다 짜깁기 자리가 늘어가듯 그의 몸에서는 멍이 떠나지 않는다. 멍은 거무튀튀할 때까지는 욱신거리다가 푸르스름해지면 거의 아무렇지도 않다. 이렇게 아른아른한 누르스름함으로 남아 있을 때는 언제 어디서 그 멍을 얻었는지조차 잘 기억나지 않는다. 처음 멍이 되던 순간의 타박은 잊혀진 통증이 되고 만다. 그러면 그는 또 새로운 멍을 만들어 온다.

따뜻하게 적신 수건으로 그의 몸을 닦으며 나는 몸속에 자리잡은 주름살을 보았다. 세월이 일그러뜨린 뼈의 순서와 각도의 변형도 본다. 그와 함께한 십여년 동안 그는 많이 변했다. 숱 많던 갈색 머리는 성글어졌고 앞이마는 벗겨질 준비를 하고 있다. 몸의 선 역시 굽어가는 어깨와 불러가는 배의 균형을 잡을 수 없어 무정형이다.

나이가 들어가는 것은 그러나 그 혼자만의 일이 아니다. 자기와 함께 태어난 사람들과 더불어 늙어가는 것은 자연스러운 일이다. 나는 그가 자신의 늙어가는 겉모습처럼 그렇게 일반적인 삶에 편입되기를 바란다.

어찌어찌하여 1959년 4월에 그는 태어났다. 손 귀한 집에 시집와서 아들 다섯을 낳고 또 하나를 보탰다고 그의 어머니는 숟가락도 드높이 미역국을 먹었다. 전라도 한 소읍의 부농이었던 그의 아버지는 여섯 아들에게 가난 같은 삶의 신산은 안겨주지 않았다. 아들 많은 집에 얼굴이 각각이라고 여섯 명의 아들이 누구는 크고 누구는 작고 누구는 실하고 누구는 허했다. 노자 장자를 즐겨 읽었다는 아버지의 아들들답게 두드러지는 점도 거스르는 점도 별로 없었고 있

는 듯 없는 듯하여 불효할 일도 따로 없었다. 막내아들만이 해 넘어
간 뒤에도 부르러 가야만 집에 들어오는 역마기에 엉뚱한 짓을 곧잘
하고, 뭔지 모르게 금방 시작했나 싶으면 이내 싫증내는 일이 많기
도 많아 어이없는 적이 한두 번이 아니었지만 그것 역시 그런 애도
한 명쯤 있으려니 하고 심상하게 넘어갈 만한 정도였다.

그는 자연스럽고 자유롭게 자랐다. 열두살 때인가 병을 앓아서 학
교를 한 해 쉰 적이 있다. 그것을 빼고는 누구나 겪었을 평범하기 그
지없는 유년이었다.

상급학교로 진학해서도 그다지 달라지지 않았다. 학교생활을 갑
갑해하긴 했다. 그러나 방구석에 틀어박혀 김수영 시를 베껴쓰고 기
타 반주에 맞춰 CCR의 노래를 불러대는 일로 그럭저럭 사춘기를 보
냈다. 친구는 거의 없었기에 교우관계는 무난했고 성적은 그럭저럭
중위권을 웃돌아 누구의 기대도 모을 필요 없이 눈에 안 띄게 대학
은 갈 수 있을 정도였다. 뭐든 심각하게 생각하는 일이 없고 집착하
는 것도 없는 그이고 보면 친구나 성적 같은 일로 갈등을 느끼지 않
은 것은 당연했다. 그의 천연덕스럽고 선량한 정신을 구속하는 것은
아무것도 없었다. 그때까지는.

그가 대학에서 제적당한 것은 신입생 때였다. 그래서 스물두살에
그의 학력은 고졸이었다. 직업을 가질 만한 기술이 있을 리도 없었
으므로 취직은 여의치 않았다. 친척이 경영하는 조그만 제조회사에
라도 들어가려 했지만 위장취업으로 오해받느니 어쩌니 하는 어처
구니없는 말로 꺼려했다. 결국 그는 책을 만들어주는 사식집에서 일
했다. 처음에는 대지작업을 하는 칼잡이로 일하다가 선을 긋게 되었
고 대단찮은 손재주 덕분에 간단한 컷까지 그리게 되었다. 몇달간의

80

견습생활이 끝나 제대로 된 첫 월급을 받은 날 밤에 그는 청량리에
가서 여자를 샀다.

새벽에 그는 거리로 나왔다. 야릇한 쓸쓸함과 노곤함, 그러면서
밑도끝도 없이 '바람이 분다, 살아봐야겠다' 따위의 말을 중얼거리
게 만드는 생뚱한 생의 의지 같은 것이 밀려왔다. 불이 켜져 있는 성
마오로 병원을 끼고 돌아서 그는 청량리 시장으로 갔다. 지난밤 일
로 남방셔츠가 너무 구겨졌으므로 새벽시장에서 새 티셔츠를 사 입
었다. 그리고 버스정류장을 향해 걸어가고 있었다. 그때 그는 불현
듯 자기가 쫓겨난 학교를 향해 가고 있는 버스를 보았다.

버스는 마악 정류장을 출발하고 있었다. 그는 그 버스를 향해 맹
렬히 뛰기 시작했다. 사이드 미러를 통해 운전사는 뛰어오고 있는
그를 보았다. 운전사는 멈출까도 생각했을 것이다. 그러나 그때 멈
췄다가는 다음 신호등에서 삼십초 정도를 더 기다려야 한다는 판단
이 들었던 게 틀림없다. 멈출 듯하던 버스는 다시 속력을 내며 멀어
져갔다. 그는 포기하지 않고 계속 버스를 향해서 뛰었다. 죽어라고
뛰었다. 사이드 미러로 계속 그를 지켜보던 운전사는 혀를 한번 찼
다. 마침내는 차를 세우고 필사적으로 뛰어오던 젊은이를 차에 태웠
다.

차에 타자 그는 우선 현기증을 느꼈다. 간밤에 이어 체력소모가
너무 컸던 탓에 잠시 그의 눈앞에는 아무것도 보이지 않았다. 그는
헐떡이며 거칠게 숨을 몰아쉬었다. 아직 아침이 완전히는 밝지 않은
시각이었다. 오르락내리락하는 앞가슴에 손을 대고 한참 숨을 고르
고 나자 조금 진정이 되어 손바닥에 좀 빠른 듯한 박동만 전해왔다.
그때 그는 보았다. 방금 꺾어져 들어온 종로 거리를, 그리고 학교에

가기 위해 버스에 앉아 있는 자기 자신…… 깜짝 놀라서 자기의 낯선 티셔츠를 내려다보는 그의 얼굴은 새빨개졌다.

처음 그 얘기를 할 때 그는 피식 웃었다. 그러나 무지막지하게 취한 어느날엔가 내 품에 안겨들며 울었다. 나는 깃발을 들고만 있는데 꼭 흔드는 것 같았어. 무서워서 떠는데, 근데 내 손에서 깃발이 막 흔들리는 거야. 그래도 난 도망 같은 건 안 갔어,라며 머리와 팔을 흔들흔들 내젓더니 그대로 내 스커트에 코를 박고 잠들어버리는 거였다.

나에게 그는 복사씨 같은 사랑을 주마고 말하곤 했다. 너에게서 복사씨 살구씨 같은 단단한 아름다움*을 본다고 했고, 나는 너의 나무 아래서 우리 아이들에게 사랑의 음계를 가르쳐주고 싶다고 했고, 나는 너를 만나 콧구멍이 넓어졌나봐, 숨이 너무 잘 쉬어져,라고 했다. 나는 그와 결혼했다.

결혼한 지 3년이 지나서야 그는 대학을 마쳤고 첫직장에 들어갔다. 오래 붙어 있진 못했다. 번번이 감탄할 만한 아이디어를 냈지만 자신이 생각하기에 세상은 항상 그의 뒤에서 한발짝 뒤처져서 돌아가고 있었다. 그는 자주 동료들에게 경계나 따돌림을 당했다. 또한 윗사람들에게 그의 근무태도는 언제나 문제였다. 그는 직장을 자주 옮겼고, 옮길 때마다 새 직장에 신나했고, 신나서 술을 마셨고, 새 직장과 함께할 많은 유쾌한 계획을 세웠고, 유쾌해서 술 마셨고, 얼마 안 가 자신이 발붙이지 못할 곳임을 알았고, 그러니 또 마셨고, 여기저기서 상처입었고, 술 마셨고, 지각한 김에 결근했고, 윗사람한테 혼날까봐 계속 결근했고, 그래도 마셨고, 두고 보자 혹은 에라 하며 마셨고, 나중에는 뭘 마시는 줄도 모르고 마셨다. 그러는 동안 그는 집 바깥을 헤매었으며 잠을 재워주는 만화가게나 오락실 같은 데서 가출소년들과 함께 '버림받은 인생'의 역할을 하기도 했다.

나는 그의 외박과 잠적에 적응해야 했다. 처음에는 밤새 잠을 못 이루고 그가 갈 만한 곳에 전화를 해댔다. 파출소에, 그리고 182에까지도 연락을 해보곤 했다. 저, 주민등록번호가요, 오구공사일칠에 일사팔공일일팔인데요, 네, 신고 들어온 거 없다구요, 고맙습니다, 하고 전화를 내려놓으며 보낸 불면의 시간이 짧았다고는 할 수 없다.

그가 일주일이 넘도록 돌아오지 않은 적이 있었다. 시숙에게 전화를 했다. 이렇게 오래 안 들어온 건 처음이라서요. 시숙이, 한심한 놈, 언제나 정신을 차릴는지, 아무튼 제수씨, 내가 알아볼 테니 걱정 말고 하루만 더 기다려보지요, 그러고 있는데 누군가 현관문을 차는 소리가 들려 나가보니 그였다. 아주버님, 그이 지금 들어왔어요. 그래요? 그 자식 꼼짝 말고 있으라고 하세요, 내 지금 갈 테니까. 한 시간쯤 후에 시숙이 와서 그를 집 밖으로 데리고 나갔다. 시숙의 얼굴에는, 나는 지금 너를 단단히 야단치려고 벼르노라,고 씌어 있었다. 그는 내가 굵은 때를 밀어주는 대로 얌전히 목욕을 하고서 대기하고 있다가 형을 따라나섰다. 형의 등뒤에서 신발을 꿰며 그는 울상을 지어 보였다. 내 귀에 대고, 난 이제 죽었어, 나 어떡해,라고 속삭였다. 나도 따라 목소리를 낮춰서, 괜찮을 거예요, 하고 속삭이며 등뒤에서 그의 오른쪽 어깨에 살짝 손을 얹었었는데, 그는 그 힘에도 몸이 휘청 떠밀리는 것이었다.

베란다에 나가서 내려다보니 고개를 푹 숙이고 초등학생처럼 형을 따라가는 그의 굽은 등 위에서 가을 햇살이 천진하게 뛰놀고 있었다.

우리는 가난했다. 그리 형편이 좋지 않은 출판사에서 촉탁으로 일하던 나는 아이를 가진 뒤 이러저러한 눈총을 견디지 못해 그 일마저 그만두었다. 그때부터는 짜디짠 수고비를 받으며 삯바느질 하듯이 교정을 보고 번역을 했다. 여성잡지에 '내 순결을 앗아간 남자'라는 제목의 '가라' 수기를 써서 원고료를 받기도 했다. 내가 그런 수기를 쓰고 있으면 그는 밤늦게 비틀거리며 들어와서, 너 그따위 개칠 계속할 거냐? 내 앞에서 한번만 더 그따위 글 쓰면 다 찢어버린다, 알겠지, 응? 해놓고 다음날 변변찮은 아침상을 대하면, 원고료 언제 나와? 반찬 좀 만들어서 밥 좀 잘 먹자. 너 병 걸리거나 일찍 늙으면 난 인정사정없이 이혼해버릴 거야, 알았어?라고 아닌 협박을 했다.

아이가 태어나도 달라질 것은 없었다. 나는 첫아이를 유산시켰다. 그가 학생의 처지였기 때문이었다. 후유증 탓인지 두번째 임신이 된 것은 몇년이나 지난 뒤였다. 그러나 형편이 나쁘기는 첫번째나 마찬가지였다.

딸아이 이름은 반드시 아버지가 지어야 한다며 역순사전, 갈래사전, 속담사전을 다 빌려다놓고 그는 며칠을 끙끙댔다. 우리 어머니 이름이 좋았는데 박분이라고, 분이, 참 이뻐. 가루 같기도 하고 향기가 날 것 같잖아? 반디는 어떨까. 반짝반짝 빛이 나게. 아냐, 해가 환히 든 인생을 살라고 해든이? 그것도 아니면 아예 해맑은아이라고 지을까.

그러더니 보름쯤 뒤에 내가, 출생신고 기한이 다 됐길래 정인이라고 지어서 올려버렸어요,라고 하니 그는 무릎을 치며 그래, 바로 그

이름이야, 심정인, 하는 것이었다.

딸애가 혼자 앉게 되었을 무렵 나는 그의 책상을 정리하다가 처음 보는 노트 하나를 발견했다. 두툼한 비닐표지의 노트였다. 그는 새 노트나 연필을 좋아하여 곧잘 사곤 했지만 이내 싫증을 내고 팽개치기 일쑤였다. 책꽂이에 꽂혀 있는 노트들 대부분이 앞의 두어 장만 채워져 있거나 이름만 써놓은 것들이었다. 표지를 넘겨보니 역시 서너 장만 채워져 있었다.

3월 19일 수요일.

정인아. 오늘부터 아버지는 살아가면서 보고 듣고 느낀 것들을 적기로 했다. 나의 삶을 헛되이 흘려보내지 않으려는 마음에서이다. 그리고 아버지가 살고 있는 시대에 벌어지고 있는 일을 네게 알려주기 위함이란다. 너는 분명 나와 같은 시간을 살고 있다. 그렇지만 내가 사는 세상과 네가 사는 세상은 다른 것이다. 앞으로 펼쳐질 네 앞의 세상에 비한다면 아버지의 세상은 시궁창의 구정물보다도 더 더럽고 싸구려 주간지의 폭로기사보다도 더 하찮은 것이겠다. 다만 아버지는 아무리 더러운 역사라도, 아니 더러운 역사일수록 그것이 주는 교훈은 값진 것이 될 수 있으리라는 생각으로 위안을 삼는다. 전통은 아무리 더러운 전통이라도 좋으니까.* 정인아. 너의 엄마는 이름을 아주 잘 지었다.

3월 26일.

정인아. 일주일이 지나서야 너를 만나는구나. 어제는 월급날이었다. 아버지는 월급만 받으면 화가 난다. 아예 빈 봉투가 더 떳떳하리라는 생각이 든다. 화를 내고 돌아다니다보니 오늘에야 들어왔구나. 가난한 엄마를 기다리게 해놓고.

너는 어려서 사치가 뭔지 모를 것이다. 아버지가 가르쳐주마. 그것은 문명된 아내에게 '실력'을 보이려고 발을 씻는 일이다. 냉수를 마시고 맑은 공기도 마셔두고 말이다. 길고 긴 오늘밤에 나의 사치를 받기 위하여 어서어서 불을 끄는* 네 엄마의 뒷모습이 저기 있구나.

4월 2일.

정인아. 아버지는 어제 훌륭한 아저씨를 만났다. 소설가 아저씨란다. 그러나 소설가라서 훌륭하다는 게 아니다. 사랑이 있는 아저씨이기에 훌륭하다고 말하는 것이다. 그 아저씨는 아버지에게 많은 것을 주었다. 제 것을 나눠준다는 게 얼마나 어려운 일인지, 아직 네 것을 가져보지 못한 너는 모를 것이다. 아버지는 그 아저씨처럼 훌륭한 사람을 만나면 곁에서 떠나기가 싫어진다. 그런 아저씨들이 있는 세상에서 같이 산다는 게 행복하기만 하다. 비록 아버지는 그 아저씨처럼 훌륭하게 되지 못하지만 말이다.

아버지는 너무 많은 것을 모르고 생각도 짧다. 그러나 앞으로 네가 이 글을 읽고 아버지의 못남을 비웃어준다면 그것으로 만족할 것이다. 어머니는 내 얼굴의 사마귀를 빼주었다. 그런 사마귀가 네 눈 아래에 있으면 나는 꼭 빼줄 것이다. 그런데 내 눈 아래 다시 생긴 사마귀는 구태여 빼지 않을 작정이다.* 정인아.

4월 13일.

할말이 많은데 정신이 흐리구나, 정인아. 이번에는 시에 대해 말하고 싶은데, 정인아. 사랑에 대해서도, 철자법을 틀린 시, 철자법을 틀린 인생.* 정인아. 다 나중에 엄마한테 물어봐라.

딸에게 주는 그의 글은 거기에서 끝나 있었다. 노트 아래께에 낙서가 몇개 더 있었지만, 푸른 플러스펜으로 쓴 글씨가 지저분하게 번져 있거니와 군데군데 얼룩이 많아 더는 알아볼 수가 없었다.

그가 이틀째 인사불성이 되었던 4월 13일은 나도 기억이 난다. 그는 아침이 되어도 눈을 뜨지 못했다. 나는 하나 남은 사과를 냉장고에서 꺼내 당근과 함께 강판에 갈았다. 정인이를 먹일 때처럼 베에 짜서 주스로 만들었다. 내가 윗몸을 부축해 일으켜주자 그는 눈꺼풀을 들어올릴 힘도 없는지 두 눈을 꾹 감은 채로 그것을 달게 마시고는 다시 누웠다. 한참 자고 일어나더니 이번에는 '찬밥에 김칫국물 넣고, 먹다 남은 나물 같은 것하고 같이 들들 볶아서 참기름 한방울 떨어뜨려 김에다 싸먹고 싶다'고 했다. 나는 그렇게 해주었다.

그는 이따금 그런 식의 음식을 주문했다. 으응, 여름인데 엄마한테 야단맞고 건넌방에서 낮잠 잔 다음 깨어보니 저녁이야, 근데 식구들이 안채 마루의 밥상 앞에 둘러앉아 나를 불러, 그래서 마루를 건너가는데 갑자기 이마 위로 빗방울이 톡 떨어지는 거야, 그럴 때 먹는 밥 같은 게 먹고 싶어,라고.

어쨌든 그것까지 먹고 나더니 그는 시계를 보았고 오후 두시가 넘은 것을 알았다. 나는 밥상 치운 자리를 훔치고 있었다. 갑자기 그가 내 어깨를 당겨 안았다. 불쌍한 사람, 하고 중얼거렸다. 또 잠든 정인이를 한참 동안 내려다보더니 딸의 얼굴에 가만히 코를 갖다대기도 했다. 그의 콧김에 아이의 가느다란 머리카락 몇올이 파르르 떨렸다. 그는 그 자세로 한참 동안 하염없이 앉아 있었다.

어렵사리 몸을 일으켜 회사에 갈 준비를 하고 있는 그에게 나는 모처럼 고액권을 몇장 쥐여주었다. 그는 그 돈을 물끄러미 보더니 아까처럼 또 한번 길게 콧김을 내뿜었다. 나는 어쩐지 그것만으로는 부족한 것 같아서 정인이를 둘러업고 버스정류장까지 배웅을 나갔다. 첫번째 버스를 그냥 보내버리는 그. 두번째 차가 오자, 가긴 가야겠지? 나직하게 말하며 구두코를 한번 내려다보는 그. 버스에 억지로 발을 올리며 또 한번, 정말 가기 싫다, 하며 돌아보는 그. 차창으로 정인이가 손 흔드는 모습을 너무나 슬픈 눈으로 바라보는 그.

버스가 떠난 후까지도 나는 그 자리에 서 있었다. 조금 전의 그처럼 낡은 슬리퍼 앞부리에 한참 동안 눈길을 주고 있다가 포대기를 풀어서 정인이를 다시 단단히 업은 다음 버스를 탔다. 미장원은 세 정류장 너머에 있었다. 미장원에 가는 것은 거의 일년 만이었다. 그런 것이 그에게 무슨 위로가 될 것인가. 하지만 달리 그가 삶의 무게를 견디도록 도와줄 방법이 내게는 없었다.

그날 밤 그는 집에 들어오지 않았다.

여행을 떠나기 전날. 그날도 그는 현관문을 걷어참으로써 가장의 귀가를 알렸다. 문을 열자 그대로 앞으로 고꾸라졌다. 지금 생각해보면 그날 그는 이미 마음속에 여행을 준비하고 있었는지도 모르겠다. 왜냐하면 이곳에 있는 모든 사랑하는 것들과 작별하려 했기 때문이다.

가까스로 그를 소파 위에 눕힌 뒤 나는 여느때처럼 혼자 방으로 들어가려 했다. 방문 손잡이를 잡고 언뜻 뒤를 돌아보았을 때, 순간 머리가죽이 짝 잡아당겨지는 듯한 쭈뼛함. 조금 전까지 소파 위에 너부러져 있던 그가 어느 틈에 일어나 단정하게 앉아 있는 것이었다. 그 모습은 얼어버린 시신이거나 아니면 육신에서 분리돼 나온 혼령처럼 비현실적으로 보였다. 더욱 놀란 것은 그의 무릎 위쪽으로 빛이 올라왔기 때문이었다. 그러고 보니 그는 두 손을 둥그렇게 오므려 무언가를 쥐고 있었다. 그의 손가락 사이로 흔들리던 작은 빛은 얼마 안 가 위로 치솟았다. 불길이었다.

그는 웃었다. 널름거리는 불빛에 이빨의 켜가 드러났다. 불길이 높이 쳐들어진다 싶더니 다음 순간 그것은 탁자 위의 신문지 더미로 떨어졌다. 오그라들며 타들어가는 신문지 더미를 두 손으로 집어 허공으로 내던지기 시작하는 그. 불길은 신문 한 장 한 장에 쉴새없이 옮겨붙었고 그는 그것을 마술사처럼 계속 정신없이 허공으로 던졌다.

등뒤에서 가느다란 탄성이 들려왔다. 딸애가 나와 있었다. 딸애는 그의 손동작에 따라 흔들리는 불을 보고 있었다. 엄마, 아빠한테서 불이 나와. 그애는 마치 아름다운 불의 춤을 본다는 듯이 황홀한 표정으로 말했다.

다음날 아침 집안 구석구석에 날아가 박혀 있는 타다 만 신문지 조각과 재를 훔치는 것으로 그날 밤의 일은 말끔히 다 지워졌다. 그러나 그는 돌아오지 않았다.

그가 여행을 떠난 지 벌써 보름이 넘었다.

여행을 떠난 그의 이야기를 써내려가는 것일 뿐인데 내가 왜 이렇게 슬퍼하는지, 이제 그 이유를 말해야겠다. 그의 여행은 지상의 것이 아니다. 그는 육신을 이곳에 놔둔 채 영혼만 갖고 여행을 떠났다.

그가 버려둔 육신은 지금 바로 내 앞, 이곳 4인 병실의 맨 오른쪽 침대 위에 눕혀져 있다. 친친 동여맨 붕대 아래 두 눈이 고집스럽게 감겨 있는 걸 보니 그는 아직도 자기의 여행에서 돌아올 생각이 없는 모양이다. 아니면 그날 밤 차에 치일 때의 멍이 너무 커서 누르스름해지기를 기다리는 데 시간이 이렇게 많이 걸리는 건지도 모른다.

그래도 그는 돌아올 것이다. 다시 한밤중에 문을 걷어차고 새 노트와 펜을 사고, 콧물을 질질 흘리며 딸애에게 반성문을 쓰다가 그것마저 그만두어버릴 것이다. 그는 반드시 그렇게 돌아올 것이다. 늘 입버릇처럼 말하지 않았는가. 너와 함께 늙어가는 것은 거룩한 희망이라고.

지난주부터 나는 뜨개질을 시작했다. 밤이고 낮이고 그의 곁에 앉아 같은 자세로 뜨개질을 한다. 그가 자신의 여행에서 돌아와 맨 처음 찾을 사람이 바로 나라는 것을 너무나 잘 알기 때문에 잠시도 자리를 뜰 수 없다. 그는 내가 뜨개질하는 것을 좋아했으니 지금의 내 모습을 보면 다시 그곳으로 돌아갈 생각 따위는 하지 않을 것이다.

하도 여러번 그의 몸에 대보아서일까. 내가 뜬 스웨터를 입고 있는 그를 수없이 본 것만 같다. 이 스웨터가 그의 옷이 아니라 몸이라는 느낌까지 든다.

몸판을 다 뜨고 팔을 뜨기 시작한 날 나는 갑자기 입속으로 비명을 지른다. 뒤판과 앞판, 양팔—그것들이 꼴을 갖추지 않고 하나하나 떨어져 있는 모습. 마치 그의 사지가 찢겨져 뒹구는 듯해서 날카로운 통증을 느낀 것이다. 그 뒤부터는 스웨터가 완전한 모양을 갖출 때까지 손을 멈출 수가 없다. 밤을 새워서라도 완성된 스웨터, 아니 온전해진 그의 몸을 이어 맞춰놓아야만 마음이 놓인다.

하지만 이 스웨터가 그의 마음에 들지 않을지도 모르겠다. 그는 올이 촘촘하여 조여드는 옷을 좋아하지 않기 때문이다. 나는 완성된 스웨터 올을 다 풀어내고 다시 뜨기 시작한다.

다시 스웨터가 완성되었다. 내 등과 어깨, 손가락의 굳은살 아래까지 뚫고 들어온 통증을 달래며 나는 그와 얘기를 나눈다. 그는 이 스웨터도 마음에 들지 않는다고 한다. 목이 너무 좁게 뜨였어. 입을 때 머리가 잘 안 들어가서 짜증이 난다구. 나는 다시 풀고, 다시 뜬다. 이제 됐어요? 그는 볼멘소리를 한다. 넌 틀렸어. 네가 뜬 스웨터 속으로 나를 억지로 구겨넣으려고 하지 마. 난 절대로 스웨터에 몸을 맞추지는 않을 거라구.

나는 깜짝 놀란다. 그는 이미 돌아와 있다. 그런데 자기의 몸속으로 들어가지 않는 것이다.

어린 시절 잠든 동생의 얼굴에 수염을 그려넣었다가 몹시 야단맞은 일이 있다. 잠든 사이에 얼굴이 달라지면 살짝 빠져나갔던 혼령이 제 몸을 못 알아봐서 영영 돌아오지 못한다고 했다. 그가 이렇게 오래 내 곁을 떠나 있을 리는 없다. 그는 돌아왔다. 남의 옷이 입혀진 탓에 자신의 몸을 찾지 못하는 것뿐이다. 나는 그의 몸에서 병원의 로고가 어지럽게 박힌 환자복을 벗기기 시작한다. 내 손은 부들부들 떨린다.

그의 맨살은 따뜻하다. 그는 이 맨살 속에 멍이 아른아른한 누르스름으로 남아 있을 때쯤이면 늘 새로운 멍을 만들어오곤 했다. 하지만 이제 더이상 새로운 멍을 만들지 않은 덕분인지 그의 몸은 아주 깨끗하다. 멍이 없다! 내 손이 멍을 찾아서 그의 몸 이곳저곳을 다급하게 헤맨다. 그의 가슴, 그의 배, 그의 팔과 다리, 아아, 그의 하얗고 투명한 몸속!

　내 손은 갑자기 멈춘다.

　멍의 기억은 사라지고 없었다.

4

　어떤 인연이 아직도 그 둘을 엮고 있긴 한 걸까. 얼마 후 정환과
한현정은 같은 날 내게 전화를 걸어왔다.

　정환이 먼저였다. 그는 슬퍼하기에 앞서 황당해하고 있다.

　"끝까지 사람 속을 뒤집는 놈이야. 어떻게 그렇게 속절없이 죽냐.
한 달이나 지났다는 거야."

　"……장례는 치렀대?"

　"가족들끼리만 대충 해서 치웠나봐. 강에다 뿌린 모양이더라구."

　정환은 한숨을 내쉰다.

　"그날, 우리는 이미 죽어버린 놈의 인생을 갖고 이래라 저래라 한
거였어."

　"………"

　"어쨌거나 살아는 있어야 할 거 아냐. 그래야 사람 구실을 해볼 기
회도 있지. 한심한 자식……"

　정환의 말끝이 흐려진다. 영규가 변변치 않은 존재인 채로 생을
마감해버린 사실이 안타까운 모양이다. 그는 매처학자(梅妻鶴子)를
운운하며 땡전 한푼 남겨놓지 않은 영규를 대신해 동창들이 가족을
위해 돈을 조금씩 모으고 있다는 말도 전한다. 자신이 주동이 되었
다는 말은 하지 않는다.

그럼으로써 영규의 존재는 영원히 금치산자가 되어버린다—나도 이런 말을 입밖에 내지는 않는다.

죽은 자에게는 산 자의 호의를 거절할 기회가 주어지지 않는다. 산 자들이 자신의 삶을 새로 짜맞추더라도 거기에 대해 소명(疏明)할 권리가 없다는 게 죽은 자의 가장 큰 비극이다. 하긴 죽은 자는 그런 일에 관심이 없다. 애도는 살아남은 자들 스스로를 위로하기 위한 것이다.

한현정의 전화는 저녁 어스름에 왔다. 처음에 나는 잘못 걸려온 전화라고 생각했다. 무척 머뭇거렸고, 고개를 숙이고 있는지 발음이 또렷하지 않다. 누구라고요? 다시 한번 말씀하시겠어요? 읽고 있던 신문에 그대로 눈길을 둔 채 나는 얼마간 역정이 섞인 목소리로 대꾸한다. 그러나 '멍의 기억'이란 단어를 알아듣는 순간 나도 모르게 창 쪽을 바라본 모양이다. 창은 이미 어두워져 있다.

거기에 영상 하나가 나타난다. 까마득한 기억 저편에 저물어 있던 그 영상은 마치 암전(暗轉)되어가던 무대에 불이 켜진 듯 갑자기 나타났다. 알루미늄 식판을 내려놓으며 한 손으로 머리카락을 쓸어올리던 그녀. 하얗게 드러나던 뺨과 가지런히 솜털이 나 있던 귓불, 그 위에서 반짝이던 작은 금 귀고리. 그리고 둥근 깃이 달려 있던 자주색 원피스와 흰색 벨트. 영규가 나무젓가락을 두 개로 가른 다음, 나뭇결에 난 거스러미를 과장된 어깻짓으로 비벼 다듬어서 건네주자 눈을 맞추며 지어 보이던 환한 웃음.

그녀의 말은 두서가 없다. 결혼은 하셨지요? 아이는요?라며 친근한 인사를 건네는가 싶더니 그이한테 말씀 많이 들었어요,라며 마치 전혀 모르는 사이인 것처럼 말하기도 한다. 나는 한참 만에야 그녀의 용건이 무엇인지 겨우 알아듣는다. 그녀는 원고를 돌려받고 싶다고 말한다. 그리고는 이렇게 덧붙인다. 저 지금, 여기, 정문 앞의 공중전화예요.

그럼 이쪽으로 올라오세요. 서관 삼백사호인데, 제가 아래층으로 내려가 있지요. 아녜요. 저기, 그냥 다방 같은 데서 뵀으면 좋겠는데. 학생들만 드나드는 곳이라 갈 데가 마땅찮을 텐데요. 아녜요, 그래도 그게 좋을 것 같아서…… 말은 느렸지만 그녀는 고집이 세다.

전화를 끊고 난 뒤 책상 위에 펼쳐져 있던 신문을 다시 내려다본다. 세로상자 속에 들어 있는 기사의 제목은 '발기부전, 87%가 심리적 원인'이다. 바로 옆의 기사는 '가을, 왜 쓸쓸한가'라는 큰제목 아래 '기온에 적응 못한 신체적 영향도 큰 이유'라는 부제가 붙어 있다. 몸이 마음 때문이든 마음이 몸 때문이든, 아무튼 건강에 관한 이야기이다. 지금쯤 아내는 병원에 갔을 것이다. 나는 무심코 손을 입술로 가져간다. 올 봄에 담배를 끊은 뒤 처음 있는 일이다. 나로 하여금 담배를 끊게 만든 게 바로 이 신문의 건강면이었던 것 같기도 하다. 컴퓨터의 전원을 끄고 나는 천천히 의자에서 일어난다.

다방 안에 들어서자 안경에 김이 확 올라온다. 안경을 벗어들고 대충 실내를 살핀다. 입구 자리에 앉아 있던 여자가 어정쩡하게 일어서는 게 시야에 들어온다. 그쪽으로 한걸음 다가가자 여자는 안심한 듯 가만히 자리에 앉는다.

나는 안경을 쓴다. 그리고 깜짝 놀라고 만다. 나도 모르게 다시 안경을 벗었고, 그녀의 앞자리에 가서 앉자마자 먼저 주머니에서 안경닦이부터 꺼낸다. 내가 천천히 안경알을 닦는 동안 그녀는 아무 인사도 건네지 않고 참을성있게 기다려준다. 둥글고 흰 깃이 달린 자주색 원피스와 단정하게 허리를 감싸고 있는 흰색 에나멜 벨트. 게다가 차를 주문받으러 온 여종업원을 올려다보며 한 손으로 머리카락을 쓸어올릴 때 언뜻 드러나는 금 귀고리. 마치 그녀는 지금 막 십수년 전의 시간에서 빠져나와 이 장소로 곧바로 질러온 것만 같다.

"너무 안 변해서 못 알아보겠군요."

"이 옷 말인가요? 저는 그냥…… 지금도 잘 맞으니까요."

그녀는 조금 웃는다. 그제서야 눈가와 입언저리에 세월이 자연스럽게 물살을 일으킨다. 그 세월처럼, 커피잔을 드는 소맷부리의 자주색도 수없이 빨아 심하게 바래 있다. 내 얼굴을 똑바로 쳐다보는 그녀의 눈 속 흰자위만은 너무 깨끗해서 푸른색이 돈다.

"번거롭게 해드려서 죄송해요."

"그냥 가져가시겠다고요?"

"……네."

그녀는 고개를 숙인 채 한참 동안이나 말없이 커피잔만 쥐고 돌린다. 여학생 둘이 카운터로 가며 나를 흘끗거리는 게 느껴진다. 나는 그녀가 눈물이라도 흘린다면 어떻게 해야 할지 잠시 궁리하지만 고개를 쳐든 그녀는 그냥 멍한 표정이다.

"……다 소용없다는 생각이 들었어요."

"네?"

"동창들이 돕겠다고 할 때요."

"………"

"도움 같은 건 필요없어요. 아무도 그이를 이해 못해요."

입술을 몇번 침으로 적실 뿐 그녀는 울지는 않는다.

"다들 그이를 나약하다고 생각하죠. 하지만 그이는 자신을 내팽개칠 수 있는 사람이에요. 마지막 선까지요. 그거 강한 것 아닌가요. 저는 못 그래요. 제가 그이만큼 강하고 솔직했다면…… 벌써 헤어졌겠죠."

그녀는 내가 탁자 위에 내려놓은 봉투 속에서 자기가 보냈던 원고를 꺼낸다. 그녀의 손은 가냘픈 몸매에 전혀 어울리지 않는 거칠고 매듭이 굵은 손이다. 고개를 숙이고 있어 표정을 읽을 수는 없지만 나는 그 손이 말하는 바를 알아듣는다. 내 시선은 그 손을 따라 움직인다. 손은 봉투에서 반쯤 빠져나온 원고의 겉장을 만진다. '명'이라는 글자 위에 한참 동안 얹혀져 숨을 죽이고 있다. 그러더니 한순간 가늘게 떨린다. 봉투를 기울이는 바람에, 원고와 함께 딸려들어가 있던 나의 은색 편지칼에 가볍게 찔린 것이다. 그녀의 손은 차가운 편지칼의 날을 잡더니 몸을 녹여주듯이 다정하게 만지작거리기 시작한다.

"이선생님도 그렇게 생각하세요?"

"예?"

"그이는…… 열심히 살았어요. 자기로서는 최선을 다해 감당한 거라구요."

원고를 챙겨 일어나며 그녀는 편지칼을 도로 봉투 속에 집어넣는다. 분명 무심한 동작은 아니다.

찻값을 계산하고 밖으로 나오자 낡은 구두코를 내려다보고 섰던 그녀가 비스듬히 고개를 든다. 나를 빤히 쳐다본다.

"편지칼 말예요. 선생님 건가요?"

"예? 아, 예."

"그이도 갖고 있었어요. 마야 잉카전에서 샀죠?"

한현정의 말은 나 역시 영규 같은 사람과 인생의 접지면이 전혀 없지는 않다는 뜻이었다.

집에 돌아오니 아내는 침대에 누워 있다.
"병원 갔었어요."
"괜찮대?"
"네."
"잘됐군."
아내는 약간 수척하다. 내가 이불을 끌어당겨주자 기운없이 웃으며, 얘기 좀 해요, 한다. 나는 침대 모서리에 걸터앉는다.
"당신, 내가 두려워하는 거 알았어요?"
"미워하는 줄 알았는데, 아니었어?"
"아녜요. 그냥 두려웠던 거예요. 난……"
"………"
"혼란스러웠어요. 내가 애를 원하는지 원하지 않는지 알 수가 없었거든요. 사람에게는 정말 여러가지 면이 있나봐요. 때로 나 자신도 내가 누군지 알 수 없을 만큼요."
아내는 오랜만에 긴 얘기를 한다.
"나 자신이라고 해서 나의 전부를 알 수는 없다는 생각을 했어요. 그러니 그냥 내가 알고 있는 사람으로 살아가자고요. 그 생각을 하니까 마음이 편해지고 결정하기가 훨씬 쉬웠어요. 의사도 일단 결정을 내렸으면 빨리 잊어버리라고 하던데, 그 말이 옳은 것 같아요."
대체 아내가 오늘 간 병원이 정신과라는 건지 산부인과라는 건지 알 수 없다. 그것을 물어보기 위해 나는 아내 쪽으로 조금 얼굴을 숙인다. 아내가 애써 웃음을 지어 보이며 이불 속에서 손을 빼내 내 손을 잡는다. 아내의 손등에 푸른 멍자국이 있다. 주사를 꽂았던 모양이다.

[동서문학 1998년 여름호]

주 : * 표는 각각 김수영의 시 「사랑의 변주곡」 「거대한 뿌리」 「사치」 「반달」 「등나무」를 인용한 것임.

행복한 사람은
시계를 보지 않는다

내일이 와도 네가 내 곁에 없으리라는 사실,

그것이 나로 하여금 내일이라는 말을

희망의 의미로 쓸 수 없게 만드는 거야.

거꾸로 오늘 다음에 어제가 온다면 얼마나 좋을까.

너도 살아 있을 테고, 그리고

또 지나온 시절이 좋았던 건

결코 아니지만, 내가 이미

다 아는 일들이 닥쳐올 테니

적어도 두렵지는 않을 거 아냐.

행복한 사람은 시계를 보지 않는다

나는 네 웃음소리를 좋아했어

아침에 잠에서 깨어 맨 먼저 하는 일은 커튼을 젖혀 반지하 창으로 햇빛을 들이는 일이야. 내가 얇은 파자마 차림에 맨발로 창틀에 기대서서 몸을 한번 흠칫 떨었다면 너는 당연히 추워서라고 생각하겠지? 또 자동차 소리마저 끊긴 적막한 시각에 혼자 불빛 아래 앉아서 식빵을 굽는다면, 토스트에 아주 천천히 피넛 버터를 덧바르고 있다가 갑자기 탁자유리 위에 빵칼을 내던지며 벌떡 일어서는 내 모습을 본다면 넌 내가 외로워한다고 여길지도 몰라. 그러나 틀렸어. 그때마다 부리나케 방으로 뛰어들어가서 뭘 하는 줄 알아? 엄마가 쓰던 경대의 둘째 서랍을 열고는 호들갑스러운 몸짓으로 귀이개를 꺼내는 거야. 입안에 고이는 침을 삼켜가면서 귓속을 후벼파고, 그러는 중에도 간지러움을 참지 못해 반쯤 감은 눈을 끔벅이며 연신 킥킥대고 있는 나를 상상해봐. 대체 어떻게 해서 네 웃음소리가 내 몸속으로 들어와 돌아다니는 걸까.

모든 연인들처럼 우리도 함께 극장에 간 적이 있었지. 너는 극장에서만 안경을 썼어. 번호를 찾아 좌석에 앉자마자 주머니에서 안경집을 꺼냈고, 나는 그것을 빼앗듯이 가져와 내 무릎 위에 올려놓고는 알을 만지지 않도록 조심하며 안경을 꺼냈잖아. 마치 너의 옷 속 깊이 손을 넣어 심장을 꺼내듯이. 너의 안경을 손바닥 위에 올려놓고 오래오래 알을 닦는 일이 행복했어. 그런 나를 어둠속에서 말없이 내려다보는 너의 얼굴, 대형 스크린의 빛이 반사되어 천둥이 치는 날처럼 순간순간 표정이 바뀌는 것도 기분 좋았고 말이야.

그리고 또 내가 좋아한 것? 그것은 양쪽에 각기 여덟 개의 구멍이 뚫려 있던 너의 갈색 구두야. 너무 매끄러운 끈이었던지 자주 매듭이 풀어졌지. 어, 끈이 또 풀어졌잖아,라고 소리치는 내 목소리는 모래밭을 걷다가 은빛 동전을 발견한 아이의 탄성처럼 들떠 있었어. 너의 한쪽 발을 거리의 화분대 위로 올리게 하고 허리를 굽혀 끈을 묶어주는 게 너무 좋았거든. 그때마다 네가 내 목덜미에 후, 하고 입김을 불어주지 않았대도 그랬을까? 어쨌든 너는 다 알았을 거야. 내가 좋아한 너의 엄지손톱 속 하얀 반달, 내가 좋아한 너의 왼쪽 무릎의 흉터, 그리고 웃을 때 잡히는 콧등 위의 주름. 언제나 추운 날처럼 어깨를 움츠리고 걷는 걸음걸이와 오후 네시의 그림자가 들어갈 만한 너의 긴 보폭까지, 그것들을 내가 얼마나 좋아했는지를. 그걸 알면서도 죽었단 말이지. 나쁜 자식.

오늘은 '자끄 데쌍주'에 나가지 않았어. 일요일이냐구? 그렇다면 내가 왜 텔레비전을 켜지 않고 이렇게 천장 벽지의 패턴만 쳐다보며 누워 있겠어. 몸살이 나서 쉬는 것뿐이야. 나를 찾아온 손님들이 다음에 오마고 그냥 돌아가버리면 원장이야 속으로 짜증이 나겠지만, 솔직히 난 요즘 통 일할 마음이 안 나. 손안에서 자주 가위가 미끄러지고 뜨거운 드라이어를 잡아당길 때마다 어깨가 빠질 듯이 무겁게 느껴진다구. 너한테도 얘기한 적 있지? 기억은 잘 안 나지만 어릴 때에도 난 팔이 두 번이나 빠졌다잖아. 얼마 전에는 손님 머리에 중화제를 바른다는 것이 얼굴로 몽땅 흘려버렸어. 글쎄, 파마액을 개어놓은 플라스틱통을 바닥에 떨어뜨리기까지 했다니까. 다행히 걸쭉한 액체라서 쏟아지지는 않았지. 네가 꼭 면도크림 같다고 해서 네 콧등과 뺨에 연지처럼 한 점씩 찍어주었던 하얀 스트레이트파마액 말야. 버터빵을 먹을 때에도 생각난다고 했잖아. 그러고 보니 정오가 지났는데도 아직 아침을 먹지 않았구나. 냉장고에 식빵이 있을거야.

아까 전화를 걸었을 때 원장이 한 말이 생각나. 그럼 쉬어, 많이 아프면 병원에 가보고, 내일은 나올 수 있지? 모두들 나를 걱정하고 있어. 재작년 엄마가 죽었을 때도 그랬어. 내가 슬픔 때문에 앓아누운 거라고 생각하나봐. 그래도 내 급료에서 여지없이 하루 일당을 제할 테지만 말야. 그동안 네가 나를 만나러 와서 손님들 틈에 끼여 앉아 패션잡지 뒤적이는 걸 원장이 얼마나 노골적으로 못마땅해했니. 네가 죽고 난 지금 그게 조금 마음에 걸리는 모양이야. 왜 사람들은 죽은 사람에게 관대하지? 모두들 죽음을 나쁜 소식이라고 안 됐다고 말하는데, 죽었다는 것은 그 사람에게 손해인가? 이 세상이 그렇게 좋은 곳이야?

물론 죽은 사람에게는 내일이라는 시간이 오지 않지. 모두들 내일이 온다는 말을 희망이 있다는 뜻으로 쓰고 있어. 내일은 내일의 태양이 뜨리라, 우리에게 내일은 있다, 내일을 향해 뛴다…… 그런데 내일이 오는 것, 그것이 어떤 사람에게 희망이라는 걸까? 나에게 내일이란 시끄러운 유행가와 각종 헤어 제품의 독한 냄새와 드라이어의 열기 속에 선 채로 상한 머리카락들과 온종일 씨름하는 끝없는 시간일 뿐이야. 하루 한끼를 탈의실에 선 채로 순두부나 유부국수로 때워가며. 자신의 용모에 대한 손님들의 착각을 요령껏 부추겨야 되고, 게다가 요즘은 손님이 부쩍 줄어 원장의 신경질까지 견뎌내야 하거든. 하지만 그런 건 괜찮아. 그 정도 힘들지 않고 어떻게 돈을 벌겠어. 그보다는 말야, 내일이 와도 네가 내 곁에 없으리라는 사실, 그것이 나로 하여금 내일이라는 말을 희망의 의미로 쓸 수 없게 만드는 거야. 거꾸로 오늘 다음에 어제가 온다면 얼마나 좋을까. 너도 살아 있을 테고, 그리고 또 지나온 시절이 좋았던 건 결코 아니지만, 내가 이미 다 아는 일들이 닥쳐올 테니 적어도 두렵지는 않을 거 아냐.

　아무튼 내 생각은 그래. 너의 죽음이 너에게보다 나에게 훨씬 나쁜 소식이라는 거야.

　빵이 차갑고 딱딱해서 토스터에 넣어야겠어. 버튼을 누르니 금방 코일에 빨간 불이 들어와서 빵을 달구는구나. 찰칵. 노릇해진 식빵이 카메라 셔터 같은 소리를 내며 토스터의 하얀 몸체 위로 반쯤 올라앉았어. 타이머가 30에 맞춰져 있으니 정확히 삼십초가 지났을 거야. 너, 혹시 시계를 보고 있는 거 아니니? 당연해 보이는 일일수록 일단 의심하는 게 너의 못된 버릇이잖아. 하긴 네 손목시계는 걸핏하면 죽어 있었지. 네 말로는 너의 몸이 무슨 특수한 자장을 지녀서 세상의 시간과는 톱니가 물리지 않는다고 했지만 솔직히 순 싸구려만 차니까 그런 거지. 네 몸에서 죽어나간 시계가 내가 알기로도 열 개는 넘을 것 같은데?

너 지금 나를 빤히 쳐다보는구나. 또 그걸 지적하려는 거지? 죽었다는 말을 함부로 쓴다고 말야. 미안해. 이제 정말 고칠게. 엄마가 그러는데 나는 어릴 때부터 형광등 석유풍로 전화기 라디오 따위의 물건이 고장나면 모조리 죽었다고 말했대. 그래도 제 몸에 타이머가 달려 있어 꺼지는 시각을 스스로 아는 토스터 같은 물건에 죽었다는 말을 써본 적은 없어. 내가 알기로 죽음이란 늘 뜻밖의 시간에 오니까. 있잖아, 만일 사람의 목숨도 타이머를 맞춰놓은 동안만 작동되다가 멈춘다면 너는 너를 몇살의 시간에 맞추고 싶니? 30년? 40년? 그러고 보니 너에게는 선택할 기회가 없구나. 그런 시시껄렁한 상상도 못해보고 스물네살에 죽어버렸으니 너에게 죽음이 적어도 한 가지 점에서 손해이긴 하구나. 넌 시시껄렁하고 쓸모없어 보이는 일을 하며 살고 싶다고 했잖아. 제아무리 불길한 생각에 도통한 너라도 자신이 그렇게 일찍 죽을 줄은 몰랐던 게 틀림없어.

너는 강을 끼고 있는 유원지의 외딴 공중전화 부스 안에 죽어 있더라지. 네 주머니에는 몇장의 지폐와 동전뿐 신분을 증명할 만한 것이 아무것도 없었어. 다행히 안경집을 발견한 경찰은 거기 찍힌 번호로 전화를 걸어 안경점을 찾아냈고 안경점 이층에 있는 '자끄 데쌍주'로 나를 찾아왔지. 나는 그들에게 뜨거운 녹차를 타다주었어. 아직도 믿지 못하겠어. 네가 정말 스스로 목숨을 끊었을까? 왜?

경찰도 그걸 궁금해했어. 난 해줄 말이 없었고. 그들이 하도 다그치는 데 질려서 한번만 더 물어보면 네 시계가 늘 죽어나가더란 말이라도 해줄까 했지. 네가 죽을 때 차고 있던 시계는 아직 살아 있느냐고 물어보고 싶은 건 꾹 참았고. 그들은 네가 유서를 써놓지 않아 자기들을 귀찮게 한다고 불평하더라. 그래 참, 그들이 주고받는 말로는 안경집이 들어 있던 반대편 주머니에 사진이 한 장 있었던 모양인데 그건 내게 보여주지 않았어.

아무튼 난, 할 수 없는 일이라고 생각했어. 네가 살아 있는 편이 천배는 더 좋겠지만 죽어버렸으니 어떡해. 그냥 죽은 너를 사랑할 수밖에. 네가 죽었다고 해서 갑자기 너를 사랑하지 않게 될 리도 없잖아. 이미 생겨난 것인데 그 사랑이 어디로 사라지겠어. 어릴 때 난로 위의 주전자를 한나절씩 바라보고 앉아 있었다는 말을 너한테 했던가? 기운차게 치솟던 하얀 김이 점점 흩어져 보이지 않게 되는 것이 너무 신기하고 서운했어. 어디로 간 걸까. 그것들이 눈에 보이지 않을 뿐 여전히 공기 중에 다른 형태로 떠 있다는 사실을 자연시간에 배우고는 손뼉을 치며 좋아했지. 죽음이란 삶이 우리 눈에 보이지 않는 형태로 바뀐 것일 뿐 사라진 건 아니야. 죽은 너를 사랑하는 일이 조금 외롭기는 하겠지. 하지만 그런 건 두렵지 않아. 두려운 건 너를 잊는 일이야. 너를 잊게 되면 사랑을 잃는 거니까. 한 사람의 생에서 사랑이란 단 한번뿐인 거잖아.

으음, 구운 빵 냄새가 제법 고소한데. 너도 함께 있으면 좋았을걸.

태어나기 전부터 죽음은 나를 따라다녔지

앨범을 보고 있어. 엄마 사진. 아니, 아버지 사진도 돼. 두 분이 함께 있으니까. 나까지 셋이 찍은 사진? 그런 건 당연히 없지. 난 유복자잖아. 내가 아무리 사진찍기를 좋아한다지만 무슨 수로 태어나기

넉 달 전에 죽어버린 아버지와 함께 사진을 찍을 수 있겠어.

너도 기억하겠지, 처음 이 방에서 함께 지냈던 그 밤. 그날 너도 이 앨범을 봤잖아.

비가 오는 밤이었어. 습기 때문인지 네 몸은 차갑고 감촉이 좋았어. 이마 위로 흘러내려온 네 머리카락이 젖어서 마치 코팅이 잘된 촉촉한 머릿결을 만지는 기분이었어. 우리가 아무 말 없이 빗소리만 듣고 있었던 게 몇분이나 되었을까. 네가 물었지. 넌 왜 브래지어를 안하니? 그래서 내가 엄마 얘기를 하기 시작한 거야. 작년 봄 벽제에서 엄마를 화장할 때……라고 말을 꺼냈던 것 같아. 엄마가 쓰던 물건까지 다 태우고 나니 눈이 너무 매워서 울었다고 말야.

……엄마 물건 중에 옷이 제일 많았지. 모두 오래 전에 유행이 지나간 그 옷들. 가슴에 아쁠리께 스티치로 포도가 수놓아진 흰색 리넨 블라우스와 기계주름이 반쯤 풀어진 분홍색 주름치마는 엄마가 처녀 때 입던 옷이었어. 모조 보석과 핸드백, 모자들도 다 색이 바래거나 귀퉁이 칠이 벗겨진 것들이고. 무엇이든 잘 버리지 못하던 엄마에게는 늘 귀신 보따리 같은 구닥다리 물건이 한짐이나 있었지. 그렇게 이사를 자주 하면서도 왜 그것들을 한사코 끌고 다녔는지 몰라. 어쨌거나 엄마는 멋쟁이라고 봐야 할 거야. 나는 그저 면 남방에 청바지 스타일이잖아. 머리는 늘 숏컷이고. 하지만 엄마는 머리를 길게 길렀고 밤마다 낡은 플라스틱 바구니에서 색바랜 클립을 꺼내 머리를 말고 잤어. 물론 병원에 입원하기 전까지였지만 말야.

엄마는 내게도 여자다운 차림새를 가르치려 했어. 엄마가 여자다운 것만도 지겨운데 내가 그 말을 곱게 들었을 리가 없지. 고등학교 때 엄마가 사다준 거들이란 것, 지금 생각해도 끔찍해. 왜 브래지어를 안하냐고? 그 얘기를 하려던 참이야. 갑갑해서 싫기도 했지만 무슨 알레르기인지 몰라도 고무줄 닿은 자국이 밧줄처럼 붉게 부풀어 올라서 밤이면 피가 나도록 긁는 게 일이었거든. 그땐 가정선생님이 검사를 하니까 브래지어야 안할 수 없다지만 거들이라니, 거머리떼 같은 고무줄을 몸에 친친 감고 다니라고? 엄마는 예뻐지는 데에는 고통이 따른다고 나를 달랬지. 뼈가 굳기 전에 몸매를 만들어놓아야 한다나. 나는 몸매 따위를 위해서 애꿎게 피를 보느니 차라리 혈서로 쓴 성경책을 만들어 모기에게 선물하겠다고 어깃장을 놓았어. 여자로서의 고통을 참는 건 엄마 하나로 충분하다고 말해 결국 엄마를 울리고 말았지.

텔레비전을 볼 때도 우린 걸핏하면 채널을 갖고 다투었어. 난 드라마를 좋아했는데 엄마는 다른 엄마들과 달리 화면 가득히 드라이아이스가 뿜어져나오는 화려한 쇼를 더 좋아했거든. 그뿐인 줄 알아? 내가 월급날 저녁을 사겠다고 하면 꼭 양식집을 찾았고, 비싸서 주문하지 못할 게 뻔한데도 언제나 메뉴 맨 앞장에 있는 코스 요리를 꼼꼼히 살펴보는 거야.

정작 엄마 자신의 요리솜씨는 형편없었어. 몇십년을 해왔는데도 밥은 어김없이 되거나 질고, 김치는 싱거워서 일찍 시어빠지거나 아니면 마늘 생강을 고춧가루에 버무릴 때 너무 치대서 풋내가 났지. 그런데도 김치는 간 맞추기가 워낙 어렵기 때문에 여럿이 모여 담그는 풍습이 생겨났다고 근거없는 평계만 대는 거야. 그런 엄마가 파출부를 했을 때는 어땠는 줄 아니? 의사 부부의 집에서 다섯살짜리 딸아이 하나를 돌보는 좋은 자리였는데 금방 쫓겨나고 말았지. 집안일은 제쳐놓고 아이 머리핀이나 레이스 달린 양말 따위를 사준다고 상가만 돌아다니니, 처음에는 교양있고 깔끔한 사람에게 아이를 맡긴다고 좋아하던 주인들도 머리를 흔들 수밖에. 엄마는 우는 것 빼고는 잘하는 게 거의 없었어. 눈물의 여왕이었지. 난 가난한 것은 참을 수 있어도 그것을 탄식하는 엄마의 청승은 정말 견디기 힘들었어. 엄마의 울음에 하도 넌더리가 나서 내가 울지 않게 된 건가? 아니면 엄마가 울 때마다 속으로 따라 울다보니 눈물이 다 말라서 나 자신을 위해서는 울지 못하게 됐는지도 모르겠다.

이렇게 함부로 말한다고 내가 엄마를 좋아하지 않았다고 생각하면 오해야. 너를 알기 전에 나는 엄마만 사랑했어. 네가 우리 엄마를 한번 봤어야 하는 건데. 오십이 되어도 그렇게 예쁜 여자의 딸이라면 분명 넌 나를 더 마음에 들어했을 거야.

여기까지 말했을 때 네가 윗몸을 반쯤 일으키고 내 입술에 입맞추며 물었어. 너의 엄마 사진까지 다 태워버렸니? 한번 보고 싶은데. 그 말을 할 때 너의 눈은 웃고 있었고 목소리가 너무도 다정했어. 나는 이불깃을 가슴 위까지 끌어당겨 쥐고는 앨범을 꺼내기 위해 일어났지. 내가 책장 쪽을 향해 한걸음 옮길 때마다 너의 몸에서 이불이 점점 벗겨져나갔어. 너는 아랫도리를 가리기 위해, 나는 내 벗은 뒷모습을 네가 볼까봐 서로 제 쪽으로 이불을 잡아당겼던 거 생각나니? 팽팽해진 이불이 텐트처럼 거의 공중에 떠 있었지.

여전히 비가 오고 있었고 밤이 깊었어. 선 위에 선을 자꾸 겹쳐 긋듯이 빗소리는 점점 두터워지고 창문에는 어둠이 꽉 들어차서 마치 우리를 세상으로부터 차단해주는 듯했어. 둘 다 아무것도 걸치지 않은 채 우리는 일 나간 부모가 돌아오기를 기다리는 외딴집의 가난한 오누이처럼 나란히 이불을 쓰고 사진을 보기 시작했지. 오누이? 그렇다면 내가 누나가 되겠구나. 너보다 한살 위잖아.

무슨 앨범이 이렇게 많아? 하고 네가 물었고 나는, 아직 정리 못한 사진이 두 상자 더 있어, 난 사진이 잘 받거든, 디피점 주인 말이 렌즈가 나한테 호감을 갖고 있대,라고 대답했어. 그러자 너는 천장을 향해 짧게 휘파람을 휙 불고 나서, 그놈도 나하고 생각이 같네, 했지. 디피점 주인? 아니 렌즈.

그런데 그날 왜 우리는 싸웠던 걸까. 앨범 첫장을 넘기자마자 너는 얼굴빛이 나빠지기 시작했지. 엄마가 처녀 때 놀러 가서 친구들과 찍은 첫번째 사진을 볼 때부터 네 얼굴은 참 이상했어. 단순히 놀랐다기보다 도무지 믿기지 않는 표정 같다고나 할까. 아무튼 기분이 안 좋은 것 같았어. 내가 앨범 끝장을 넘길 때까지 넌 무서울 정도로 침묵을 지켰지. 사진을 보는 것 같지도 않았어. 천둥소리는 또 왜 그리 큰지. 꼭 우리를 벌주러 머리 위에 떨어지려는 것처럼 느껴지더라. 왜 그래? 조심스레 말을 붙여보았지만 너는 아무 말도 하지 않았어. 앨범을 덮자마자 반듯이 드러누워버리는 너에게 내가 또 한번 물었지. 사진 보는 거 안 좋아해?

사진은 끔찍한 거야. 대답하는 네 목소리는 음산하기까지 했어. 어쩐지 불안하기도 하고 기분이 나쁘기도 해서 나는 아는 체하며 따졌어. 사진은 시간의 기록이래. 사진이 없으면 나처럼 기억력 나쁘고 일기도 안 쓰는 사람은 대체 무엇으로 지나간 일을 기억할 수 있겠니? 너는 천천히 대꾸했어. 지나간 일을 기억한다고? 뭣 때문에? 그거야…… 나는 네가 그렇게 당연한 것을 걸고넘어질 때마다 대꾸할 말이 없어 화가 나곤 했지. 너는 빈정거리듯이 중얼거렸어. 과거를 뭐하러 찍어두었을까, 알리바이도 아니고.

하도 기가 막히고 분해서 나는 너와 그만 헤어져버릴까 생각도 했어. 그러나 그건 무리였지. 금방 세수를 마친 듯이 늘 반들반들 윤기가 나는 너의 귓바퀴를 이미 좋아하기 시작해버렸거든. 그리고 말야, 조금 전 너를 안았는데 어떻게 헤어진다는 생각을 할 수 있겠어. 그게 그냥 말이지 어디 진심이겠니. 대신 나는 네가 뭐라든 여전히 사진찍기를 좋아하는 것으로 복수해줬지. 눈오는 날 장흥에 놀러 갔을 때가 작년 일월이었던가? 그때는 너도 내 성화에 못 이겨 하는 수 없이 사진을 찍어주었어. 첫눈에 짐작했지만 넌 너 자신이 자기라고 알고 있는 그 사람보다 열 배는 마음이 약해. 연안부두에서는 까페 주인의 눈총을 받으면서까지 창가 자리에서 셔터를 눌러주었잖아. 하지만 그다지 멋들어진 복수는 아니었던 것 같아. 너 자신은 한 장도 찍지 않았으니까.

그 생각을 하니 좀 우울해진다. 억지로라도, 아니면 몰래 네 사진을 찍어둘걸 그랬어. 혹시 내 사진들 어딘가에 너의 조그만 뒷모습이 들어 있지나 않은지 찾아볼까. 그럴 리는 없구나. 내 사진을 찍은 건 언제나 너였고, 그리고, 만나고 있는 동안 너는 언제나 내게서 눈을 떼지 않았으니. 내게 호감을 갖고 있다는 카메라 렌즈처럼.

너, 지금도 날 보고 있지, 그렇지?

가까이 와줘. 그날 밤처럼 다시 너와 함께 앨범을 보고 싶어. 그러고 보니 이상한 생각이 든다. 과거의 기록이란 끔찍하다고 빈정대더니 왜 죽을 때 사진 따위를 갖고 있었던 거야? 어쨌든 좋아. 이번에는 내 기분을 상하게 하지 못할걸. 이제 죽었으니 네까짓 게 무슨 고집을 부릴 수 있겠어. 죽은 너, 더이상 변할 수 없고 내게서 벗어날 수도 없는 존재, 이제야말로 넌 완전히 내 거야. 나만의 냉동실에 들어 있는 영원한 사랑이라구. 그러니 투덜대지 말고 먼저 이 첫번째 사진부터 함께 보자. 엄마와 아버지가 서로 사랑하기 전의 사진이 야.

사진 1: 처녀시절 엄마의 즐거운 한때

바닷가인가봐.

여자 셋이 앞줄에 나란히 서 있고 그 뒤로 남자가 둘, 넷, 다섯 명 이야. 어깨 너머로 길게 늘어뜨린 여자들의 머리카락이 바람에 날려 처녀다운 탐스러움을 느끼게 하는구나. 셋 다 플레어 스커트와 흰 블라우스 차림에 샌들을 신고 있어. 모래에 파묻혀 굽이 보이지 않 는 걸 보니 포즈 잡기가 꽤 불편했을 텐데도 처녀들의 미소는 아주 싱그럽고 행복해 보여.

앞쪽으로 몸을 조금 기울이고 서 있는 맨 오른쪽의 처녀는 약간 뚱뚱하다. 세 처녀 중 혼자만 양산도 없이 한 손을 허리 부근에 척 걸치고 있는 걸 보니 괄괄한 성격 같지? 거기 비하면 다른 두 처녀 는 새침하고 여간 태를 부리고 있지 않아. 왼쪽 처녀는 눈이 움푹 들 어가고 콧날이 좁다란 게 서구적인 인상을 풍기지만 꿍꿍이속이 있 고 샘이 많을 것 같은 얼굴이야. 쌩긋 웃고는 있지만 한 손으로 가슴 께에 내려온 목걸이 줄을 잡고 있는 모습이 정서불안 같지 않니? 관 상을 보냐고? 그렇다고 할 수도 있지. 돗자리를 깔지 않고 대신 헤 어디자이너 명찰을 달았다뿐이지 내 하루 일의 태반은 여자들의 관 상을 보고 비위를 맞추는 일이잖아.

가운데 처녀는 정말 천진하고 사랑스러워 보인다. 똑같은 흰 블라 우스에 플레어 스커트지만 물방울 무늬의 머리띠를 하고 허리에도 같은 천으로 된 벨트를 묶고 있는 그녀는 단연 눈에 띄어. 통통하고 하얀 팔과 이를 다 드러낸 웃음, 그리고 자세히 봐. 그녀의 샌들 속에 들어 있는 건 모래알이 묻은 맨발이야.

뚱뚱한 처녀와 가운데 처녀의 사이에 서 있는 남자, 키가 크고 바지 주름이 깨끗한 남자 말야. 장난스러운 표정으로 가운데 처녀의 양산 밑을 향해서 약간 얼굴을 기울이고 있잖아. 시원한 이마와 낙천적인 웃음, 멋지지 않아? 우리 아버지야. 이 사진에 있는 남자 중에 눈길을 끄는 사람은 아버지 한 사람뿐이야. 또다른 남자들? 아버지 왼쪽에 서 있는 알록달록한 남방셔츠를 입은 남자는 볼 필요도 없으니 건너뛰고, 맨 왼쪽의 남자? 일행과 한 발짝쯤 떨어진 곳에 혼자 서 있는 그 남자는 물론 건너뛸 정도는 아니겠다. 짙은 눈썹과 먼데를 보는 듯한 깊은 눈빛을 보면 그 나름의 분위기는 있다고 해도 좋아. 혼자만 웃지도 않는데다가 약간 옆모습이다보니 음영이 뚜렷해서 섬세해 보이는 점도 있고 말야. 근데 이마 위에 흘러내린 머리카락이나 요령부득으로 허벅지께에 내려뜨리고 있는 긴 손가락을 봐. 내가 아주 싫어하는 소심한 타입이야. 분명 집안이 가난하거나 열등감이 많은 사람일 거야. 사연이 있을 것 같다고? 어쨌거나 우유부단해 보여서 내 마음엔 들지 않아.

세 명의 처녀와 그녀들을 둘러싼 다섯 명의 남자 모두는 스무살 초반인 것 같지? 하나같이 바깡스철 해수욕장의 노점에 매달린 비치볼처럼 탄력이 있고 금방이라도 날아갈 듯 활기에 차 있어. 처녀들이 비껴 쓴 양산 위로 한낮의 햇빛이 차르륵차르륵 쌓였다 미끄러진다. 해변에서 모래장난하는 아이가 손을 높이 쳐들고 뿌려대는 모래처럼. 그들 뒤로는 해송이 몇그루, 그리고 하늘이야. 구름도 머물고.

 넌 벌써 알아봤겠지? 맞았어. 가운데 처녀가 우리 엄마야. 그것도 눈에 보이지 않니? 다섯 명의 남자 모두가 우리 엄마를 좋아하고 있다는 거. 사진을 보면 알 수 있잖아. 앞줄부터 처녀들, 남자들, 나무, 하늘, 이런 순서로 서 있는 것 같지만 사실은 그렇지 않아. 그 모든 것이 엄마를 빙 둘러싸고 있는 거야. 남자들은 엄마 쪽을 쳐다보고, 혹은 엄마가 쳐다보리라고 의식하면서 웃음을 짓고 있어. 아버지의 한쪽 팔이 엄마의 어깨와 겹쳐져 보이지 않는 걸 보면 어쩜 아버지는 엄마의 허리에 살짝 손을 갖다대고 있는지도 몰라. 사연 있어 보이는 그 사람? 그 사람도 어쩔 수 없이 엄마를 좋아하고 있어. 애써 눈길을 멀리로 두고 있을 뿐이야. 두 처녀 역시 엄마를 돋보이게 하기 위한 들러리에 지나지 않아. 그러니 하늘과 구름과 바람인들 왜 엄마를 둘러싸주지 않겠어. 숨을 죽이고 엄마의 눈부신 젊음을 지켜보고 있잖아.

 시간은 한낮이고 모래는 뜨거워. 처녀들의 웃음소리에 양산은 가볍게 흔들렸지. 소나무숲으로 먼저 뛰어간 남자들은 주머니에서 손수건을 꺼내 처녀들의 자리를 마련했을 거야. 노래를 불렀을까. 엄마는 음치지만 박수를 아주 잘 치니까 모두들 그녀를 사랑스러운 눈으로 바라보았겠지. 해가 점점 기울어가고, 땀에 젖어 달라붙은 블라우스를 헤치고 등뒤로 바람이 스쳐가듯 시간은 그렇게 지나갔겠지. 수건놀이를 하는 시간처럼.

 수건돌리기 놀이를 해본 적 있니? 술래가 등뒤로 몰래 다가와 불길한 수건을 떨어뜨리고 가지. 그렇지만 돌림노래를 부르는 데 정신이 팔린 순진한 아이는 술래가 한 바퀴를 돌아 다시 등뒤로 돌아올 때까지 박수만 치고 있는 거야. 그 아이만 빼고 다른 아이들은 모두 그 수건을 보고 있지. 그 아이에게 닥친 운명의 악의를 알아채고 더욱 신이 난 아이들은 즐겁게 노랫소리를 드높여. 아이의 등뒤를 향해 술래의 걸음이 한 발짝씩 가까워질수록 공모자들의 합창은 커지고 박수소리도 착착 박자가 맞아. 한 발짝, 두 발짝, 세 발짝…… 드디어 와아! 함성이 터지고, 갑자기 공포를 느껴 등뒤를 돌아보는 아이. 그 눈에 들어오는 것은 부인할 수 없는 자기의 운명이 되어 불길하게 웅크려 있는 수건의 또아리.

엄마도 그랬어. 박수를 치는 데 정신이 팔려 등뒤를 돌아보지 않았지. 심지어 수건의 또아리가 온몸을 친친 감아와 완전히 결박당한 뒤까지도 엄마는 이렇게 중얼거리고 있었어. 이럴 리는 없어. 이건 내 인생이 아니야. 꿈일 거야. 이 악몽에서 깨어나면 진짜 내 인생이 있다구. 아주 멋진 인생이…… 그리고 마지막에는 우는 거야.

그냥 지나칠 뻔했구나. 뚱뚱한 처녀를 자세히 한번 봐. 너의 고모 잖아.

너의 고모가 엄마의 병실로 처음 들어왔을 때 정말이지 새 원피스를 맞춰입은 하마 같더라. 엄마를 보자마자 훌쩍거리기 시작하는데 그 콧김이 가습기보다 세더라니까. 그렇게 울기 잘하는 엄마는 오히려 머리에 쓴 손뜨개질 모자의 매무새를 고치면서, 오랜만이다, 어떻게 알고 왔어, 하고 의젓하게 인사를 했는데, 항암제 치료 때문에 머리카락이 다 빠지고 앙상하게 야윈 엄마에게 어울리지 않는 그 몸짓에는 마치 꽁지 빠진 공작이 깃털을 펼쳐 보이는 것처럼 안쓰러운 데가 있었어. 쟤가 네 딸이니? 정말 몰라 보겠다. 엄마에게서 애써 눈길을 돌리며 너의 고모는 내게 말을 붙였지. 나 기억 안 나니? 하긴 그게 벌써 몇년 전이야, 이십년은 됐겠다. 너의 고모는 다시 엄마를 바라보며 웃음을 지었어. 사진 안 찍겠다는 애를 잡아당기다가 그때 쟤 팔까지 빠졌잖아. 고집이 그렇게 세더니 예쁘게 잘 컸네. 엄마가 불현듯 행복한 표정으로 대꾸했어. 창경원 갔을 때 말이지? 참, 그때 데리고 왔던 그 조카애도 이제 총각 다 됐겠네? 그럼. 제 아빠를 쏙 뺐지. 나 여기 데려다준다고 같이 왔어. 밖에 있는데 들어와 보라고 할까. 아니. 불편할 텐데 뭐. 고개를 젓는 엄마의 표정은 웬일인지 좀 쓸쓸했어.

너의 고모를 배웅하러 복도로 나왔을 때, 그때 처음 너를 보았지. 헬멧 두 개를 창턱에 올려놓고 담배를 피우던 너의 뒷모습. 나는 너의 뚱뚱한 고모가 그 헬멧 중 하나를 머리에 쓰고 네 오토바이 뒷자리에 앉아 시내를 가로질러 왔을 생각을 하니 키득 웃음이 나왔어. 자, 서로 인사해라. 너의 고모 목소리가 들리자 창틀에 기대어 밖을 내다보던 너는 내 쪽으로 천천히 고개를 돌렸어. 그때가 오후 몇시쯤이었을까. 창문으로 햇살이 쏟아져들어와 우리 사이에 먼지와 빛의 베일을 만들었지. 눈부신 빛 뒤에 있어서 네 얼굴이 잘 보이지 않았어. 나는 한걸음 뒤로 물러섰지. 거의 동시에 너도 한걸음 물러서고 있었어. 그리고 우린 잠깐 그대로 서 있었던 것 같아. 겨우 삼사초밖에 안되는 시간이었을 거야. 내게는 아주 긴 시간처럼 생각되었어. 시간에도 밀도가 있나봐. 농도가 진한 스트레이트파마액은 잘 흐르지 않거든.

너희들 전에 한번 만났었는데, 너무 어릴 때 일이라 생각 안 나나보구나. 너의 고모의 말소리가 시간의 저편에서 아득하게 들렸어.

나중에 크면 결혼하자고 손가락까지 걸더니, 잊어버렸어? 그때 네 고모의 웃음소리, 아무리 생각해봐도 실제로 있었던 일 같지가 않아.

너와 네 고모를 병원 현관까지 배웅하며 나는 계속 현기증을 느꼈지. 안 그래도 난 빈혈이 좀 있었거든. 너를 뒤따라 계단을 내려가는데 왜 그렇게 다리가 휘청거리던지. 너도 나처럼 아무 말도 하지 않았어. 네 고모만 장황하게 우리의 인연을 설명했어. 여고 때 친하게 지낸 친구가 일곱 명 있었는데 거기에 우리 엄마와 너의 고모, 그리고 너의 엄마까지 다 끼여 있었다지. 나는 고개를 끄덕였어. 엄마 앨범에서 세일러복을 입은 일곱 명의 소녀들이 어깨를 나란히하고 찍은 사진을 본 적이 있거든. 사진 아래에는 '금단의 칠선화'란 흘림체 글씨가 씌어 있었고.

너의 고모는 네 자랑을 늘어놓는 데도 장황했어. 몇년 전 너의 아버지가 비행기 사고로 죽은 뒤 너의 엄마는 네가 하루빨리 아버지처럼 고시에 합격해서 존경받는 공직자가 되기를 원하지만, 음악을 좋아하는 너는 대학원에서 지휘를 공부하고 싶어한다고. 그때도 나는 고개를 끄덕였지. 주말 드라마 같은 데 흔히 나오는 얘기잖아. 정말 드라마 같았던 건 너의 고모가 병원 현관 쪽으로 가려다 말고, 참, 아주 들렀다가 가야지,라며 화장실에 들어갔을 때 네가 내게 한 말이야. 전화해도 돼요? 나는 너를 쏘아보며, 왜요?라고 기쁨과 열등감을 감추며 거만하게 대꾸했지. 하고 보니 그 역시 드라마에서 본 적 있는 장면 같더라만.

사진 2: 새색시가 된 엄마, 그 남자의 약혼식에 가다

이 두번째 사진의 귀퉁이에는 흰색 흘림체로 날짜가 씌어 있구나. 74. 2. 14.

1974년, 그해에는 정말 많은 일이 일어났어. 일월에 엄마와 아버지가 결혼을 했고 팔월에 아버지가 죽었지. 십이월에는 내가 태어났고 말야. 이 사진은 아버지와 엄마의 행복한 신혼이 한 달도 채 안된 때의 사진이야. 친구의 약혼식에 가서 찍은 사진이래. 인물들의 면면을 봐. 두어 명이 빠지긴 했지만 첫번째 사진에 있던 그 사람들이야.

가운데 앉아 있는 한 쌍이 그날 약혼한 주인공들이겠지? 여자는 첫번째 사진에 있던 서구적이고 신경질 많게 보이던 바로 그 처녀야. 남자는…… 안경을 써서 몰라볼 뻔했지? 일행에서 한 발짝 떨어져 우수에 찬 듯이 보이던 그 남자잖아. 여자의 찢어질 듯 벌어진 입을 봐. 좋아하는 게 지나쳐 자못 의기양양하게까지 보이는데? 약혼자 쪽으로 너무 몸을 기울이다보니 오른쪽 옆에 앉은 엄마를 거의 따돌리는 것처럼 보인다. 흰 망사장갑을 낀 왼손으로 살짝 엄마의 손을 붙잡고 있는 것도 우정이 아니라 견제의 몸짓이야. 아무래도 요사스런 성격인 것 같지? 머리카락을 두 쪽으로 갈라서 반은 이마 위에 둥글게 올려붙이고 나머지는 어깨 위로 내려뜨려 끝을 말아올린 헤어스타일하고…… 저런 스타일 좋아하는 여자들의 성격이 어떤지 내가 충분히 알지. 허영심 많고 가식적인 여자들이야. 그리고 잔머리가 얼마나 많으면 머리 올리는 데에 실핀을 저렇게 줄줄이 꽂았을까. 잔머리 많은 여자가 얼마나 성정이 까탈스러운데. 너무 그 여자를 나쁘게 보는 거 아니냐구? 너야말로 무슨 상관이 있다고 그 여자 편을 드는데?

남자 쪽의 표정은 좀 달라. 그날 약혼한 사람으로 보기에는 너무 덤덤하거나 오히려 우울하지 않니? 여전히 먼데를 보는 듯한 눈빛. 그것이 안경 속에서 초점이 옮겨져 보이는 탓인지 꼭 약혼녀가 아니라 그 옆의 엄마를 쳐다보는 것 같기도 하고.

새색시인 엄마는 한복을 입고 '우찌마끼' 머리를 해서 약간 성숙해 보여. 그래서인지 엄마의 미소에도 첫번째 사진에서의 터져나갈 듯한 탄력 대신 어딘지 수척한 향기가 들어 있고. 첫번째 사진 속에서는 햇빛과 바람이 생기를 불어넣어주었잖아. 이 사진의 배경에는 그 당시 사진관 그림답게 버드나무 가지가 축축 늘어져 있는데, 누각으로 통하는 아치형 다리가 마치 다다르지 못할 아련한 곳을 향한 그리움과 어긋난 인연을 말해주는 것 같아. 엄마는 인생을 약간은 안다는 듯이 애잔한 눈을 하고 있어. 엄마 목에 걸린 가느다란 금목걸이가 보이니? 엄마는 죽는 날까지 저것을 목에서 벗어본 적이 없어. 두 차례에 걸친 수술 때만 빼고.

엄마가 암에 걸렸다고 할 때 나는 금방 완치될 줄 알았어. 그런데 몇개월도 안 남았다니, 그럴 리 없잖아. 나도 그런 말을 안 들어본 건 아니야. 고생하던 사람은 겨우 살 만해질 때 덜컥 병이 든다든지 수절과부가 자식 다 키워놓으면 맥을 놓아버려 힘없이 죽는다든지 그런 얘기 말야. 혹시 내가 미용학원 동기 중에서 혼자만 취직이 되어 엄마의 남은 운을 다 뺏어버린 게 아닌가 하는 생각도 조금 들더라. 왜, 가족들은 정해진 양의 행운을 나눠가진다는 말이 있잖아. 한 집안에서 둘이 시험을 보면 하나만 합격하고, 두 여자가 아이를 낳으면 하나만 아들이라는 얘기 말야. 하지만 그게 말일 뿐이지 어디이치에 닿기나 하니? 게다가 엄마는 수절한 것도 아니란 말야. 이제야 말이지만, 엄마는 아버지를 사랑하지도 않았어.

엄마가 사랑한 건 안경을 쓴 그 남자였지. 아버지에게 청혼을 받던 날 엄마는 그 남자의 옹색한 자취집으로 찾아갔대. 청혼받은 사실을 털어놓고 자기의 마음은 당신에게 있을 뿐이라고 고백했어. 그러나 남자는 아무런 약속도 해줄 수 없다고 했나봐. 엄마는 상처를 갖고 아버지와 결혼했던 거야.

그러니 남자의 약혼식에 참석하는 엄마의 마음속은 얼마나 복잡했겠어. 남자에게 자기의 행복한 모습을 보여주려는 복수심과 그 남자를 가까이에서 보고 싶다는 그리움. 그리고 죄의식과 질투.

그날 밤 축하연은 약혼한 여자의 집에서 꽤나 늦게까지 이어졌다고 해. 엄마는 못 마시는 술을 계속 들이켰고 마침내 취해버렸어. 많이 깔깔댔고 그러다보면 눈물까지 나오는 법이라 이따금 옷고름을 눈 쪽으로 가져갔는데, 옷고름이 미처 눈시울에 닿기도 전에 시답잖은 농담이 들린다 싶으면 발그레해진 볼을 더욱 붉히며 또 한번 소녀처럼 깔깔 웃었겠지. 그때 엄마는 아마 첫번째 사진 속의 시간으로 되돌아가 있었던 것 같아. 엄마도 그 남자도 결혼하지 않았던 시간. 아무것도 결정되지 않았고 아직은 무엇이나 가능했던 그 시간으로. 무서운 운명이 달빛 뒤에 숨어서 취한 자신이 비틀거리며 뒤꼍으로 나오기를 기다리고 있다는 걸 엄마가 어떻게 알았겠어. 두번째 사진의 시간, 그때에도 엄마는 자기의 등뒤에 무엇이 있는지 돌아보지 않았던 거야.

그 남자가 엄마의 어깨를 뒤에서 안았을 때 엄마는 커다란 감나무의 무시무시한 그림자를 쳐다보았어. 그 남자의 그림자가 얼마나 사악하고 불길한지도 보았겠지. 바람이 불 때마다 감나무 잎들이 저주의 주문을 외듯이 사위스럽게 수런거렸어. 엄마의 뜨거운 뺨이 차갑게 식어갔어. 그러나 허리를 억세게 껴안은 남자가 한 손을 뻗어 목걸이를 움켜쥐자 엄마는 온몸에 힘이 빠지더라지. 그 목걸이는 남자의 선물이었어. 다른 남자와 결혼했으면서 엄마가 그걸 목에 걸고 남자 앞에 나타났을 때는 이미 아무것도 변명할 수 없는 거잖아. 남자의 뜨거운 입술이 덮쳐오자 엄마 역시 거기서 모든 게 끝나도 좋다고 생각해버렸을 거야. 그리고 그날 밤 생긴 아기가 나야.

그래서 엄마는 내 앞에서 그렇게 뻔뻔스러울 만큼 당당하게 울었던가봐. 나라는 존재는 엄마의 인생을 일그러지게 한 그 남자가 세상에 남겨놓은 얼룩이니까. 그날 밤 엄마가 입은 새색시의 본견 속치마를 더럽힌 체액을 말하는 게 아니야. 내가 생겨난 것을 알고 엄마는 엄마와 내게 닥쳐올 운명이 얼마나 두려웠겠어. 그런데 배가 불러올 무렵 아버지가 사고로 죽은 거야. 엄마는 운명의 기복과 속도에 놀라서 슬픈 것조차 몰랐어. 뱃속의 아이를 핏줄의 인연 하나 없이 유복자로 낳아 키우든지, 이제야말로 잘못 꼬인 운명의 실타래를 풀어 제대로 아버지를 찾아주든지, 둘 중 하나라는 생각뿐이었지.

아버지 장례식에는 친구들이 많이 왔대. 스물여덟살에 친구의 장례에 참석하는 일이 그들에게는 엄숙하고 비통한 일이었을 테니까. 그 남자도 물론 왔어. 그 여자도 곁에 바짝 붙어서 왔고. 문상객이니만큼 그들은 엄마의 얼굴을 똑바로 보지 않고 약간 고개를 숙였는데 그 남자는 엄마의 목걸이를, 그 여자는 엄마의 희고 고운 목덜미 선을 보았지. 그 여자는 부엌까지 엄마를 따라들어와서는 구슬백을 열더니 다음달로 날짜가 잡힌 청첩장을 건네주었어.

삼일장을 치르고 그 남자가 돌아갈 때까지 엄마는 남자에게 한번도 시선을 주지 않았어. 그 남자는 화투판에도 끼지 않고 혼자 마루 끝에 앉아 '고 강형식 영가 발인식전'이라는 가로글자와 '한 생각 청정하올 때'라는 세로글자를 안경 너머로 멍청하니 쳐다보곤 했지. 너처럼 담배를 많이 피우는 사람이었나봐. 엄마와 언뜻 마주칠 때마다 긴 손가락 사이에 담배가 끼워져 있었대.

발인제 때에는 엄마가 곡을 너무 서럽게 하는 바람에 그 자리의 모두가 울었어. 상여가 집을 떠나는 순간 실신할 듯 넘어지는 엄마의 모습이란. 그 마음을 알겠니? 그 남자의 약혼식날 자기의 행복한 모습을 보여주고 싶었던 때와 똑같은 마음이야. 이번에는 자기의 불행한 모습을 남김없이 보여주는 게 복수라고 생각했던가봐. 그러나 그 자리에 있던 사람 모두가 생각했듯이 그 남자의 눈에 비친 엄마의 모습은 아버지에 대한 애끓는 추모 아니었겠어? 남자는 엄마에게 꼭 하고 싶은 말이 있었던 자기 자신을 비웃으며 돌아가버렸어.

우리 엄마, 어리석지? 그 남자는 또 어떻고? 아니야. 운명이 그렇게 정해져 있다면 그 악의를 사람 힘으로 어떻게 막겠어.

넌 운명을 믿지 않지? 언젠가 그런 말을 했잖아. 어떤 나쁜 일이 닥쳐오든 너는 운명의 예상을 거슬러서 보란듯이 반대방향으로 가버릴 거라고. 나도 그랬어. 운명이란 불행한 사람들이 만들어낸 변명 같은 거라고 생각했지. 엄마가 늘 팔자를 한탄하는 게 지겨웠거든. 하지만 지금은 약간 미심쩍은 생각이 들어. 대체 왜 내 곁에는 늘 죽음이 따라다니는 걸까. 운명이 아니라면 이런 우연을 어떻게 설명할 수 있겠어. 말해봐. 너는 왜 죽었지? 더이상 새 시계를 맞추기가 싫었던 거야? 아니면 내게서 떠나기 위해 죽었어? 그럴 리는 없잖아. 그놈의 운명 때문이었겠지. 나를 사랑하는 사람들에게 전염병처럼 죽음을 감염시키는 존재인지도 몰라. 누군가 날 저주하고 있어.

행복한 사람들의 시계

방금 커피를 탔어.

나는 커피를 달게 마시는 편이야. 그것도 하루에 보통 대여섯 잔은 마시는 것 같아. 세 잔 이상이 되면 기호식품이 아니라 중독성 마약이라고 여성지에서 읽었지만 종일 서서 일하려면 그렇게라도 해야 정신이 나거든. 집에서 쉬는 날까지 줄창 커피를 마셔댄다고 엄마는 늘 잔소리였지. 엄마 자신은 암포젤 엠과 게보린을 대놓고 먹었으면서 말이야. 엄마는 깊이 생각하는 걸 싫어했어. 뭐든지 잊어버렸다고 하기 일쑤이고 언제나 약을 많이 먹어서라고 핑계를 대는 거야. 우리 엄마, 살아가는 데 필요한 것은 하나도 기억 못하면서 옛일은 어쩌면 그렇게 생생하게 간직하고 있었는지.

너는 너의 어린 시절을 얼마나 기억하니? 몇살 때 일부터 기억해낼 수 있어? 엄마 말로는 신기하게도 나이가 들수록 어릴 때의 일이 또렷이 기억난다더라. 오십이 넘으면서부터는 두어살 때 할아버지가 마루에 앉아 손짓하며 부르던 모습까지 보인다고 했어. 내가 맨 먼저 기억하는 엄마의 모습, 늘 앨범을 보고 있었어. 초등학교 때는 금호동, 중학교 때는 봉천동과 신림동, 고등학교 때는 신당동, 지금은 아현동, 장소는 자주 옮겨졌지만 말야. 고등학교를 졸업할 때까지 나는 엄마가 보고 있는 사진 속의 얼굴이 당연히 아버지라고 생각했어. 그 남자라는 걸 안 때는 스무살 무렵이었어.

그 엄마의 딸인데 내 인생이라고 해서 운이 따랐을 리 없지. 유복자이니 태어나기 전부터 이미 운이 나빴다고 할 수 있잖아. 뱃속에서 아비가 죽었다는 소식을 듣고 낙망하지 않을 태아가 어디 있겠어? 불행해질 줄 알면서도 세상에 나올 때는 이미 이 세상이 그저 그런 곳이고 별 기대할 게 없으리라 각오를 한 거야. 난 사실 인생에 별 기대가 없어. 내가 앞으로 어떻게 될지 그런 데에도 관심없고 그냥 주어진 시간을 무심하게 보낼 뿐이야. 그런 내가 점을 치러 갔다면 이상한 일이겠지? 바로 그래서 이상하다는 거라니까. 나한테는 정말 뭐가 따라다니나봐. 내 친구 중에 앙큼하고 속없는 애 하나가 유부남하고 사귀는 중이었거든. 걔가 고민 끝에 점쟁이를 찾아갔어. 나는 그냥 따라가준 거고. 그즈음 엄마가 이유없이 앓아누웠기 때문에 왜 그러는지 그거나 좀 물어볼까 싶기도 했고 말야.

근데 그 점쟁이가 내 얼굴을 기분 나쁘게 빤히 쳐다보더니 그러는 거야. 귀신하고 붙어다니는구먼. 네? 저거 봐, 뒤에 귀신이 따라들어왔잖아. 죽은 사람이 씌었어. 나는 말을 함부로 하는 그 점쟁이한테 화가 났지. 그래서 아무렇지 않다는 듯이 태연하게 대꾸해줬어. 그래요? 우리 아버진가봐요. 바다에서 수영하다가 돌아가셨거든요. 그런데 그 점쟁이가 고개를 살래살래 젓는 게 아니겠어? 정말로 내 등뒤에 사람이 서 있어서 그 사람을 이리저리 뜯어보는 것처럼 고개를 갸웃갸웃 위아래로 잡아빼며 중얼거리는 거야. 아니야, 저 너덜거리는 살점 좀 봐라. 물에 빠진 게 아니고 공중에서 터져 죽은 귀신이야.

저녁 밥상에서 엄마에게 그 말을 했지. 오이냉국을 뜨려던 엄마는 숟가락을 그 안에 풍당 빠뜨리고는 두 손으로 얼굴을 가렸어. 무서워서 밤새 잠을 못 자고 떨더라. 그 다음날이었던가. 앨범을 가져오게 하더니 맨 앞장에서 그 남자를 짚어 보이는 거야. 비행기 사고로 죽은 지 얼마 안된 내 아버지라나. 그때 기분? 말하고 싶지 않아. 그 전까지는 엄마가 울기 시작하면 나는 기분을 풀어주기 위해서 올드 팝송을 틀어주곤 했어. 그런데 그날은 「파이프 라인」「채플 오브 러브」다음으로 「아이 웬트 투 유어 웨딩」이 나올 때 불현듯 깨달았지. 왜 엄마가 그 노래를 들을 때마다 긴 한숨을 내쉬었는지를. 나는 벌떡 일어나 오프 버튼을 눌러버렸어.

그 이후에도 나는 우리 아버지만을 아버지로 생각했어. 20년 동안이나 아버지로 알고 좋아했는데 어떻게 갑자기 바꾸겠어. 내 납작한 이마나 올라간 눈썹, 그리고 낙천적인 성격은 아버지를 닮았기 때문이라고, 여전히 그렇게 생각하기로 했지. 아버지 쪽에서 나를 좋아하지 않을 거라고? 글쎄 모르겠어.

그 남자는 아버지만큼 좋아지지 않더라. 점쟁이 말로는 그가 늘 내 뒤를 따라다닌대. 왜 그러는 거지? 그 간교하게 생긴 여자와의 사이에서 나보다 한살 어린 아들을 낳았다는데 왜 아들한테 가지 않고 내게 왔을까? 죽은 다음에야 내가 자기 딸이란 걸 알았나?

방금 그런 생각이 들었어. 이제 나를 따라다니는 귀신이 셋이겠구나 하는. 엄마와 그 남자와 그리고 너까지. 아버지는 빼더라도 말야. 이제부터는 문을 닫을 때 주의할게. 세 사람이 따라들어올 수 있게 시간이 충분히 지났다고 생각될 때에 문을 닫을 테니 안심해. 참, 엄마는 아버지한테로 가야 했을까. 죽은 다음의 세계에서도 이곳에서의 호적이 유효한 거니?

　엄마는 아주 고생스럽게 살았어. 처음에는 윗동서의 한복가게에서 몇년 동안이나 허드렛일을 했고 그 대가로 조그만 수예점을 차리게 되었는데 얼마 안 가 망해버렸지. 보따리 장사, 식당일, 화장품 외판도 했지만 제대로 되는 건 하나도 없었어. 손재주도 없고 기운도 없고 넉살도 좋지 않은데다 속일 줄도 과장할 줄도 모르고, 게다가 도무지 남의 비위를 맞출 줄 모르니 될 리가 있어? 우리 엄마는 정말이지 예쁘다는 것 빼고는 사줄 만한 점이 없었어. 하지만 솔직히 말해 나는 엄마가 예뻐서 좋았어. 엄마 대신 중학교 때부터 김치를 담갔고 살림을 도맡았지만 불만스럽지 않았거든. 엄마가 보따리 장사를 할 때는 계산에 약한 엄마 대신 내가 밤마다 물건을 헤아리고 장부정리를 다 했어. 식당일을 할 무렵이 제일 안 좋았지. 일도 힘들었지만 짓궂게 구는 손님들이 좀 많았어야지. 여상에 다니던 나는 주산 부기 급수 딸 준비는 팽개치고 학교가 끝나는 대로 식당으로 달려가 엄마와 함께 홀 심부름을 하곤 했어. 엄마는 나처럼 살성이 좋지 않은데 손에 물이 마를 날 없으니 손톱 밑이 헐고 가려워서 잠을 못 잤어. 밤마다 내가 연고를 발라주었고 내친김에 손톱 손질과 매니큐어를 해주기도 했지. 퉁퉁 붓고 갈라진 손가락 끝의 붉은 매니큐어. 어쩐지 처량했지만 엄마는 환하게 웃었어. 미용사가 되면 엄마가 좋아하겠구나 하는 생각을 그때부터 한 것 같아.

　엄마가 무거운 화장품 가방을 든 채 계단에서 넘어진 일이 있었어. 팔이 부러져 두 달을 쉬었지. 그 사이 아랫동네 세들어 살던 아가씨 둘이 이사를 가버려 외상값을 몽땅 못 받게 되었다고 우는 엄마의 손을 붙들고 그 아가씨들이 일한다는 술집으로 찾아갔던 거 아니? 도저히 술집 안으로 못 들어가겠다는 엄마를 골목에 세워놓고 나 혼자 씩씩하게 한걸음 나섰는데, 여기쯤이면 엄마한테 내 뒷모습이 보이지 않겠지 싶으니까 그때부터 어찌나 다리가 후들거리던지.

엄마가 마지막으로 한 일이 마싸지야. 그것만은 그래도 적성에 맞았던가봐. 집안에 마싸지 손님이 드나들던 그 무렵이 엄마하고 나한테 가장 좋았던 시절인 것 같아. 단골도 꽤 많았고 손님들은 모두 나를 좋아했지. 엄마 옆에서 스팀타월을 만든다, 오이를 간다, 하면서 손님들의 말상대를 해주었고 안마까지 곧잘 했으니까. 미용학원에 다닌답시고 머리 스타일에 대해 충고를 해주기도 하고 모발 마싸지도 이따금 해주었어. 부지런하고 싹싹하고, 쟨 시집가면 사랑받고 살겠어. 손님들이 나를 칭찬하면 엄마는 마싸지 크림이 잔뜩 묻은 손끝으로 그들의 입가에 나선형을 그리며 말하곤 했어. 애가 덤벙대기만 하고 얌전한 맛이 있어야죠 뭐. 누가 데려가나 할는지. 그러면서 나를 향해 눈까지 흘기던 엄마의 모습, 천사처럼 천진했어. 나는 나도 모르게 얼굴이 빨개졌지. 부끄러워서가 아니야. 지금 생각하니 행복했던가봐. 행복이란 다 그렇게 짧은 거니? 그로부터 몇달도 안돼 엄마는 병원에 들어갔고 거기에서 죽었어.

죽기 며칠 전 엄마의 머리를 감겨주었지. 너무 말라서 손으로 뒷머리를 받치는데 초등학교 과학실에 서 있던 모형해골의 머리통을 만지는 기분이었어. 너 머리 참 시원하게 감긴다. 그것이 평생 엄마가 내게 해준 첫 칭찬이었어. 마지막 칭찬이었고.

지금은 안하지만 나도 보조일 때는 지겹도록 손님 머리를 감겼어. 남자 손님 중에는 쑥스러워하는 사람이 많아. 이발소에서는 고개를 앞으로 숙이게 하고 감긴다며? 머리를 젖히고 누우라고 하면 남자

손님들은 시선을 어디에 둘지 몰라하더라. 너도 그랬어. 우리집에 왔을 때 내가 머리를 감겨주겠다고 했더니 이마를 찡그렸잖아. 하지만 결국 너를 의자에 앉히고 머리를 뒤로 젖히도록 하는 데 성공했지. 세면대가 높아서 내 젖가슴이 너의 얼굴에 닿았어. 도리어 어색해진 나는 미용실에서 하듯이 네 얼굴에 수건을 덮었어. 수건 아래에서 새어나오는 너의 고른 숨소리, 너무 평화로웠는데.

네가 죽던 날 밤 나는 두번째로 네 머리를 감겨주었어. 우리 둘 다 비를 맞았었잖아.

비오는 거리를 걸어보자고 네가 먼저 말했던가? 밤이 깊어 무척 조용했지. 이따금 자동차 바퀴가 번들거리는 포도의 물을 튀기며 지나갈 뿐 지나다니는 사람도 거의 없었어. 서대문에서 아현 지하철역까지 가로수가 백스물일곱 그루라는 걸 아는 사람이 몇이나 될까. 우리는 빗속에서 천천히 그것을 세어나갔어. 한 개의 나무 밑에 다다를 때마다 걸음을 멈추고 거기 기대어 입을 맞추었지. 백스물일곱번. 그 모든 나무 아래에 우리의 마지막 시간을 조금씩 떨구었던 거야.

집으로 들어와 내가 젖은 머리를 감겨주겠다고 하자 너는 웬일인지 순순히 고개를 끄덕였어. 기운이 없는 것 같기도 하고 슬퍼 보이는 듯도 싶고. 나는 네 머리를 가슴에 안듯이 감싸고서 빗질을 하기 시작했어. 따뜻한 물로 적신 뒤 머리 안쪽부터 샴푸를 풀었지. 거품을 씻어내다가 문득 손을 멈춘 건 네 숨소리가 거의 들리지 않아서였어. 잠들었나 하고 수건을 가만히 젖혀보았을 때 너는 마치 그 순간을 기다렸다는 듯이 커다란 눈을 똑바로 뜨고 나를 올려다보고 있었어. 눈물에 젖어 있던 너의 그 눈. 몇시야? 약간 떨리는 목소리로 네가 물었고 그걸 듣자 내 입에서는 뜻밖에 의젓한 농담이 튀어나왔지. 행복한 사람은 시계를 보지 않아,라고.

사진 3: 너의 알리바이

어제 또 경찰이 왔어. 조금도 중요하지 않은 질문을 몇가지 하고는 건성으로 하는 내 대답이 무슨 결정적 단서라도 주었다는 듯 연신 고개를 끄덕거리더라. 너의 죽음은 자살로 마무리된다나봐. 그들이 빨리 가주었으면 해서 나는 창밖만 물끄러미 쳐다보았지. 그게 슬픈 모습으로 비쳤던 걸까. 네 주머니에 들어 있었다던 오래된 사진을 선심이라도 쓰듯이 꺼내 보여주었어.

벚꽃나무 아래에 서 있는 여인 둘이었어. 뚱뚱한 여인과 가느다란 목걸이를 한 여인. 그들의 치맛자락을 붙잡고 각기 대여섯살로 보이는 계집애와 사내애가 서 있었지. 계집애는 울고 있더라. 사내애? 그애의 얼굴은 보지 않은 채 그냥 사진을 돌려줬어. 경찰은 역시 아무것도 아니죠? 하는 싱거운 표정으로 그것을 도로 받아넣었어.

그 계집애를 난 기억해. 사진찍기를 좋아하는 그애는 엄마 옆에 얌전히 섰지. 몇발짝 앞에서는 안경 낀 남자가 뷰파인더에 눈을 대고 천천히 초점 다이얼을 돌리고 있었고. 햇빛이 아주 밝은 날이었어. 그애는 셔터 눌리기를 기다리다가 문득 땅 위로 드리워진 남자의 그림자를 보았어. 검은 얼룩 같은 그림자는 그의 발밑에서 천천히 흔들리고 있었지. 다음 순간 그애의 입에서는 날카로운 울음소리가 터져나왔어. 그 그림자가 남자의 발에서 떨어져나와 자기를 향해 기어오는 걸 보았던 거야. 그애는 도망치기 시작했어. 필사적으로 뛰었지만 곧 붙들리고 말았지. 그애는 팔이 빠진 채로 그 사진 속에 존재해야만 했어.

　과거를 뭐하러 찍어두었을까, 알리바이도 아니고, 하던 너의 말.

　알리바이란 현장에 없었다는 걸 설명하는 부재의 증명이라면서? 부탁이 있어. 네가 그 사진 속에 없다는 걸 증명해줘. 너는 다른 곳에 있어야만 해. 그래야 우리의 죄로부터 결백해질 거 아냐. 어서 도망쳐. 너를 속박하는 시계와 사진, 그리고 우리의 아버지로부터. 죽은 자의 저주가 산 자의 운명을 파멸시키지 못하는 태초의 죄없는 시간으로 가란 말야. 그래. 엄마의 첫번째 사진 속으로…… 나? 나는 이미 틀렸어. 팔이 빠진 것도 모르고 렌즈를 쳐다보며 울고만 있잖아. 나는 여기 그냥 시간의 그림자 속에 남아서, 너한테 가지 못하도록 세번째 사진 속의 시간을 붙들고 있을게. 너, 가고 있지? 어서! 이 사진 속에서 도망쳐야 해. 가고 있지? 가고 있는 거지, 내 사랑……

　뭐라구? 아예 없어져버렸다구? 오, 안돼!

〔창작과비평 1998년 여름호〕

시정시대

진지함은 내가 계속 삶을 철저히 오해하도록 도왔고

고지식함은 그 오해를 바꾸지 못하도록 벽을 쌓았다.

나는 스스로를 이지적이고 성숙한 여성이라고 믿었으며

이따금 나를 순진하게 보는 사람이 있는 걸로 보아 내가

제법 교활하기까지 하다고 생각했다.

타락을 감추고 세상을 속이는 데 대해

나는 원초적인 죄의식에 시달리기도 했다.

서정시대

    누군가 등을 가볍게 건드리는 기척이 느껴진다. 돌아보니 아무도 없다. 대신 어깨 위에 떨어져 있는 머리카락이 눈에 들어온다. 그것을 손가락으로 집어들고 한참을 들여다본다. 나이가 들어가니 두피의 장력이 약해지는 것은 당연하다. 그까짓 머리카락 한올 떨구는 일까지 일일이 느끼면서 사는 내가 과민한 것뿐이다. 나는 머리카락을 쓰레기통에 버린다. 그리고 나의 과민함에 대해 조금 더 골똘히 생각해본다. 과민함과 자의식, 자의식과 긴장, 긴장과 소심함과 진지함…… 정작 머리카락이 유난히 많이 빠지는 데에는 아무런 주의도 기울이지 않았다는 뜻이다. 내 머릿속은 언제나 수많은 분석으로 터질 듯이 복잡하지만 실제로 인생에 효용이 되는 것은 별로 없었다.

    내가 원형탈모증에 걸렸다는 것은 며칠 안 가 드러난다.

거울 앞에서 머리를 빗던 나는 정수리께의 한 부분이 아무리 빗어도 검은색으로 덮여지지 않는다는 것을 깨닫는다. 그래도 별 생각 없이 습관적으로 빗질만 계속하고 있다. 한참 후에야 나는 오백원짜리 동전만한 그 빈터가 바로 머리카락이 몽땅 빠져버려 드러난 밋밋한 두피임을 안다.

얼굴을 바짝 거울 앞으로 들이민다. 두 팔을 쳐들어 머리 속을 이리저리 헤쳐보는 내 손길은 몹시 다급하다. 원 세상에, 내 머리 속에 땜통이라니!

나는 울상을 짓고 허겁지겁 K에게 전화를 한다. 큰일났어, 머리 한복판에 땜통이 생겼는데 원형탈모인가봐. K의 대답은 미리 준비라도 되어 있었던 것처럼 거침없이 나온다. 뭐? 그럼 곧 대머리 되겠네? 거, 비 맞으면 딱딱 소리 나서 안 좋을 텐데. 박부장 알지? 박부장이 그러는데 자기 대머리 위에 빗방울 떨어지면 말야, 그 소리가 양철지붕에 떨어지는 빗소리쯤은 댈 바가 아니라더라. 참, 너 밥 먹었냐?

"왜?"

대답하는 내 목소리는 풀이 죽어 있다.

"회사 옆에 주꾸미 잘하는 집이 생겼는데 초고추장 맛이 죽여줘."

"……근데?"

"나와서 점심이나 사라."

그가 나를 위로하는 방식은 언제나 이렇게 거만하다. 그러나 고지식한 나는 그런 냉정하고 뻔뻔스러운 위로를 쉽게 받아들일 수가 없다.

"뭐야, 지금. 나는 심각해서 죽겠는데 말 몇마디 해주고 결국 점심

한끼 해결하자는 거였어? 인간이 어떻게 그러냐."

"야, 인간이니까 그런 거지. 인간이 뭐 대단한 건 줄 알아? 오디세우스도 사랑하는 부하들이 다 죽었는데 밥부터 먹었고, 배가 부르니까 그제사 눈물이 나왔다잖아. 소설가가 그런 생각도 못하냐?"

내가 늘 작은 일에 상처를 받는 것이 예민함보다는 진지함 탓임을 잘 알고 있는 그는 한마디 더 덧붙인다. 너도 이제 인생에 대해 서정적 태도를 버릴 나이가 안됐던가?

나의 진지함은 기억력이 허락하는 한도인 여섯살 때부터 시작된다. 어느날 아침 눈을 뜨자 나는 나 자신이 인격자로 인정받고 있음을 알았던 것이다.

바로 전날까지 코흘리개 어린애였던 나는 그날도 전날의 연속인 줄로만 알고 식구들이 아침 밥상을 물린 뒤까지도 철없이 자고 있었다. 그러나 전날과 달리 부모님은 나를 깨우거나 꾸중을 하지 않았다. "아무개는 아직도 자나?" "놔두세요. 내년이면 학교 갈 애인데 제가 다 알아서 할 거예요." 이런 대화로 나의 각성을 촉구할 뿐이었다. 그 상황에서 차마 눈을 번쩍 뜨지 못했지만 나는 큰 충격을 받았다. 아, 어른이란 이렇게 갑자기 되는 거구나.

그때부터 세수하면서 목을 안 씻었다고 도로 우물가로 쫓아내고 밥을 흘리면서 먹는다고 야단치는 일도 없어졌다. 말끝마다 "차암, 너도 이제 어른이지?" 하면서 철없어도 되는 어린애로서의 권능을 완전히 박탈했다. 그것이 교육학자들이 '책임이론'이라는 용어로 정리한 바 있는, 아이들을 일찍 철들게 하기 위한 어른들의 획책임을 알 리 없는 나는 죄의식에 빠졌다. 내가 생각하기로 나는 아직 어린

애에 불과했다. 그런데도 나를 과분하게 평가하고 믿어주시는 순진한 부모님들!

당시로서는 배운 게 별로 없어 나는 고지식했다. 그래서 부모님을 실망시키지 않기 위해 다소 부족하나마 어른 행세를 할 수밖에 없다고 판단했다. 나는 어른스럽게 생각하고 말하고, 삶이 별것 아님을 이해하는 데에 안간힘을 다해야 했다.

입학 적령에서 한살이 모자란데다 생일도 10월 말인 나는 정식으로 초등학교에 입학하지 못했다. 아버지가 손을 써서 입학식 며칠 뒤 운동장을 가로지르는 아이들의 대오에 헐떡거리며 끼여들어 같이 뛰면서부터 학교생활을 시작했다. 그때부터 나는 언제나 친구들보다 한살이 어렸다. 병도 앓지 않고 재수도 하지 않고 군대도 가지 않은 내가 박사과정 시험에 응시했을 때는(비록 떨어졌지만) 장하게도 겨우 스물네살이었다. 나는 내가 조숙하다는 것을 한번도 의심해본 적이 없을 뿐 아니라 내 인생의 비밀 중의 비밀인 그 사실을 누구한테나 은근히 털어놓았다. 진지한 조숙 속에 지금 내 머리통 한가운데에 박혀 있는 원형탈모의 땜통처럼 속이 들여다보이고 우스꽝스러운 빈터가 있음을 알 턱이 없었다.

아버지는 달변과 과묵과 독설을 삼분의 일씩 나누어가진 분이었다. 말썽쟁이 소년시절 전기실험을 하겠다고 전봇대에 올라가 전선을 끊는 바람에 온 읍내를 암흑천지로 만들었다는 아버지는 사업을 하는 데에도 그 아이디어와 개척정신을 살려서 이층 건물에 초가지붕을 얹는다든지 하는 신선한 발상 및 근성으로 변변한 자본 없이 토건회사를 일으킨 청년 사업가였다. 읍내의 아스팔트 포장을 하고 경찰서와 군청을 짓는 건설의 역군으로서 감사패를 받는 모습이 종종 지방신문과 군청 게시판에 등장하곤 했다. 하청업자인지라 갱영화에나 등장하는 '청부업자'라는 무시무시한 직함으로 불렸지만 기타로 뽕짝 반주를 애절하게 뜯는가 하면 「러브 이즈 어 매니 스플렌디드 싱」이나 「새드 무비」를 잘 불렀고 북도 잘 치는 낭만적인 기질이 있었다. 또 직접 사용하는 것을 본 일은 없지만 아버지의 책상에는 측량기구와 설계도, T자 같은 멋진 물건들이 갖춰져 있었다. 텔레비전도 동네에서 가장 먼저 샀다.

늘 바빴지만 아버지는 나와 동생에게는 언제나 자상하고 멋진 아버지로 인정받고 싶어했다. 특히 내게는 야단을 치는 일이 전혀 없었다. 공부 잘하라는 꾸지람도 '아빠는 보통학교 시절 육년 동안 시험에서 틀린 것이라고는 한 개뿐인데 그것도 일학년 때 받아쓰기에서 군밤을 구운 밤으로 잘못 써 실수한 것이다'라는 말씀을 수없이 되풀이하는 일로 대신했다. 그러고는 마지막에는 늘 '우리 아무개는 아빠의 자존심이다' '인간은 자존심으로 산다' '벼는 익을수록 고개를 숙인다' '너는 고개 숙이는 벼가 되어라' 등 소중한 인생의 금언을 곁들인 인격적 대화로써 나를 감복시키는 것이었다.

내가 아홉살이 되던 해에 아버지는 변두리의 싼 땅을 사서 이층 양옥집을 지었다. 커다란 당산나무를 중심으로 이엉이 썩어가는 초가집이 몰려 있고 아이들이 아랫도리를 벗고 돌아다니는 가난한 동네에 처음 생기는 양옥이었다. 모름지기 아이들은 뜨는 해를 바라보며 자라야 한다는 아버지의 소신에 따라 우리 방의 창을 동남향으로 냈고 입식 부엌과 지하실까지 만들었다. 마당에는 장미꽃 칠십 그루를 심고 이층에는 널찍한 서재와 가족 휴게실을 만들 계획이라고 했다. 동네 아이들은 우리를 부자라고 생각했다. 아마 우리집 마당에 우람한 덤프트럭이 하천 모래 따위를 가득 싣고 물을 질질 흘리며 들락거리고 또 조그마한 토막만 가져가도 엿장수가 입이 찢어질 만큼 엿을 듬뿍 주는 철근이 우리의 허리 높이만큼 무더기로 쌓여 있었기 때문일 것이다.

아버지의 말 가운데 믿지 못할 말이 반 이상이라고 생각하는 회의론자로 어머니와 외할머니가 있었다. 선운사나 내장사에 놀러 가자고 해서 온 식구가 소풍 준비를 다 해놓고 아버지만 기다리다가 결국 밤이 이슥해져서 찬합을 풀고 그것을 저녁 대신 먹은 적이 한두 번이 아니었던 것만 봐도 그렇다는 것이다. 변산 옆의 채석강에 놀러 갔을 때 카메라를 멘 아버지가 사진을 찍게 그늘에서 나오라고 몇번이나 채근하자 외할머니는 혼잣말을 하였다. 그놈의 사진, 찍기만 하지 나오는 걸 당최 못 봤어. 그 말을 들은 나는 아버지가 바쁘다는 것을 제대로 이해할 만한 어른은 세상에 나뿐이라고 생각했다.

5년 뒤 우리가 그 집을 떠나기까지 결국 집은 제대로 꼴을 갖추지 못했다. 겉으로 봐서는 이층 양옥이었지만 일층의 방 세 개와 마루와 부엌만 내장(內裝)이 되어 있을 뿐 나머지는 그냥 골조와 베니어판이었다. 나는 그 모든 것을 이해했다. 아버지 사업이 실패했기 때문인데 이해 못할 게 없지 않은가. 인생이 어디 다 계획대로 되는 것인가.

언젠가 나는 유네스코라는, 이국적인 이름으로 미루어서 보나마나 훌륭한 일만 도맡아 할 게 분명한 단체로부터 상을 받게 되었다. '유네스코 주최 세계어린이미술전을 보고'라는 감상문 모집에서 2등을 했던 것이다. 나는 그 미술전이 열리는 전주에 가지 않았으므로 미술전을 보았을 리는 없었다. 그 미술전의 팜플렛을 보았다는 미술반 선생님의 막연한 설명만 듣고 지은 감상문이었다. 주최측인 유네스코로부터 '학생과 지도교사는 전주에 올라와 시상식에 참석하라'는 연락을 받고 선생님은 나를 크게 칭찬했다. 보지도 않은 미술전을 보았다고 거짓말을 하게 하고, 그 거짓말로 상을 받게 되었는데 정직하지 않다고 꾸중하기는커녕 학교의 명예를 드높였다고 칭찬을 하는 어른들에게 나는 전혀 실망하지 않았다. 내 생각에는 나도 그런 어른 중의 하나였기 때문이다. 오히려 '글이란 게 결국은 다 지어낸 거짓말 아니던가'라고 합리화함으로써 한 단계 앞서갈 정도였다.

나는 어른스럽다 못해 조금 타락하기까지 했다. 백일장에서 상을 탄 날이었다. 아버지는 사업상 '조양관' '관수정' 같은 '관'에 자주 드나들었는데 그날 기분이 좋은 나머지 지도선생님과 교감선생님 그리고 나까지를 '관'으로 모셨다. 기생들이 나와서 '미스 아무개'라고 자기를 소개했다. 아버지는 옆자리에 앉은 기생의 성을 번번이 기억 못했다. 선생님들과 한참 얘기를 주고받다가 옆자리를 돌아보며 "참, 뭐라고 했지? 미스 정인가 강인가" 하곤 했다. 내가 참다 못해 "아빠, 미스 장이라니까"라고 말해주었다. 좌중에서 웃음이 터져나왔다. 교육상 좋지 않은 분위기임을 불현듯 실감한 아버지와 선생님이 무안함과 후회를 감추려고 부러 웃음소리를 호방하게 내는 것도 모르고 나는 어른의 타락한 세계에서까지 당당히 어깨를 나란히 한 게 만족스러워 함께 소리 높여 웃었다.

내게도 삶의 진실을 깨치게 해줄 시련이 없었던 것은 아니다. 사업이 커지면서 바빠진 부모님 대신 내게 맹목적인 가족애를 가르쳐준 외할머니가 매일 대야에 초록색 물을 하나 가득 토해내며 암으로 죽어갈 때, 내 고자질에 상처를 입은 남동생이 가출했을 때, 아니면 구둣발로 안방까지 들어온 남자들이 장롱과 텔레비전에 빨간 도장이 찍힌 딱지를 붙이고 가던 때. 그날 나는 언제나 '간죠' 날이면 그랬던 것처럼 아버지가 한밤중에 오토바이를 타고 나타나 가죽점퍼 안주머니에서 신문지로 싼 돈뭉치를 척, 소리가 날 듯이 후련하게 써내주는 순간을 기다렸지만 며칠 전 나간 아버지는 끝내 돌아오지 않았다.

트럭에 짐을 싣고 야반도주하듯 고향을 떠난 뒤, 낯선 도시에서 아버지는 외지에 나가고 어머니는 앓아누웠던 그 시절, 나는 열다섯 살이었다. 그 나이라면 불행을 느껴도 되고 어쩌면 약간 빗나가도 될 만큼은 문제의식이 있어야 했다. 그러나 나는 여전히 내 방식대로만 진지했다. 현실적인 고생에는 불행해하지 않았고 이제는 사춘기가 되었으니만큼 오직 '절대고독'과 '영혼의 오손'과 '치희의 상흔'과 '세련된 태타' 따위로만 고민할 뿐이었다. 싸르트르와 칼 힐티와 토머스 울프를 억지로 읽으며 박계형보다 재미없다는 불온한 생각이 순간적으로 스치는 바람에 소스라쳐 놀라곤 했던 그 시절의 나는 용돈을 쪼개 정음사와 을유문고의 전집을 할부로 들여놓는 일로써 인생을 이미 지적인 일에 투자하며 살고 있다는 자부심을 느꼈다. 당연히 그런 나를 웃기게 생각하거나 역겨워하는 친구들이 있었다. 지금이라면 나도 마땅히 나 같은 애를 역겨워할 것이다. 그러나 그때 나는 그런 친구들을 의식할 때마다 우수어린 표정으로 먼산을 바라보았다.

진지함은 내가 계속 삶을 철저히 오해하도록 도왔고 고지식함은 그 오해를 바꾸지 못하도록 벽을 쌓았다. 나는 스스로를 이지적이고 성숙한 여성이라고 믿었으며 이따금 나를 순진하게 보는 사람이 있는 걸로 보아 내가 제법 교활하기까지 하다고 생각했다. 타락을 감추고 세상을 속이는 데 대해 나는 원초적인 죄의식에 시달리기도 했다. 한때는 성당에 나가 열심히 속죄의 기도를 했다. 그리고 이 모든 일을 너무나 진지하게 수행하다가 꽃샘추위가 살을 에던 날 여대 기숙사의 삼층에 짐을 풀고 열아홉살의 대학생으로서 서울생활을 시작했던 것이다.

원형탈모가 점점 심해져간다. 동전만하던 땜통이 화장품 병뚜껑 정도로 커졌다. 얼굴의 점은 세어볼수록 많아진다는데 이것도 내가 너무 들여다보는 바람에 더 커진 것은 아닐까.

그동안 땜통은 나를 번번이 괴롭혔다. 술자리에서 인생이 별거 아니라고 잔뜩 코웃음을 친 다음 냉소를 띠고 술잔으로 고개를 숙이는 순간 나는 머리 속의 벌건 땜통이 훤히 드러났음을 깨닫고 얼른 고개를 젖히곤 했다. 머리의 땜통을 흔들며 문학을 위해 혼을 불사르겠노라 열변을 토하는 꼴은 또 얼마나 장관일까, 하고 '작가와의 대화' 같은 행사장에서는 더욱 조심스러웠다. 꼬마 거지들이 나오는 코미디 프로그램을 보며 깔깔거리다가 그애들의 머리에서 내 것과 비슷한 땜통을 발견하고는 슬그머니 얼굴이 굳어져 곁눈으로 가족들 표정을 살핀 적도 있었다. 게다가 그런 내가 우스워 웃는 웃음을 참을 때의 우스꽝스러운 기분이란.

또 K에게 전화를 한다.

"있잖아, 대학 때 써클 같이 했던 남자한테 전화왔더라." "왜?" "신문에서 날 봤다고. 좋은 글 많이 쓰래. 다음주쯤에 만나기로 했어." "뭐하러?" "모르겠어, 그냥 한번 만나보고 싶더라구." "거 참, 별일이네." "그리고 말야, 나 오늘 김제로 문상 가기로 했는데, 머리 때문에 어떡하지?" "뭐 어때, 레만 호에 떨어진 보름달 같다고 생각할 거야." "장난이 아니란 말야. 머리 이래갖고 사람 많이 모이는 데 가도 될까?" "누가 니 머리통만 보냐?" "잘 보이고 싶은 남자도 몇명 있다구. 뺌통 때문에 이쁜 척할 수도 없잖아." "그건 그래. 내가 봐도 그건 영 안되겠더라. 그럼 가지 말든가." "안돼. 안 가면 인사가 아니야." "그럼 가." "누가 가기 싫어서 그러나? 머리 때문에 그러지." "그럼 안 가면 되잖아." "그렇게 간단한 게 아니래도." "뭐가 복잡하다는 거야. 가든지 말든지 둘 중 하나야. 나 지금 바빠. 끊어." "뭐? 자기 일 아니라 이거지?" "바빠서 바쁘다고 말하는데 애들같이 자기 일 남의 일은 또 뭐야?" "암튼 못됐어." "못됐다구?" "아니, 잘됐어!"

내가 먼저 끊으려는데 전화기에서 그의 목소리가 새어나온다. 다시 전화기를 귀에 갖다댄다. 정 마음에 걸리면 미장원에라도 가보든지. 나는 볼멘소리로 대꾸한다. 나도 바쁘니까 끊어! 이곳이 바로 미장원이라는 말은 하지 않는다.

미용사가 분무기로 머리에 물을 뿌리다가 호들갑스럽게 놀란다. 어머, 원형탈모신가봐요. 나는 대수롭지 않다는 듯이 대답한다. 그러게요. 생긴 지 한참 됐는데 머리가 날 생각을 안하네요. 이런 손님들 가끔 있어요. 피부과에는 가보셨어요? 이제 가봐야죠. 시간이 별로 없어서. 무슨 말씀이세요. 여자는 피부하고 머리카락이 생명인데 아무리 바빠도 그렇죠. 몇마디 더 나무란 다음 미용사는 드라이를 하기 시작한다. 어떻게 해드려요? 머리 빠진 데부터 가려야죠? 어머, 자세히 보니 더 크다. 손님, 빨리 피부과부터 가보세요. 그냥 두면 더 커져요. 미용사가 너무 걱정을 해주는 바람에 미안해진 나는 되레 그녀를 위로하듯 한마디 한다. 핀을 잘 꽂으면 안 보일 때도 있어요.

드라이를 마친 미용사가 헤어 스프레이를 가져온다. 헤어 스프레이를 뿌리면 머리가 빳빳하게 엉키므로 분명 땜통이 더 크게 드러날 것 같다. 나는 한껏 조심스럽게 미용사에게 내 견해를 말해본다. 미용사의 목소리가 높아진다. 아, 아네요, 스프레이로 딱 붙여서 고정시키는 게 나아요. 미용사가 지금까지 보여준 애정을 배신할 수 없는 나는 불안한 마음으로 그녀의 의견에 따른다.

문상 떠날 전세버스가 기다리고 있는 대학로. 내가 다가가자 버스 앞에 서 있던 몇사람이 알은척을 한다. 다행히 머리에 대해서는 주의를 기울이지 않는 눈치이다. 버스에 올라탄 나는 정수리 왼쪽에 있는 땜통을 조금이라도 덜 보이게 하려고 왼쪽 창가 자리에 자리를 잡는다. 누구의 눈에도 띄지 않았으면 싶다. 그러나 눈치 빠르고 자상한 A가 나를 자기 자리로 부른다. 어디 머리 좀 봐요. 우리 마누라도 전에 이랬는데 곧 낫더라구. 나는 당장 손을 올려 가리고 싶었지만 그곳이 치부임을 그렇게 노골적으로 인정할 배짱은 없었기에 오히려 명랑하게 대꾸한다. 그랬어요? 그럼 불치병은 아닌 게 확실하네. 그런 다음에는 이런 때 얼굴이라도 붉어져 있으면 민망하다 싶어서 짐짓 창밖으로 고개를 돌린다.

옆자리에 앉은 B에게 나는 땜통 얘기를 꺼낸다. 숨기지 못할 바에야 조금 더 뻔뻔스럽게 나가는 편이 나을 것 같다. B는 이마를 찡그리며 걱정되겠어요, 아프진 않아요? 하고 말해준다. 나는, 하하, 낫

142

겠죠 뭐, 하는데 순간 겨드랑에서 땀 한줄기가 허리까지 주욱 흘러 내린다. 헤어 스프레이를 하지 말았어야 했다. 아마 그랬어도 미용사는 그다지 실망하지 않았을 것이다.

어머니 생각이 난다. 어머니는 서울에 올라오면 언제나 친구들에게 이런 전화를 한다. 아이고, 아무개야. 나 지금 금방 도착해서 엉덩이 붙이자마자 너한테 전화부터 하는 참이다. 터미널에서 하려고 했는데 동전이 없어서 말야. 마침 전화카드도 없지 뭐냐. 카드 파는 데는 다 문을 닫았고. 요구르트라도 사서 잔돈을 바꾸려고 하는데 우리 딸 그것이 나 데리러 나왔다가 주차비 많이 나온다고 어찌나 잔소리를 하는지 그냥 와버렸어. 나 금방 도착해서 지금 신발도 한 짝밖에 안 벗었단다…… 서울 온 지 사흘이 지나나 열흘이 지나나, 그리고 그 친구가 경자든 말자든 경순이든 금방 도착했다는 어머니의 말은 언제나 똑같다. 듣다 못한 내가 목청을 높인다. 엄마, 뭐 그런 일로 나까지 팔아가면서 그렇게 신경을 써요? 엄마 친구들, 서울 도착하자마자 전화 안했다고 실망하지 않아. 엄마 전화만 기다리면서 전화통 앞에 붙어 있는 것도 아니고. 그러나 어머니는 요즘도 여전히 똑같은 전화를 한다. 그런 어머니에게 신경질을 내려다가 나는 불현듯 내가 왜 그 모습을 너그럽게 받아들이지 못하는지 깨닫고 쓸쓸히 웃곤 한다. 나는 어머니를 닮았다.

버스가 상가에 도착한 것은 이미 날이 어두워진 뒤이다. 빈소에서 절을 하고 저녁상을 겸한 술상 앞에 앉았을 때 나는 단단히 긴장한다. 술자리의 의기투합을 경계하자. 오늘만은 사해동포주의자가 되어서는 안된다. 땜통을 허옇게 드러낸 채 술잔을 치켜들고 거나해서 떠들어대는 여자가 있다면 이 자리의 수많은 사람들에게 얼마나 잊지 못할 강렬한 인상을 남기겠는가. 나는 하나뿐인 여자동료인 B 옆에 바짝 붙어 앉으며 입속으로 연습한다. 저요, 술 별로 못 마셔요. 저요, 이 잔 그냥 받아만 둘게요.

그런데 저쪽 자리에서 누군가가 건너오더니 내게 술을 권한다. 나 전주 사는 아무개요. 어머, 안녕하세요. 저도 전주에서 고등학교 나왔어요. 나는 동창회에도 한번 나가지 않는 고등학교를 들먹인다. 고향이나 출신학교로 편 가르는 것을 좋아하지 않는 나지만 상냥함은 진지함의 한 변형인 것이다. 그래요? 나는 그 고등학교 오십이회인데. 그러세요? 저는 그 여고 사십팔회예요. 그것이 그 밤의 시작이었다.

선배가 권하는데 술을 안 마시겠다고 중뿔나게 구는 것은 여간 송구스러운 일이 아니다. 더구나 나한테 내숭이 있다고 할까봐 두려워진다. 초등학교 2학년 때 담임선생님은 내 통지표에 이렇게 썼다. '온순하고 극히 여성적이며……' 여덟살 때 나는 이미 극히 여성적이었던 것이다. '어른스럽다'는 것과 함께 '여성답다'는 평판은 나를 진지하게 만든 또 하나의 '원형탈모'였다. 나는 술잔을 거절하지 않고 받기 시작한다. 그리고 얼마 지나지 않아 내 머리 속의 땜통을 까맣게 잊는다. 누군가 인생이나 문학, 혹 사랑에 대해 말할 때마다 끼여들어 한마디씩 거들고 논평을 하기 시작한다. 인물평에는 특히 적극적이다. C가 잘생겼다구요? 그게 뭐 잘생긴 거예요? 순 소녀취향이지. 소녀에도 여러가지가 있는 거예요. 총각선생님을 세상의 전부로 알고 존경하는 철부지 소녀가 있는가 하면 자기가 나이 들어가는 것을 결코 인정할 수 없는 딱한 늙은 소녀도 있어요. 그런 소녀들은 미소년을 좋아하죠. 만약 C가 그런 각종 소녀들의 환호성을 별 생각

144

없이 받아들일 수 있는 단순한 사람이었다면 그저 그런 바람둥이가 되었을 거고 인생은 그럭저럭 평화로웠겠죠. 하지만 인생은 그보다는 훨씬 짓궂고 복잡한 거예요. 삶은 C에게 소녀의 환호성을 의식할 만큼의 자기도취를 주었지만 한편 그것을 대단찮게 생각하고 심지어 그것으로만 자기의 존재증명이 되는 것을 경멸하도록 약간의 자의식노 수었단 말예요. C는 보통은 자기의 미모를 의식하지만 미모가 사람의 완성을 보장해주지 않는 것을 알 정도로 통찰을 가진 집단 속에서는 자신의 미모를 불편해할 줄도 알지요. 그러나 속마음은 또 안 그럴걸요. 그는 자기에게 환호하는 소녀들의 머릿속이 함량미달인 것과 그들의 환호성이 자기의 본질과는 별 관련이 없는 이미지에 의한 것임을 알지만 어쩐지 그 환호성이 없으면 허전하게 되어버렸거든요. 하지만 그렇다고 C를 비난할 수 있나요? 인간이란 불완전한 존재잖아요. 누구에게나 약점과 흠은 있는 거죠. 호호. 저도 사실 C를 좋아해요. 저도 소녀취향인가봐요. 참, 저만 너무 길게 말했나요?

내게 오는 술잔은 자꾸 많아진다. 술이 들어갈수록 나는 사람들이 참 친절하다고 생각한다. 열변을 토할 때마다 땜통이 끄덕끄덕 흔들리고, 다들 그걸 보며 웃음을 참고 있으리라는 생각은 전혀 떠오르지 않는다. 좋은 밤이다.

나의 소녀시대는 꽤 길었다. 열아홉살이야 두말할 필요도 없다.
기숙사에 들었던 첫날, 같은 방 식구인 2학년의 뒤를 따라 식당에 간 나는 난생 처음 식판이라는 데에 밥을 먹었다. 2학년이 높은 목소리로 반찬 타박을 했다. 이 정구지 쫌 바라, 꺼시만쿠로 에빘다야.

그녀의 젓가락은 부추나물을 헤집고 있었다. 내가 자란 전라도에서 '솔'이라고 한껏 점잖게 부르는 부추를 경상도에서는 테니스 코트처럼 발랄하게 부르는 모양이었다. 이곳에서는 모든 게 다르구나. 이제 나는 혼자서 새로운 생활을 배워나가야 한다. 나는 낯선 생활에 대한 불안과 다짐을 억누르기 위해 숨을 크게 들이쉬었다. 그때 2학년의 친구 하나가 식판을 들고 옆에 와 앉더니 나를 보고 쿡 웃었다. 너거 방 일랑년이가? 어, 착하게 생겼제. 그래, 일랑년이라고 얼굴에 써가 다니네, 하더니 자기들끼리 귀엣말을 하고는 다시 킥킥거리는 것이었다. 방으로 돌아와서 2학년이 말했다. 니, 그 알라 같은 머리삔 좀 뺄 수 없나? 인자 막 가아가 일랑년들 미팅 주선할라 하는데 니 보고 중학생 같다고 끼줄 건지 말 건지 갈등 생긴다 안하나.

나는 얼굴을 붉히며 핀을 뺐다. 촌티를 벗으려면 파마부터 하라는 둥 파트너에게 '쫄리지 안하고 소치지 안하려면' 반드시 굽이 높은 구두를 신어야 한다는 둥 미팅 때의 옷차림에 대해 한참 동안 충고를 늘어놓고 2학년이 방에서 나간 뒤 거울 앞에서 다시 핀을 꽂아보았는데 아무리 봐도 핀을 꽂는 편이 깜찍해 보였다. 드디어 미팅을 하는 날 '숙다방'의 계단을 올라가며 얼른 주머니에서 핀을 꺼내 머리 양쪽에 꽂았음은 물론이다.

내 파트너는 검은 남방셔츠 단추를 두어 개 풀고 구석자리에 비스듬히 앉아 담배를 피우고 있던 서울 남학생이었다. 흰 얼굴과 시니컬한 말투, 반항적인 표정. 고2 때 휴학을 하고 보컬그룹을 만든 적도 있다는 그가 종로통에서 재수를 할 때도 수업 팽개치고 파고다 아케이드에 가서 악기 구경을 하는 것이 더 좋았다고 말할 때 나는 기껏 두살 많은 그에게서 엄청난 인생의 방황과 깊이를 느꼈다. 그가 말했다. 어제는 말예요, 학교 잔디밭에 누워 있다가 강의에 안 들어갔어요. 왜요? 하늘이 너무 파랗더라구요. 나는 침을 꼴깍 삼켰다. 그동안 내가 대학생활에서 발견한 문제점이라고는 학교에 오면 뭘 어떻게 하라고 일일이 가르쳐주는 사람이 없다는 것 정도였다. 왜 조회와 종례가 없는 것인지 불편했다. 그러니 대학 강의를 시시하게 여기는 사람을 멋있게 보지 않을 수 없었다.

나는 그가 고등학교 때의 여자친구와 헤어진 이야기를 각별한 이해심을 갖고 들어주었다. 그에게 걸맞은 여성으로서의 성숙함과 지적 깊이를 보여주려고 얼마나 애썼는지 모른다. 애프터를 신청하지 않을까봐 내심 조마조마했던 나는 그가 내일 전화해도 돼요? 하고 문자 이마를 약간 찡그리며, 뭐, 그러세요,라고 시큰둥하게 말하고는 탁자 밑에서 떨리는 두 손을 힘껏 맞잡았다. 49—7079. 그가 자기 전화번호를 적어 건네줄 때에는 먼저 땀이 밴 손바닥을 청바지에 문질러야 했다.

애프터는 일주일 뒤였다. 모자가 달린 토끼 무늬의 스웨터를 입고 나는 또 머리핀으로 모양을 냈다. 그는 삼십분이나 늦게 왔다. 그는 미안해하며 미팅을 하느라고 늦었는데 억지로 한 미팅이라고 해명을 했다. 이해심이 많은 내가, 미팅을 한 것은 아무렇지도 않다, 나와 미팅을 한 느낌이 좋아서 미팅을 또 한 게 아니겠느냐, 그러니 또 미팅을 한 것은 나를 좋아한다는 뜻이다,라고 말해주자 그는 너털웃음을 터뜨렸다. 그를 만족시켰다는 사실이 대견해서 나도 따라 웃었다.

나의 안타까움은 그가 너무 어둡다는 데 있었다. 걸핏하면 휴학하겠다고 말하는가 하면 자기는 변두리 술집에서 드럼을 두드리다 마감했어야 할 인생이라고 자조적으로 말하곤 했다. 얼굴도 점점 더 창백해지는 것 같았다. 매일 밤 헤드폰을 끼고 듣는다는 딥 퍼플의 「솔저 오브 포춘」을 빼고도 그가 좋아하는 음악은 죄다 「에피타프」 「에이스 오브 소로우」처럼 음산하거나 우울한 곡이었다. 그를 보고 있으면 이따금 한숨이 나왔다. 왜 나를 통해서 인생의 기쁨을 찾으려 하지 않는지, 스스로 구원의 여성으로서의 태세를 완전히 갖추었다고 생각하는 나는 그것이 안타까울 따름이었다.

기숙사 생활이 즐거운 이유 중 하나는 365일 내내 도마에 올리고도 남을 만큼 사람이 많다는 점이다. 1학년 중에는 누가 제일 예쁘다, 2학년 중에는 누구다, 근데 누구는 청강생으로 들어왔고 누구는 남자관계가 복잡하다, 매일같이 아홉시 점호시간 직전에야 헐레벌떡 뛰어들어오는데 바래다주는 남자가 늘 바뀐다 등등. 세련되고 머리 나쁘고 끼 많다고 꼽히는 1학년 중에 혜란이라는 애가 있었다. 혜란은 나를 기숙사에 바래다주고 돌아가는 그를 본 다음부터, 내 파트너가 멋있는 걸로 보아 친구도 괜찮겠다며 소개팅을 주선하면 응할 용의가 있다고 말하곤 했다. 나는 그를 위한 기분전환이 될지도 모른다 싶어서 그 일을 적극 추진했다.

더블 데이트를 하기로 한 날 혜란은 달랑거리는 귀고리를 달고 목이 파인 티셔츠에 스카프를 맸으며 펄 시스터즈 같은 판탈롱 바지를 입었다. 팔에는 청커버까지 걸쳤다. 나는 약간 불안해져서 블라우스에 달린 분홍색 리본을 몇번이나 바로잡았지만 혜란이같이 경박한 애한테 주눅들 것은 없다고 생각했다. 우리 두 쌍은 '지지배배'라는 경양식집의 붉은 등 아래 마주앉았다. 웨이터가 오자 나는 언제나처럼 오렌지주스를 주문했다. 그러나 혜란은 노블와인을 시켰다. 혜란은 계속 노숙하게 굴었다. 화제도 주로 남녀의 사랑에 관한 이야기로 이끌어갔고 간간이 콧소리와 웃음을 섞을 줄도 알았다. 남자 둘의 시선은 혜란에게만 쏠렸다. 나를 상대해주는 것은 그들 셋이 함께 건배를 하면서 형식적으로 내 주스잔을 건드릴 때뿐이었다.

혜란의 제안으로 조금 후에는 팔씨름이 시작되었다. 혜란은 제 파드너의 팔목을 살짝 잡더니 '아야야!' 하면서 어이없이 싱겁게 져버렸다. 반면 나는 얼굴까지 벌게져가며 있는 힘을 다해 아슬아슬한 접전을 벌였는데, 내가 너무나 열심히 하는 걸 보고 파트너가 슬며시 힘을 빼주어서 결국 그의 손등을 바닥에 내리꽂기에 이르렀다. 그러나 모두들 그 승리를 장하게 여기기는커녕 웃음을 참는 눈치여서 나는 여간 억울한 게 아니었다.

그때부터 나는 등받이에 기댄 채 아무 말도 하지 않았다. 그러자 그가 나를 힐끗 쳐다보며 말했다. 왜, 재미없어요? 그럼 우리, 성냥개비 수수께끼 해볼래요? 그럼 그렇지. 나는 그가 나를 배려하는 데에 금방 마음이 풀려 탁자 쪽으로 몸을 숙인 채 그의 희고 긴 손가락이 성냥개비를 이리저리 늘어놓는 것을, 무슨 문제가 나올지 너무 궁금하다는 표정을 지으며 성심성의껏 쳐다보았다. 그는 성냥개비로 도형을 만드는 데 번번이 실패했다. 앞에 놓았던 것을 다시 들었다 놓았다 하면서 몇번이나 도형을 고쳤다. 수수께끼 문제가 잘 떠오르지 않는 모양이라 나는 안타까워하며 응원의 뜻으로 더욱 얼굴을 탁자에 바짝 가져다가 집중하는 태도를 보였다. 이윽고 고개를 번쩍 든 그가 내게 말했다. 하, 참! 얼굴 좀 저리 치워봐요. 콧김 때문에 성냥이 자꾸 흩어지잖아요.

기숙사 점호시간이 가까워졌으므로 우리는 그곳을 나왔다. '삼강

분식' 앞을 지나가다가 그가 말했다. 이대로 들어가면 저녁 굶을 텐데 뭘 좀 먹고 가죠. 분식집에 들어가자 혜란은 제멋대로 내 것까지 포함하여 유부국수 네 그릇을 시켰다. 다 먹고 나서 입을 닦는데 혜란의 파트너가 내 얼굴을 똑바로 보며 놀리듯 말했다. 거기, 앞니에 고춧가루 큰 거 꼈어요. 거울 좀 보세요. 순간 나는 당황했다. 부산 애인 혜란이가 어색한 서울 말씨로 거들었다. 정말이야, 애. 거울 줄까? 내가 낮게 말했다. 고춧가루 같은 건 안 끼였어. 어머, 그걸 어떻게 알아? 재미있어 죽겠다는 혜란의 목소리. 나는 국수그릇을 가리키며 안간힘을 다해 말했다. 여기 고춧가루가 없는데 어떻게 잇사이에 고춧가루가 들어간다는 거야? 다음 순간 그들 셋은 웃음을 터뜨렸다. 너 머리 좋다, 애. 혜란의 말에 그가 뭐라고 동의하는 말을 던졌지만 내 귀에는 웃음소리만 들릴 뿐이었다.

그러나 내게는 남자를 이해하는 일이라면 얼마든지 가진 재능과 시간을 동원하는, 진지함이라는 이름의 순정이 있었다. 며칠 지나지 않아 나는 그를 이해했다. 그가 나를 우습게 볼 리는 없어. 지난달 내가 집에 내려갈 때는 전주에 같이 가주겠다며 자기 집에 들러서 옷까지 갈아입고 나왔었잖아. 기차표를 사지 못해 서울역에서 배웅만 하고 돌아갔지만 말야. 그리고 명동의 '몽셸통통'이다, '오비스 캐빈'이다, 무교동 '약속'이다 좋은 데는 열심히 데려가고 음악 테이프도 선물하고 얼마나 잘해줬는데. 아마 곧 연락할 거야. 한 달쯤 지난 뒤까지도 나는 그의 전화를 기다렸다. 신입생들은 문무대 들어가느라고 머리를 다 깎았다는데 아마 그런 모습을 내게 보이기 싫어서 연락 안하는 걸 거야. 머리가 좀 길면 전화하겠지. 그러나 그에게서는 연락이 오지 않았다. 나는 대학생활이 석 달이나 지나간 것을 알

왔고 그동안 엄청난 삶의 시련을 겪었음을 불현듯 깨닫게 되었다.

하지만 실연을 괴로워할 시간은 전혀 없었다. 바빠졌기 때문이다. 대학신문사에 들어간 나는 총장퇴진운동이다 뭐다 멋모르고 어깨에 힘을 주느라고 바빴고 잔디밭에 앉아서 '이 어두운 시대에 문학을 하겠다는 일이 나약한 선택이 아니겠는가'라며 주제넘은 백수의 탄식을 하느라 바빴고 이른바 '뜻있는 사람'들끼리 모여 『문학과 예술의 사회사』를 스터디하느라 바빴고 나중에는 어떻게 하면 그 모임에서 빠질까 궁리하느라고 바빴고 그런 틈틈이 미팅을 하느라고 바빴던 것이다.

바쁜 내가 다시 나의 진지함의 돛을 연애풍 쪽으로 돌린 것은 그해 가을이었다. 상대는 애향심을 빌미로 만나서 독서를 구실로 친목을 도모하는 한 써클에서 알게 된 남학생이었다. 여학생들의 관심을 한몸에 받고 게다가 그것을 자기 스스로 충분히 의식하고 있는 그에게 약간 아니꼬운 마음을 품었던 것이 그에 대한 첫 관심이었다. 그는 그대로 자기가 "난 여자에 대한 원칙이 뚜렷해요. 첫째 명랑, 둘째 솔직, 셋째 겸손……" 하는데 내가 거기까지 듣자마자 "뭐야, 그럼 나잖아?"라고 말하는 걸 보고는 마음속으로 '저런 발칙한……' 하면서 나를 똑바로 쳐다보게 되었다고 한다. 그와 나는 얼마 후 비밀 데이트를 시작했다. 우리의 만남이 비밀스러웠던 것은 순전히 남자 쪽 사정이었다. 눈에 띄는 수려한 용모와 총명으로 고등학교 때 이미 스캔들의 주인공이 된 전력을 가진 그가 이러쿵저러쿵 입방아에 찧이는 것을 원치 않았기 때문이다.

「뻐꾸기 둥지 위로 날아간 새」를 함께 본 날 그는 진지한 토론을 통해 '인간과 자유'에 대한 철학적인 식견을 유감없이 보여주었다.

경복궁 벤치에 나란히 앉아서는 흔히 쓰는 말이지만 미처 어원까지는 몰랐던 '미증유', 그리고 제갈공명이 큰 뜻을 위해서 사사로운 정을 버렸다는 '읍참마속'의 고사를 들려주기도 했다. 그는 그 고사에 깊이 공감하는 듯했다. 그렇게 똑똑하고 포부가 큰 사람이 고등학생 때 소설까지 썼다는 말을 듣고 나는 그의 다양한 재능에 감탄하지 않을 수 없었다. 그러나 다음날 써클 모임에 가서는 나에게 눈길 한번 주지 않는 그를 향해, 저는 『광장』에 대한 아무개씨의 의견이 지나친 독단이라고 생각합니다 어쩌고 해가면서 시치미를 떼고 독서토론을 해야 했다.

점점 그의 애매한 태도에 불만이 쌓여갔다. 나는 그에게 소중한 존재가 되고 싶었고 또 당연히 그것을 세상에 자랑하고 싶었던 것이다. 그런 와중에서 써클 여학생 하나가 그에 대한 연정을 주체하지 못해 내게 상담을 해온 일도 곤혹스럽기 짝이 없었다.

여자관계를 둘러싼 소문과 달리 그는 여자의 마음을 사로잡는 재능 혹은 성의가 별로 없는 사람이었다. 덤덤한 성격이었다. 한번 만나면 몇시간이 지나도록 한자리에만 앉아 있었으므로 일어날 때는 다리가 펴지지 않아 한참 주물러줘야 했다. 규칙적으로 내게 전화를 하고 약속을 잘 지키고 친절했지만 나는 뭔가가 부족했다. 나는 열아홉살이었고 지금 첫사랑을 하고 있다고 생각하는데 몇달째 영화를 보고 차를 마시고 바래다주는 일만 되풀이될 뿐 달콤하다거나 애틋한 일은 전혀 일어나지 않았던 것이다. 용기를 내서 말해본 적이 있었다. 모르겠어요, 내가 아무개씨의 써클 동료인지 여자친구인지 데이트 상대인지 아니면 애인인지. 그는 마치 설문조사에 응답하듯이 문어체로 건조하게 대답했다. 만약 내가 그 결정을 하는 데 의사 표현을 할 수 있다면, 마지막 번호에 표를 했으면 어떨까 싶은데요.

한 이주일 만에 그를 만난 적이 있었다. 일주일에 두어 번씩 만나도 가까워지지 않는다 싶었는데 오랜만에 만나니 더욱 서먹했다. 그가 무슨 얘기인가를 했다. 그러나 '세실다방'의 음악이 너무 시끄러워 잘 들리지 않았다. 우리의 대화를 방해하는 그 시끄러운 음악은 「눈으로 말해요」라는 노래였다. 나는 웃으며 그 노래제목을 그에게 말해주었다. 뭐라구요? 시끄러워서 안 들려요! 눈으로 말해요,라구요! 네? 이 노래 말예요, 권태수의 눈으로 말해요예요. 무슨 말 하는 거예요? 내 말 안 들려요? 안 들리는데요! 짧은 침묵이 흐른 뒤 사태를 수습하는 데 좀더 적극적인 내가 다시 입을 열었다. 그동안 어떻게 지냈어요? 그는 대꾸하지 않았다. 제길, 되게 시끄럽네,라고 혼잣말을 하더니 짜증을 참는 얼굴로 찻잔만 노려보았다. 우리는 둘다 입을 다물었다. 조금 후에 자리에서 일어났다. 거리로 나와서도 그는 말이 없었다. 그의 예민함에 나도 약간 피로를 느꼈다.

'숲새'라는 경양식집에서 돈까스를 다 먹는 동안에도 그는 별로 말이 없었다. 웨이터가 접시를 치우자 담배를 피워물며 그가 무겁게 입을 뗐다. 그동안, 고마웠어요. 스피커에서는 「스프링 서머 윈터 앤 폴」이 터져나왔다. 그는 서로에게 인연이 있다면 만난 것이 우연이듯이 또 언젠가 우연히 만나게 될 것이다고 말했다. 그 말이 멋있었기 때문에 나는 그를 이해했다. 그리고 돌이킬 수 없는 일에 미련을 갖지 않는 대범한 모습을 보여주기 위해서 더욱 명랑하게 떠들고 팝송의 제목을 아는 체하고, 그가 기숙사까지 바래다주는 길에 하늘을 올려다보며 별의 수를 맞춰보기까지 했다. 밤에는 룸메이트와 함께 명화극장을 보며 울었다. 「오텀 리브즈」란 영화였다.

약 사흘 동안 나는 살기가 싫었다. 이불을 뒤집어쓰고 「더 새디스트 싱」과 「디 엔드 오브 더 월드」만 들었다. 이따금 일어나서 창밖을 보며 기운없이 중얼거리기도 했다. 왜 저 새들은 여전히 노래 부르고 있을까. 세상이 끝났다는 것을 모르는 걸까. 다행히 사흘 뒤에 그에게서 편지가 왔다. 나를 보내고 나서 포장마차에 가봤지만 취하지 않았고 강바람을 쐬도 시원찮더라는 내용이었다. 물론 우리는 다시 만났고 제법 다정한 사이가 되었다. 손도 잡았다. 기숙사 앞 공원에 서였다. 그날 내 십구세 일기를 그대로 옮기면 다음과 같다.

어두운 허공에 기댄 그의 얼굴은 조금 허전했다. 그가 담배를 피워물었다. 남자가 성냥을 그어 담배에 불을 붙이는 모습은 언제나 보기 좋다. 더구나 두 손을 모아 얼굴 가까이 붉은빛을 쬘 때면 난 꼭 그 사람이 지상에서 가장 아름다운 생각을 하고 있을 거라는 착각을 하곤 한다. 그는 담배에 불을 붙인 뒤 아직 타고 있는 성냥을 발밑으로 던졌다. 난 남자들이 담배를 붙이고 나서 성냥을 미련없이 버릴 때 배신감을 느껴요. 내가 말하자 그는 짧게 웃었다. 그의 담배가 타들어가는 동안 우리는 그네에 몸을 기대고 나란히 하늘을 보았다. 한 개비의 담배가 재로 바뀌는 시간 동안, 자못 별인 듯 서로를 조용하게 의식하는 그 순간 나는 조금 행복했다. 담배를 거칠게 비벼끄며 그가 '갑시다'라고 말했다. 그런데 '네' 하고 대답하려던 내 목소리가 목에서 얼어붙었다. 갑자기 그가 내 손을 잡은 것이다. 난 세상에서 손처럼 예민한 게 없다는 걸 처음 알았다.

154

솔직하자면 '손처럼 거추장스럽고 무거운 게 없다는 걸 처음 알았다'고 써야 했다. 멋 부려서 쓴 문장일 뿐 사실 나는 너무나 거북해서 기숙사를 향한 걸음이 나도 모르게 빨라졌던 것이다. 그 역시 '자 못 별인 듯' 조용히 담배를 피우고 있었지만 이 여자와 어떻게 자연스럽게 손을 잡을까 하는 궁리 때문에 머릿속이 그리 조용하지 않았으리라는 것도 짐작이 가는 일이었다.

그러나 그뿐이었다. 겨울이 되면서 우리는 자주 만났지만 고작 손을 잡았다는 것을 빼고는 맨 처음 만났을 때보다 그다지 진전된 점이 없었다. 이런 식이었다. 그가 전화를 한다. 내일 좀 볼 수 있을까요? 내가 대답한다. 뭐, 그러죠. 그가 사려 깊고 예의 바르게 말한다. 아니 뭘, 무리해서 그러지는 말고요. 나는 웃으며 '무리 안해요'라고 대답하고, 그러면 그는 '알았어요. 다시 전화할게요' 하고 끊는다. 나는 끊어진 전화통에 대고 소리친다. 내 참, 좋아하는 사람을 안 만나는 게 무리면 무리지, 만나는 게 어떻게 무리가 되냔 말이야.

눈이 많이 오는 날 우리는 서울역 앞을 걷고 있었다. 길이 미끄러워서 나는 몇번이나 넘어질 뻔했다. 엉금엉금 걸음을 옮기며 한사코 입을 앙다물었지만 한번은 어어어, 하며 두 팔을 내젓다가 엉덩방아를 찧기 직전에야 겨우 중심을 잡을 수 있었다. 이십분쯤 그렇게 사투를 벌였더니 그제서야 겨우 그가 어렵게 입을 열어 한마디 했다. 괜찮다면, 내 팔을 잡아도 좋습니다,라고.

어찌 됐든 팔을 끼는 바람에 부쩍 가깝게 느껴져서인지 그날 그는 백화점에서 내게 장갑을 사주었다. 우리 둘이 너무나 어색해했으므로 판매원 아가씨는 장갑을 골라주고 포장을 하는 내내 한 손으로 웃는 입을 가리고 있었다. 물론 나는 그 겨울이 다 가도록 털실로 된 그 손가락 장갑을 한사코 끼고 다녔다.

겨울방학이 되자 우리는 고향으로 내려와 데이트를 하게 되었다. 우리는 언제나 '랑'자에 불이 꺼져 있는 '명랑여관' 앞을 지나고 붉은 십자가가 두 개 있는 '복자교회' 앞길로 해서 삼사십분씩 걷곤 했다. 보통은 아는 사람을 만날까봐 떨어져 걸었지만 좀 어두운 곳에서는 팔짱을 끼었다. 서로 말을 놓기로 하고서는 십분이 넘도록 심하게 싸운 사람처럼 한마디 않고 터벅터벅 걷기도 했다. 그 겨울 어쩌면 우리는 더욱 가까워질 수도 있었다. 12월 31일 그 춥던 날, 스무살이 되기 하루 전날, 그때 내가 조금만 덜 진지했어도 말이다.

공원 벤치라는 것이 한겨울에는 좋을 게 하나도 없었다. 더구나 연못을 끼고 있는 공원이라 바람이 사방에서 몰아쳐 우리의 무릎은 덜덜 떨렸다. 망년회다 송년회다 떠들썩한 시내를 두고 그런 을씨년스러운 곳에서 떨고 있는 미욱한 커플은 우리말고는 없었다. 연말 분위기를 내느라 연못 한가운데 있는 전각을 빙 둘러서 꼬마전구가 달려 있었지만 그저 춥다는 생각뿐이었다. 그런데도 일어나고 싶지는 않았다.

아마 나는 또 별이라든지 연못이라든지 아니면 무슨 한해의 마지막이라든지에 대해 감상적이고도 진지한 잔소리를 지껄이고 있었을 것이다. 한참 얘기를 하는데 벤치 옆자리의 그가 꽤 오랫동안 아무 대꾸도 하지 않고 있음이 느껴졌다. 나는 고개를 돌려 그를 쳐다보았다. 그런데 그도 나를 보고 있었다. 나는, 왜요? 하려다가 갑자기 얼굴이 굳어졌다. 그가 천천히 한 손을 들어 내 뺨을 감싸는 것이 아닌가. 갑자기 내 몸은 구석구석 신경이 바짝 긴장하여 옴짝달싹 못하고 얼어붙었다. 그러나 다음 순간 나는 경황중에도 구원의 여성으로서의 내 신분에 대한 자각이 들었다. 체통을 잃어서는 안된다. 첫 키스 정도에 벌벌 떠는 것은 순진한 애들이나 겪는 유치한 단계 아니던가. 그리하여 나는 긴장을 억누르며 애써 또박또박 말했다. 아무개씨, 이러면 앞으로 어색해서 나 어떻게 보려고 그래요? 거부하는 게 절대 아니었다. 단지 내가 긴장했다는 걸 감추고 싶었을 뿐이었다. 그랬으므로 내 말을 듣자마자 그가, 아 참! 그렇지, 하면서 얼른 손을 내리고 다시 연못 쪽을 향해 고쳐앉는 걸 보고 나는 오히려 어리둥절하고 그리고 허전해졌던 것이다.

결국 우리는 흐지부지 헤어지게 되었다. 어느날 헤아려보니 한 달 가까이 그에게서 연락이 오지 않고 있었다. 나는 우리가 왜 헤어졌는지 정확히 알지 못한 채 그 사실을 받아들였다. 둘 다 고지식하고 진지하고 점잖고 자존심 강해서, 그래서 결정적인 계기를 만들지 못했던 게 이유라고 짐작했지만 어디까지나 짐작이었다. 후회도 없지 않았다. 운명적인 첫키스가 이루어지려는 긴장된 순간 거기에 대한 논평을 해가며 잘난 체를 하다니 얼마나 어리석은 짓인가!

그 겨울이 지나고 나는 2학년이 되었다. 또 바빠지기 시작했다. 월요일 여섯시를 기다려 텔레비전 만화영화 「캔디」를 봐야 했고 세종문화회관 앞의 시위에도 기웃거려야 했고 나와는 별 상관없는 연고전이니 남의 학교 축제니 실없이 쫓아다녀야 했고 대학합창대회에 대비한 노래연습도 해야 했고 2년에 걸친 짝사랑도 해야 했고 충청도로 봉사활동 가서 제방도 쌓아야 했고 손가락 두 개가 없는 선생에게 기타도 배워야 했고 립글로스와 실크 블라우스를 사러 다녀야 했고 『모제』와 『보캐뷸러리 2000』을 배우러 학원에 다녀야 했고 국문과 친구 여섯 명과 함께 '날빛'이란 모임을 만들어 시를 쓴답시고 몰려다니다가 문집 두 권을 내고 또 우리끼리 문학상을 만들어 내가 받아야 했고 「로키」와 「빠삐용」과 「라 미네즈」와 「취권」 같은 영화 및 「에쿠우스」와 「돼지꿈」 같은 연극을 봐야 했고 논장서적에서 은밀히 노란 표지의 『리얼리즘 인 아우어 타임즈』를 사다가 불온한 '학습'을 받아야 했고 가족들과 밤낚시를 가야 했고 텔레비전에서 김대중 공소장을 열심히 읽어대는 소리를 들어야 했고 동해와 부산과 제주도를 여행해야 했고 김민기와 조동진과 전영의 노래를 불러야 했고 해변시인학교에도 가야 했고 휴교령이 내린 날 맥주 두 잔 반을 마셔야 했고 정독도서관에서 과제물 처리로 여름을 보내야 했고…… 이쯤 바쁘다보니 나는 어느덧 대학을 졸업할 때가 되어 있었다.

그 사이 그를 전혀 만나지 못했던 것은 아니었다. 그가 군대 가기 전 나를 찾아왔다. 그때 그는 말했다. '나한테 아무개씨가 필요없을 것 같았어요? 절대 아니에요.' 나는 아무 대답도 하지 않았다. 한번 상처를 받았던 사람이 믿고 받아들이기에는 그의 말투가 좀 건조하지 않은가 하는 분석을 내리고 있었다. 나는 그가 적어준 번호로 전화를 하지 않았다. 손색없는 첫사랑으로 소중하게 간직하는 것. 거기까지가 그와 허락된 인연일 듯싶었다.

몇년 후에 또 한번 그를 만난 일이 있다. 서울역 앞 건물 지하의 화장실 앞에서 우연히. 그때 나는 출장 가는 애인을 서울역으로 배웅나온 길이었다. 애인이 화장실에서 나오기를 기다리고 서 있는데 누군가, 아무개씨 아녜요? 해서 쳐다보니 바로 그였다. 유행가 가사에나 있는 일인 줄 알았는데 정말로 첫사랑과 우연히 재회한 내 가슴은 마구 뛰었다. 애인이 화장실에서 늦게 나왔으면 싶었고 영원히 안 나와도 상관없을 것 같았다. 그는 약간 익살스러운 표정을 지으며 '우선 볼일을 좀 보고 나와서 얘기하자'고 말한 다음 화장실 쪽으로 걸어갔다. 마치 교대라도 하듯이 그의 어깨를 스치며 애인이 나왔다. 그리고 조금 후 화장실에서 나온 그는 나와 함께 서 있는 애인을 보고 당황했고 내가 어색하게 소개를 하자 그답게 짧고 교양있는 인사를 마친 뒤 사라졌다. 나는 시야에서 완전히 사라질 때까지 그의 뒷모습을 바라보았다. 일껏 애틋한 마음으로 단 하루 떠나는 출장길의 애인을 배웅나왔던 나는 그날 몇번이나 눈을 흘겨가며 시시콜콜 애인을 트집 잡아서 결국 그를 화나게 만들었고 다음날 돌아오자마자 두 손을 모아 싹싹 빌어야 했다.

그 뒤로도 세월이 꽤 흘렀다. 내가 그와 함께 겨울을 보낸 것도 거의 20년 전의 일이 되었다. 이따금 나는 그를 생각했다. 늦가을 덕수궁 앞을 지나거나 바바리코트를 입은 잘생긴 남자를 보면, 그리고 누군가 첫사랑에 대해 물었을 때, 삶이 고단하고 꾀죄죄해서 쓸쓸할 때와 내가 아주 늙어버렸다는 생각이 들 때, '날카로운 첫키스의 추억'이란 구절이 떠오를 때마다, 열아홉살 그때 첫키스에 실패하지 않았다면 내 첫사랑은 완성되었을까, 하고.

이 나이가 되면 대학생 때 같은 써클에 있었다는 것만으로 아무런 용건 없이도 남자를 만나게 되는 걸까. 십 몇년 만의 어색한 만남인데, 게다가 머리 속에는 탈모증으로 땜통까지 있으면서…… 그러나 약속장소에 먼저 도착해 자리를 잡고 앉으며 나는 불현듯 깨닫는다. 지금 만날 남자친구는 내 첫사랑과 친한 친구였다는 것을. 그랬구나.

얼마 기다리지 않아 남자친구가 나타난다. 예전에도 동안이었던 그는 인상이 크게 바뀌지 않았다. 조용한 것인지 냉소적인 것인지 어쨌든 대학생 때는 좀 소극적으로 보였는데 나이가 들어서 여유있는 표정이 되었다. 내게 던지는 말씨도 활달하다. 야아, 아무개 너는 하나도 안 늙은 것 같다. 더 예뻐졌는데?

안 늙기는 왜 안 늙어. 나는 구구하게 설명한다. 언뜻 봐서 그렇지 자세히 보면 주름살이 얼마나 많은데. 내가 젊어 보이는 것은 진짜 안 늙어서가 아니고 스타일이 그래서일 뿐이야. 나도 정장 같은 것 입으면 제 나이 다 들어 보여. 내가 체격이 작고 정장이 안 어울려 그냥 캐주얼하게 입으니까 분위기가 그래서 좀 젊어 보이는 거라구. 예뻐지다니, 이 나이에 말이나 되냐? 그건 있어. 확실한 내 일을 갖고 몰두하다보니까 인생에 좀 자신감이 생긴 것 같아. 그때부터 남 의식 별로 안하고 표정도 밝아지고, 그 덕분에 전보다 생기있어 보이는 걸 거야.

그러고는 제풀에 급히 입을 다문다. 그냥 해본 인사치레일 텐데 무슨 심각한 사안이라고 이렇게 일일이 분석해가며 진지하게 진실을 규명하고 있는 것인지! K라면 '안 늙었다구? 그럼 요새 늙는 사람도 있나?' 하거나 '다들 젊어지는데 나만 그대로 안 늙고 멈춰 있어서 큰일이야'라고 간단히 눙칠 것이다. 꼭 K만이 아니다. 나도 자연스러운 분위기에서는 농담에 적극적으로 응전하는 편이다. 그러나 조금이라도 긴장하면 이처럼 남몰래 두 주먹을 불끈 쥐고 농담에까지도 정면대결을 하려 드는 것이다.

남자친구와 나는 점심을 먹고 자리를 옮겨서 차를 마신다. 나는 첫인사에서의 진지한 대응을 사과하는 뜻으로 계속 농담만 해댄다.

그럭저럭 우리는 옛친구답게 허물없이 옛날 이야기를 하게 된다. D
는 어떻게 됐어? E를 좋아했었잖아. D 그 자식, 군대 가서까지 매일
하루에 한통씩 E한테 편지 보냈지. E의 마음을 돌리지는 못했지만
펜글씨를 아주 잘 쓰게 되어서 덕분에 군대생활 편하게 했어. 참, F
는 어떻게 됐어? 걔는 말야…… 참, G는? 걔?…… 그렇게 이어지
던 얘기 속에 한순간 수상한 긴장이 감돈다. 드디어 내 첫사랑의 얘
기가 나온 것이다.

　외국 나가 있다가 얼마 전에 들어왔어. 좋은 직장에다 집도 강남
의 널찍한 아파트이고 그만하면 출세한 셈이지. 결혼은 어떤 사람하
고 했는데? 그 자식이 원래 화려하고 야한 여자를 좋아했잖아. 그
래? 좀 뜻밖이다. 나는 정반대로 생각하고 있었는데 내 짐작처럼 보
수적인 사람이 아니었나? 하지만 그런 생각을 입밖에 내지는 않는
다. 아무튼 걔는 목표를 세워놓고 사는 놈이니까 결혼도 제 인생설
계에 들어맞는 여자하고 했지. 똑똑하고 미인이야, 돈도 잘 벌고. 그
랬었구나. 나는 고개까지 끄덕인다. 그리고는 조금 망설이다가 솔직
하게 말해본다. 나하고 좀 친했다는 거 알고 있었어? 그가 씩 웃는
다. 거기 대해서라면 할말이 있다는 표정이다.

　"그야 다 알았지. 그때 나도 충고깨나 했었는데. 그 자식도 고민
많았어. 아무개가 순진하고 귀엽긴 하지만 말야, 걔 계획은 그게 아
니었거든. 인물도 그렇고 학벌, 집안도 그저 그렇고, 또 의대 약대도
아닌 국문과생이었잖아. 한마디로 자기 인생에 별 도움은 못 주는
조건이라구. 결혼상대는 아니라고 생각했지. 그래도 마음에 드니까
만나긴 만났지만 늘 이럴까 저럴까 하더니 나중에 그러더라, 괜히
감정 키우면 골치 아플 것 같아서 헤어졌다고. 야, 그때야 아무개가

소설가까지 될 줄 누가 알았겠어?"

그때 나는 첫사랑인 그를 위해 기꺼이 구원의 여성이 되고자 했다. 그러나 그는 방황하고 상처입은 영혼 같은 불필요한 것은 갖고 있지 않았으므로 서정적인 의미의 구원 따위는 필요없었다. 그가 원하는 구원의 여성은 실제적으로 뭔가를 갖춘 여자였다.

열아홉살 때, 워낙 진지함으로 무장을 한 탓에 내게는 실연조차 먹혀들지 않았다. 대신 20년이 지난 지금에 와서 첫사랑의 남자에게 보기 좋게 차여버린 것이다.

나는 20년 동안 지녀온 첫사랑의 순결을 훼손당한 사람치고 뜻밖에 담담하다.

"그랬구나. 나는 그것도 모르고 남자가 왜 그렇게 박력이 없는지 참 안타깝게 생각했는데."

하면서 재미있다는 듯 큰 소리로 웃는다. 속으로 생각한다. '그래, 얘기가 그렇게 되어야 맞는 거였어. 나도 삶이란 바로 이런 거라고 생각하고 있었거든. 나, 별로 놀라지도 않았다구.' 그 다음부터는 남자친구의 얘기를 건성으로 들으며 혼자 드라마 예고방송 같은 소설까지 구상한다.

— 남자는 못생기고 순진한 그녀를 차마 뿌리치지 못하고 완곡하게 따돌리려 한다. 그러나 이를 눈치채지 못한 여자는 그의 구원의 여성이 되기를 자처하는데……

집에 도착하자마자 노트북을 켠다. 제목을 쳐본다. '소설 첫사랑'.

그때 불현듯 기억 저편에서 「솔저 오브 포춘」을 좋아했던 남자가 떠오른다. 그는 어떻게 살고 있을까. 지금도 그렇게 말랐고 검은 셔츠를 즐겨입고 담배를 멋있게 피울까. 보컬그룹을 만들긴 만들었을까. 그 대목에서 나는 갑자기 이맛살을 모은다.

잠깐! 내가 혹시 지금까지 첫사랑을 잘못 알고 있었던 건 아닐까. 지나가버린 날의 일이라고 해서 의미를 바꾸지 말란 법은 없다. 첫사랑에 대한 해석을 새롭게 하면 첫사랑의 대상은 바뀔 수도 있다.

거기까지 생각하고 난 다음 나는 화장실에 가기 위해 일어선다.

손을 씻고 나서 거울을 본다. 정수리께에 자리잡은 휑한 구멍이 굳이 머리카락을 들추고 살펴볼 필요도 없이 그대로 한눈에 들어온다. 나는 거울 앞으로 바짝 한걸음 다가간다. 불빛을 받아 훤히 드러난 동그란 탈모 자리를 한참 동안 바라본다.

노트북 앞으로 돌아왔지만 새 소설에 대한 흥미는 이미 사라진 뒤이다. 나는 생각에 잠긴 채 띄엄띄엄 글자를 쳐간다. 모니터에 문장 몇개가 나타난다. '인간에게는 다 약점이 있다. 누구에게나 우스꽝스러워 보이는 점은 있다. 내 탈모증의 환부처럼, 그리고 성숙하지 않고 건너뛴 내 유년처럼.'

K에게 전화를 건다.

"지금 안 바빠? 전화 길게 해도 괜찮겠어?" "너 말버릇 좋아졌다? 지금, 시간 괜찮아. 상관없어. 무슨 할 얘기 있냐?" "아니 별건 아니고, 대학 때 알던 써클 남자친구 만나기로 했다고 했었잖아." "그랬지." "아까 만나고 왔거든." "근데?" "나, 옛날에는 왜 그렇게 철이 없었나 몰라." "왜?" "남들이 날 우스꽝스럽게 본다는 걸 나만 몰랐어. 혼자만 진지해갖고 말야." "………" "생각해보면 얼마나 푼수같았는지." "요즘은 안 그렇다고 생각해?" "요즘이야 너무 속을 잘 감춰서 문제지. 푼수같이 안 보이려고 얼마나 긴장을 하는데." "네가 그렇게 생각하면 됐지 뭐."

나는 K답지 않은 우호적인 대답이 못마땅하다. 갑자기 내 목소리가 커진다.

"그래, 솔직히 말하면 말야, 내 땜통처럼 속이 빤히 들여다보이는 주제에 저 혼자만 진지해갖고 설치던 이십년 전이나, 그것을 너무 잘 알기 때문에 열심히 감추려고 하는 지금이나 우스운 건 마찬가지야. 나도 알아. 근데 말야, 그냥 우스운 존재로 살면 그만인데 난 그게 잘 안돼. 왜 그럴까?"

K는 불쑥 말을 돌린다.

"너, 어제 보니까 땜통이 더 커졌더라. 근데 사람들은 네가 일부러 드러내놓고 다니는 줄 알아. 널 냉소적이고 위악적인 여자라고 하더라니까. 네 소설 주인공같이 시건방지고 독하다고 말야."

"그게 정말이야?"

K의 대답을 듣기도 전에 나는 웃기 시작한다. 눈물이 나도록 깔깔 웃어젖힌다. 송화기에 침이 튈까봐 거기에서 입을 조금 뗀 다음 더욱 마음껏 웃는다. 쉽게 그칠 것 같지 않아 의자에 앉아서 웃는다. 아아, 너무 웃긴다 웃겨. 내가 농담을 좀 안다는 거, 그 사람들이 어떻게 알았지?

[문학동네 1997년 봄호]

164

지구 반대쪽

천천히 밥을 먹으며 그는 머릿속에서 자신을
날짜변경선이 있는 곳으로 보내본다. 처음에
그는 날짜변경선 이쪽에 있었다.
그러다가 한걸음 옮기니 날짜변경선 저쪽으로 넘어갔다.
스물네 시간이 새로 생겨났다.
다시 이쪽으로 넘어왔다.
스물네 시간이 없어졌다. 다시 저쪽으로 넘어갔다.
오늘이 되었다.
다시 이쪽으로 넘어왔다. 내일이다.

지구 반대쪽

그녀는 빨간 주머니칼을 갖고 있었네. 죽어 있는 현재로부터 그를 도려내 날카로운 칼끝에 꿰었네. 거기 매달려 그는 보았다네. 자기의 과거가 다시 시작되어, 죽어버린 현재를 되살려내는 것을.

그 여자는 담배를 피우려고 일어났다. 그는 침대에 없다. 마루로 나가보니 거기 누워 있다. 긴 나무의자에. 그는 늘 그렇게 눕는다. 자기 키와 비슷한 좁고 긴 사각형을 보면 그는 반드시 거기에 누워본다. 너무 좁아, 뼈들이 겹쳐지겠어. 너무 길어, 누군가 내 발목을 늘여빼서 억지로 키를 맞추려 할 거야. 푹신하군, 다시 태어나고 싶어지면 어쩌려구. 마치 몸에 맞는 관의 크기를 알아보고 있다는 듯 그는 그런 말을 중얼거리곤 했다.

아직까지 그는 마음에 드는 사각형을 발견하지 못했다.

지금 그가 누워 있는 긴 나무의자는 그의 몸에 맞춰 목공소에서 짜온 것이다. 그런데도 그는 계속 불평이다. 내 몸은 변하고 있어, 매일 몸속에서 시간이 빠져나간다구, 그러니 한번 내게 맞았던 의자는 곧 안 맞게 된다는 뜻이야, 하면서 그는 마룻바닥으로 옮겨 눕기도 했다. 햇빛이 창을 뚫고 들어와 만들어놓은 하얀, 빛의 사각형 안에.

그 여자는 담배에 불을 붙이고 그의 곁으로 다가가 섰다. 누워 있는 그는 눈을 뜨고 있지만 아무것도 보고 있지 않다. 그 여자의 때문은 잠옷 레이스 사이로 드러난 시든 젖가슴, 그 여자의 주름지고 다정한 얼굴, 그 여자의 생활력, 그것들은 그의 망막에 상을 맺지 못한다.

작은방의 문이 열리고 그 여자의 작은 딸이 나온다. 그 여자는 딸에게 몇마디 잔소리를 한다. 너는 어제도 학교에서 친구를 때리고 선생님에게 거짓말을 했지. 그리고 밤에 와보니 너는 침대에 없었어. 너는 어린애답지 않아. 그 여자의 작은 딸은 대꾸를 안한다. 그 여자가 조금 전에 했듯이 그에게로 다가가서 그를 물끄러미 내려다볼 뿐이다.

그 여자는 신경질적으로 담배를 끄고 방으로 들어가버린다.

그 여자의 작은 딸이 아저씨, 하고 그를 부른다. 아저씨는 왜 엄마하고만 자요? 왜 나하고는 같이 안 자죠? 그것은 사람의 어린것의 목소리가 아니다. 태초부터 있었던 무구의 소리다. 음색 같은 것도 없다. 그냥 뜻을 담은 소리이고 지금 그 뜻을 그에게 전하려 하고 있다. 남자들은 여자하고 자는 거죠? 그리고 나는 여자예요.

그는 누운 채로, 너는 어려, 라고 대답한다. 나는 그 뜻을 모르겠어요. 몇살까지는 어린 거다, 키 얼마 몸무게 얼마까지가 어린 거다, 그렇게 숫자로 말해줄 순 없나요? 어른들은 누구에게나 통하도록 그런 규칙을 정하잖아요. 정해놓고서 그것을 어기면 벌을 주지요. 아니면 정한 것을 바꾸어 다시 정하거나. 무엇을 어리다고 하는 것인지 어리다는 뜻에 대해 정해놓은 약속 같은 건 없나요? 난 많은 사람이 같이 살아가는 데는 약속이 편리하다는 걸 알아요. 그래서 지키려고 물어보는 거예요.

어리다는 것은 너무 복잡해서 숫자로 정할 수 없다. 좁혀서 생각할 순 있지. 그러니 이렇게 생각해라. 그냥 '어리다'가 아니라 '남자와 자기에는 어리다'고 말야. 그 여자의 작은 딸은 그의 대답에 만족하지 못한다. '남자와 자기에는 어리다'는 말은 '아저씨와 자기에는 어리다'는 뜻인가요? 아저씨 말은 어려워요. 하지만 전에 아빠는 쉽게 대답해줬어요. 좋아하는 사람들은 같이 자는 거라고. 나는 아저씨를 좋아해서 같이 자고 싶은데 아저씨는 나보고 어리니까 안된다고 하고 나는 어리다는 뜻을 모르겠어서 얘기해달라고 하는데도 아저씨는 이렇게 미리 정해진 대답만 해요. 즉, 아저씨와 자기에는 어리다.

그 여자의 작은 딸은 문을 소리나게 닫으며 자기 방으로 들어가버린다.

그는 긴 나무의자에서 몸을 일으킨다. 세수를 하고 면도를 하고 가방을 챙긴다. 그 여자가 나와서 커피를 끓여준다. 며칠이나 걸려? 열흘쯤. 어디라고? 상빠울루.

그 여자는 잠깐 침묵한다. 다시 입을 여는데 목소리가 꺼칠하다. 이번에 갔다 오면 얘기 좀 해. 그러면서 그 여자는 커피를 젓던 손을 멈추고 그를 본다. 그는 그 여자 앞에 앉아 커피를 마시고 있다. 그러나 그 여자를 보지 않고 있다. 조금 자세히 보면 지금까지 대답을 한 것도 그가 아니라는 걸 알 수 있다. 그는 어쩌면 여기 없다. 그 여자는 한숨을 내쉬며 이번에는 오래오래 침묵한다. 그는 처음부터 이 집에 오지조차 않은 건지도 모른다.

저 자식은 아예 이 세상에 태어나지 않았는지도 몰라, 그 여자는 그렇게 생각하며 출근을 서두른다.

그는 비행기 출발시각을 확인하려고 티켓을 꺼낸다. 10월 27일 18시 40분. 날짜를 보고 그는 오늘이 자기의 생일이라는 것을 깨닫는다. 태어나지 않다니, 그 여자가 틀렸다.

비행기 안에서 그는 창밖을 보고 있다. 그가 탄 비행기가 땀을 뻘뻘 흘리며 죽어라고 뛰고 있는 게 보였다. 비행기는 눈이 뒤집힐 정도로 뛰다가 기진맥진해 이윽고 숨이 다하는가 싶었다. 캑캑대며 쓰러지려 하고 있었다. 그러더니 바로 그 순간 위로 떠올랐다. 그의 두통은 그때 시작되었다.

누군가가 그의 머리통을 떼내서 보자기로 단단히 쌌다. 그런 다음 정수리께에서 끊어질 듯이 세게 매듭을 묶고 있다. 그러나 그에게 두통은 때로 너무 자연스럽다. 마치 그 자신이 필요해서 꺼내 쓰는 고통이라는 듯이. 두통이 없었다면 아마 다른 고통을 느끼기 위한 감각이 새로 생겨났을 것이다.

그는 한 손으로 이마를 짚는다. 나머지 한 손으로 앞좌석 궁둥이에 붙은 주머니에서 기내보를 꺼낸다. 첫장을 편다. 세계지도 위에 곡선과 붉은 점을 많이도 그어놓았다. 그 붉은색 기항지 중에서 그는 브라질을 찾아본다. 책장을 넘겨 사진도 본다. 파마기계 같은 공중전화 부스에 머리를 틀어박고 지껄이고 있는 상빠울루 사람들, 요란한 드레스를 한짐이나 둘러입고 조금도 무겁지 않다는 듯이 입이 찢어져라 웃고 있는 삼바 무희들, 해변에 줄을 맞춰 누워 있는 비키니의 무리, 이과수 폭포.

그 여자의 집 벽에 걸린 달력이 생각난다. 1 · 2월은 으레 해돋이이다. 3 · 4월은 꽃, 5 · 6월은 신록, 7 · 8월은 파도, 그리고 9 · 10월은 단풍, 11 · 12월은 눈. 그런데 브라질에는 사계절의 변화가 거의 없다. 사계절의 변화가 없는 나라에서는 그 옛날 무엇을 기준으로 새해 첫날을 잡았을까. 1년을 주기로 씨를 뿌려 거두는 곳에서는 달〔月〕을 가를 변별이 있다. 하지만 언제나 소매 없는 옷을 입고 사철 과일을 따먹는 사람들은 그렇지 않다. 어디가 시작인가. 무엇을 기점으로 해〔年〕를 만들어야 하나.

그는 지금 간단한 것을 복잡하게 생각한다. 어딘가 사계절이 있는 곳에서 달력이 들어왔다. 그 달력에 삶을 맞추면 된다. 그러나 그는 복잡한 건 바로 달력이라고 다시 바꿔 생각한다. 해라는 구별은 필요없다. 그냥 살아가면 된다. 그는 구획을 좋아하지 않았다.

그럼에도 그는 웃는다. 하긴 이제 인간은 시간이라는 약속 없이는 살아갈 수 없다. 시간만이 어제와 오늘을 구별해준다. 10월 26일이었고 10월 27일이라는 것말고 어제와 오늘의 다른 점은 아무것도 없다. 그에게 숫자란 크기나 순서를 나타내기보다, 비슷한 것들을 구별하는 데에 필요한 물건이었다. 숫자가 바뀌는 것말고는 하늘 아래 새로움이란 없다.

철이 바뀔 때마다 작년 옷을 꺼내며 그 여자는 즐거워했다. 작년 봄에 당신 이 잠바 입었었지. 이건 그때 내가 남대문에서 사온 청바지이고. 과거의 언젠가 그가 그 옷을 입었다는 사실이 그 여자에게는 자기의 지나온 시간과 새로운 시간을 구분짓는 단서였다. 그리고 그 말을 함으로써 그 여자는 새로운 시간이 왔건만 여전히 그가 자기 곁에 있다는 사실을 확인했다. 그는 그 여자에게 웃어주었다. 그 자신도 시난 겨울을 누구와 보냈는가 떠올림으로써 세월이 흐른 것을 안 적이 여러번 있었다.

브라질에는 그런 일이 없다. 브라질에서는 어떤 방법으로 추억을 간직할까.

하지만 그는 지금까지 괜한 생각을 한 것이었다. 그는 구획을 싫어했고 더욱이 그에게는 간직할 추억 따위는 없었다.

두통이 심해서 술을 좀 마셔보기로 한다. 그러려면 좌석 왼쪽으로 얼굴을 돌려 여러 개의 단추 중에서 스튜어디스를 부르는 호출단추를 찾아야 한다. 하지만 그의 생각은 호출단추를 찾아야겠다는 데서 멈춰 있다. 얼굴을 돌려 실제로 단추를 찾는 데까지는 그의 생각이 도달하지 못했다. 그래서 가만 있는다.

옆자리의 노인이 어디 불편하냐고 묻는다. 이가 누렇다. 그는 지혜롭게도 아무 대답도 하지 않는다. 하지만 노인이란 더 지혜로워서 그가 한 손으로 짚고 있는 부위만 봐도 대답을 안다. 노인은 갑자기 희색을 띠며 발밑의 낡은 가방을 들어올린다. 지퍼를 여는 노인의 눈 흰자위는 이 못지않게 누렇다. 몸에서 나는 냄새와 희끗희끗하게 뭉쳐져 있는 머리카락의 기름때, 꾀죄죄하고 교활해 보인다. 아편이라도 숨겨갖고 있을 것 같다.

그러고 보니 노인은 납작하고 작은 양철통을 꺼내 뚜껑을 옆으로 비틀어 열고 있다. 하얀 가루가 보인다. 그것을 노인은 감씨 속에 든 씨방만한 작은 숟가락으로 뜬다. 자, 이것 먹어보우, 괜찮아질 거요. 아, 먹어보라니까, 젊은 사람이 의심이 많구만. 노인의 누런 흰자위 위에 남의 물건처럼 떠 있는 검은 동자가 그의 완강히 닫힌 입술을 뚫어져라 본다. 죽염이라구 죽염, 만병통치약.

그는 노인의 흰 가루가 독이든 약이든 관심이 없다. 아까 어디까지 생각했더라. 추억, 그렇다. 그는 자기의 생각을 더 함으로써만 두통을 다스리고 싶다. 지금 그가 바라는 일이란 노인이 자기를 내버려두는 것뿐이다. 그러나 그에게는 추억이 없어 생각이 진전되지 않는다.

추억을 간직해두지 않았다는 게 조금은 후회가 된다.

노인이란 친절해서 그를 내버려두지 않는다. 흰 가루가 든 작은 숟가락을 그의 턱밑에까지 옮겨준다. 자기의 몸에 단단히 매어져 있지는 못한 노인의 흔들리는 손은 기어이 가루를 흘린다. 하얀 가루가 그의 손등으로 떨어졌다. 그는 자기의 손등을 보았다. 손등 위에 흉터가 있다. 그는 안심한다. 자신의 생각을 진전시킬 기억이 떠올랐기 때문이다. 그는 이제 가장 강렬한 추억 속으로 빠져들 수 있게 되었다. 비록 스스로가 원해서 간직해둔 추억은 아니라 할지라도.

아버지의 사이다 공장이 문을 닫았다. 아버지는 브라질에나 가겠다고 했다. 그날도 농업이민이 어떻고 하면서 아버지와 작은아버지는 살아갈 궁리만 했다. 젊었을 때 작은아버지는 페인트공이었다. 먼 바다에서 배들이 돌아오면 칠이 벗겨진 배에 새로 페인트칠을 했다. 작은아버지가 칠한 배들은 다시 먼 바다로 떠났고 그 배들이 돌아올 때까지 작은아버지는 매일 술을 마셨다. 작은아버지가 결혼을 하자 아버지는 그를 불러들여 사이다 공장에서 일하게 했다. 그렇게 해서 작은아버지는 아버지와 함께 망하게 된 것이다.

몹시 추운 날이었다. 어린 그는 이제는 쓸모없어진 아버지의 창고에 들어가 사이다 궤짝 위에 누워 있었다. 여기저기서 꽁꽁 언 사이다병이 팽창을 못 이기고 깨져갔다. 픽! 소리와 함께 어린 그의 얼굴 바로 앞에서도 사이다병 하나가 깨졌다. 누운 채로 어린 그는 깨진 병을 가지고 놀았다. 깨진 병 속에 든 뭉툭한 사이다 얼음을 보았다. 액체로 흐르던 것이 단단한 고체가 되어 있었다. 어린 그는 유리와 같은 얼음, 얼음과 같은 유리를 부숴뜨리며 놀았다. 통증도 흥건한 피도 느끼지 못했다. 사촌누나가 상처에 약을 발라주었다. 어린 그는 물었다. 왜 나만 아파?

왜 나만 아파? 너만 다쳤으니까. 왜 다른 아이는 다치지 않았어? 다른 애들은 착해. 그럼 착한 애들은 안 다쳐? 착한 애들은 안 다쳐. 그럼 나말고 또 착하지 않은 애는 없어? 어딘가 있겠지. 이 나쁜 새끼야, 너 땜에 내 손에까지 빨간 약이 묻었어. 그리고 밥먹다가 나왔고. 그때의 어린 그는 오늘 아침 그 여자의 작은 딸처럼 만족하지 못한다. 그럼 그애는 어딨어? 무슨 애 말야? 나말고 또 착하지 않은 애. 알 게 뭐냐, 지구 반대쪽에 있든 말든.

그애도 지금 아플 거야. 나만 아픈 게 아냐. 나는 그애와 함께 아파.

그해에 사촌누나는 브라질로 떠났다. 그러나 그는 함께 갈 수가 없었다. 아버지와 어머니, 그리고 형이 모두 죽어버렸기 때문이다. 그가 태어나기 전부터 아버지의 공장에서 일하던 남자의 짓이었다. 브라질로 떠나기 며칠 전 그 남자가 식칼을 품고 아버지를 찾아왔다. 야반도주하듯 한국을 떠나려는 아버지의 멱살을 잡고 돈을 내놓으라고 소리쳤다. 그리고는 신문에 났던 그대로 '말다툼 끝에 격분하여 일가족 세 명을 난도질'한 것이었다.

그 남자는 어린 그만은 살려주었다. 어린 그가 마침 그 남자 자신이 만들어준 팽이를 손에 들고 있었기 때문이었다. 피에 젖은 식칼이 자기의 코앞에서 멈추는 것을 어린 그는 보았다. 그 칼에서 뚝뚝 떨어지고 있는 피가 아버지의 것인지 어머니의 것인지 아니면 형의 것인지, 팽이로 인해 살아난 어린 그는 잘 알 수가 없었다. 그 팽이는 빨강 노랑 파랑의 색깔이 칠해져 있었다. 팽이채로 세게 후려치면 세 가지 색깔이 아찔한 속도로 섞이는 팽이였다. 그 남자는 작은아버지에게서 페인트를 얻었을 것이다.

세 가족의 목숨과 바꾼 재산을 갖고 작은아버지는 브라질로 떠났다. 어린 그는 작은아버지를 따라가지 않고 혼자 남아 '희망원'이라는 이름의 고아원으로 보내졌다. 작은아버지가 그에게 가끔 편지를 보내왔다. 돈도 보냈다. 그는 그 편지와 돈으로 어른이 되었다.

지금 그의 가방 안에는 작은아버지 대신 그의 딸인 사촌누나의 편지가 들어 있다. 아버지가 곧 돌아가실 것 같다. 아버지는 죽기 전에 꼭 너를 보고 싶다고 하신다. 네가 어차피 안 올 거라고 생각하지만 아버지의 청에 못 이겨 할 수 없이 이 편지를 쓰고 있다. 비행기표도 동봉했다. 네가 지금 어디 살고 있는지 몰라 2년 전 주소로 보내본다.

이 편지를 그 여자의 작은 딸이 그에게로 가져왔다. 아저씨, 편지가 왔어요. 아저씨를 오라고 하는 편지인가요? 엄마가 그랬어요. 아저씨는 언제 떠날지 모른다고. 다른 곳에서 부르면 아저씨는 갈 거라구요. 그러니 아저씨와 함께 오래 살고 싶으면 아저씨가 여기 있다는 걸 다른 사람에게 알려주지 말라고 했어요. 하지만 아저씨가 여기 있다는 것은 내가 알고 있잖아요. 나는 '다른 사람'이 아닌가요?

그 여자의 작은 딸은 편지를 내던지고 자기 방으로 들어가버렸다.

비행기는 LA의 하늘을 날고 있다. 그는 거대한 도시 구석구석을 샅샅이 나누고 있는 미세한 선들과 푸른 보자기 같은 풀장을 내려다보았다. 안내방송이 나왔다. 손님 여러분은 엘에이에 와 있습니다. 시계를 맞추십시오. 현재 시각은 시월 이십칠일 십팔시 사십오분입니다.

그는 시계를 맞춘다. 그는 생일날 저녁에 서울을 출발했다. 그러나 자고 일어나보니 또 생일날 저녁이 왔다. 그가 기내식을 먹고 두통을 견디고 노인과 지혜겨룸을 하고 그리고 잠을 잔 시간은 어디론가 흔적없이 사라져버렸다.

하지만 시계바늘을 돌리는 동작으로써 그는 그 사실을 묵묵히 받아들인다. 몇시간 전 저녁밥을 먹고 잤지만 스튜어디스가 다시 또 저녁밥을 가져온다. 그가 자는 동안 비행기는 여덟 시간을 거꾸로 거슬러서 날아왔다. 공간 속에서 날았지만 시간 속을 거꾸로 날아온 것이기도 했다.

천천히 밥을 먹으며 그는 머릿속에서 자신을 날짜변경선이 있는 곳으로 보내본다. 처음에 그는 날짜변경선 이쪽에 있었다. 그러다가 한걸음을 옮기니 날짜변경선 저쪽으로 넘어갔다. 스물네 시간이 새로 생겨났다. 다시 이쪽으로 넘어왔다. 스물네 시간이 없어졌다. 다시 저쪽으로 넘어갔다. 오늘이 되었다. 다시 이쪽으로 넘어왔다. 내

일이다. 다시 저쪽으로, 오늘. 다시 이쪽으로, 내일. 그는 이번에는 다른 방법으로 시작해본다. 저쪽을 어제라고 해본다. 그러면 이쪽은 오늘이다. 아까 오늘이라고 했던 것이 지금은 어제이고 아까 내일이라고 했던 것이 지금은 오늘이다.

LA에서 그들은 비행기를 내린다. 피켓을 든 안내원을 뒤따라가 한 시간을 수용소 같은 휴게실에서 보낸다. 그리고 다시 열두 시간을 더 가야 한다. 브라질은 멀다. 지구 반대쪽 브라질은.

비행기를 갈아타자마자 그는 다시 잠이 들었다. 두통이 심했다. 하긴 두통이 아니더라도 그의 잠은 늘 불편하다. 태어난 이래 그는 평화롭게 잠들어본 기억이 없다.

불편한 잠에서 깨어난 그는 안내방송을 듣는다. 손님 여러분은 상빠울루에 와 있습니다. 시계를 맞추십시오. 현재 시각은 시월 이십 팔일 공칠시 십분입니다. 노인은 딸을 만나러 아르헨띠나에 가기 때문에 아직도 몇시간을 더 가야 한다. 아예 아르헨띠나에 도착한 다음 맞추려고 그러는지 노인은 시계를 맞추지 않는다. 시계가 없는 건지도 모른다.

어른들은 누구에게나 통하도록 숫자로 약속을 정하잖아요. 그 여자의 작은 딸이 말했듯이, 정해놓은 약속에 의하면 그는 겨우 하룻밤을 비행기에서 보냈을 뿐이었다. 그러나 진실이란 면에서 본다면 그는 스물세 시간 동안이나 비행기를 탔다. 그는 피곤했다.

상빠울루 공항에 내린 그는 달러를 끄루제이루 바꾼 다음, 문이 두 개뿐인 택시를 탄다. 사촌누나에게서 온 편지봉투를 꺼내 보이자 택시는 곧 그 주소로 출발한다.

작은아버지는 죽은 지 이미 열흘이 넘어 있었다. 총알이 비껴갔기 때문에 살아날 줄 알았는데 보름 만에 결국 죽은 것이다. 작은아버지의 아내는 이국 땅에서 강도에게 죽은 것이 너무 억울하다고 어깨를 떤다. 한국 교민의 가게만 골라 터는 흉악한 놈이야. 사촌누나가 설명해준다. 그놈은 돈만 뺏는 게 아니라 꼭 사람을 죽이고 가. 진짜 악질이지. 상빠울루의 한국인들은 대개 옷장사를 해. 가내공장 같은 데서 만들기도 하고 팔기도 하는데 부지런해서 돈을 많이 벌거든. 그런데 범인은 한국인의 가게 안이 어떻게 생겼는지 몇시에 밥을 먹는지 돈을 어디에 두는지 너무 잘 아는 거야. 바로 그 점 때문에 절대 잡히지 않는 거구. 이상하지 않니? 누가 한국인을 그렇게 잘 알까? 알고 보니 한국여자 하나가 보스의 애인이더래. 그년은 주머니 칼을 떨어뜨리고 가는 바람에 지난주에 경찰에 잡혔어. 우리 교민 자치경찰한테 잡혔으면 우리가 그년을 찢어죽였을 거야. 동족에게 그럴 수가 있는 거니?

이곳에서는 동족이란 것이 중요한 모양이다. 한국에서는 동족이 아닌 사람을 죽이기는 꽤 어려운 일이다. 그리고 살인이란 동족 같은 넓은 테두리가 아니라 친척 동료 이웃이라는 좁은 테두리 안에서 더욱 쉽게 이루어진다. 그가 아주 어렸을 때 그의 눈앞에서도 그런 살인은 있었다.

하긴 이곳에서는 죽인다는 것이 너무 흔해. 경찰도 돈을 주면 사람을 죽여주니까. 일그러진 표정으로 내뱉은 다음 사촌누나는 웃으며 그의 팔을 잡는다. 자, 나가서 상빠울루 구경이나 하자. 숙소도 잡아야지.

거리는 지저분하다. 길가에 서 있는 낡은 문 앞에서 그는 걸음을 멈춘다. 집도 담도 없고 문만 덩그러니 서 있다. 그 문 뒤로 몇 미터 안쪽에 은행인 듯한 새 건물이 보였지만 그 낡은 문이 은행으로 들어가는 문이 아닌 것은 확실했다. 그는 그 문으로 다가가서 글자가 새겨져 있는 부분을 자세히 본다. 그가 읽을 수 있는 것은 1896이라는 숫자뿐이다. 100년 전의 문이었다. 그때는 이 문 뒤에 이 문이 지켜야 할 어떤 집이 있었을 것이다. 100년 전 누군가는 이 문을 열고 자기가 원하는 집으로 들어갔을 것이다. 이 문은 새 은행을 지어야 하는 터에 서 있었다. 그러나 헐리지 않았다. 왜냐하면 100년 전의 기억을 간직해야 하기 때문에.

그에게는 간직할 기억 따위가 없었다. 하지만 갑자기 그는 조금 전까지도 무언가가 자기 가슴에 간직되어 있었음을 깨닫는다. 그는 그것의 하중을 느꼈다.

그가 그 하중을 느끼는 방법은 독특하다. 첫째, 그는 지금 자기의 가슴속에서 무언가가 깊게 패어나간 것을 느낀다. 둘째, 그러자 오랫동안 자신도 모르는 사이에 거기 무엇인가가 간직되어 있었음을 깨닫는다. 셋째, 그리고 그것이 지금까지 자기 가슴에 하중을 주었으며 이제는 사라졌다는 것을 확인한다.

가슴속이 가벼워지자 그제서야 그동안 그곳에 얼마나 무거운 것이 들어 있었는지 깨달은 것이다. 그는 이유를 잠깐 생각해본다. 조금 전과 달라진 게 있다면 작은아버지의 죽음을 알게 되었다는 사실뿐이다. 이상하지 않니? 그럴 수가 있는 거니? 사촌누나의 목소리가 다시 귓가에 울렸다.

그는 동양인 거리의 작은 호텔에 방을 잡았다. 사촌누나는 상빠울루를 제대로 구경하려면 밤이 되어야 한다고 말한다. 그러더니 일곱시에 데리러 오겠다며 갔다. 사촌누나의 등뒤로 그는 꽝, 소리나게 문을 닫는다. 그런 다음 욕실로 들어가 수도꼭지를 돌렸다. 그러나 물이 나오지 않는다. 그는 수도꼭지를 열려고 하지 않고 잠그려고 해야 물이 나온다는 것을 깨닫는다. 꼭지의 개폐방법이 서울과 정반대였다. 지구 반대쪽은.

샤워 부스를 나오면서 발밑의 물이 빠져나가는 것을 내려다본다. 조금 전까지 사기 몸의 일부였던 회색 먼지를 껴안고 구멍을 빠져나가고 있는 물. 서울에서 보던 방향이 아니다. 왼쪽이 아니라 오른쪽으로 돌며 빠져나가고 있다. 시계방향과 시계 반대방향. 그는 저 물살이 그중 어느 쪽으로 돈다고 말해야 할지 몰라 망설인다. 이곳에서는 시계바늘을 오른쪽에서 왼쪽으로 돌아가게 만드는지도 모른다. 아니면 시계를 거꾸로 보는 방법을 알아냈거나. 다시 또 그 여자의 작은 딸이 생각난다. 난 많은 사람들이 같이 살아가는 데는 약속이 필요하다는 걸 알아요.

저녁에 사촌누나는 배꼽이 드러난 차림으로 나타났다. 그에게로 와서 팔짱을 낀다. 그는 철근처럼 무거운 그녀의 팔을 겨우 떼어낸다. 가자. 어디로? 멋진 곳. 말을 할 때마다 사촌누나의 귀고리가 짤랑거린다. 그는 사촌누나를 흥분시키는 것이 아버지를 잃은 슬픔이리라고 억지로 생각한다.

'바공'이라는 술집에는 이십명은 족히 넘을 여자들이 있었다. 모두 옷을 입었달 것이 없었다. 어떤 여자는 춤을 추고 어떤 여자는 마셨다. 어떤 여자는 무대 위에서 추고 어떤 여자는 남자들 자리로 가서 그들의 얼굴에 젖가슴을 비비며 추었다. 그는 기둥 뒤에서 얌전히 춤을 추는 여자를 발견했다. 그 여자도 이윽고 흥분한 듯 무대로 뛰어올라간다. 어디로 시선을 옮기든지 춤추는 여체를 보지 않을 수는 없었다.

음악이 조용하게 바뀌었다. 벌거벗은 남녀가 무대 위로 나오더니 싸우기 시작한다. 싸우는 기교가 휘황하다. 여자는 인간의 신체 체위에 대해 연구하는 듯했다. 연구가 아니라면 저렇게 고통스러워하면서도 계속할 리가 없다. 남자는 신체의 무게중심의 위치를 연구하는 듯했다. 그것이 아니라면 자기 몸의 중심부분을 붙잡고 눕혔다 세웠다 하면서 허공에 대고 무게를 가늠하는 헛된 일을 저렇게 오래 할 리가 없다.

그들은 그렇게 따로, 또 같이 싸우고 싸웠다. 마침내 꼭 붙어 접전을 벌였으며 어떤 순간 여자가 졌는지 먼저 비명을 지르며 쓰러졌다. 여자가 몸을 빼는 바람에 정면을 향해 노출된 남자의 중심에서 허연 포물선이 흘러내렸다. 싸움은 끝났지만 여자와 남자에게 격투 뒤의 평화는 허락되지 않는다. 그들은 무엇이 그리 바쁜지 채찍과 끈 같은 것을 주섬주섬 챙겨서 무대 뒤로 사라진다.

사촌누나는 앉은 채 춤을 춘다. 조명 때문에 그도 조금 흔드는 것처럼 보이지만 춤을 전혀 추지 않고 있다. 그는 향수냄새와 땀냄새에 대항하여 숨 멈추기 훈련을 해보는 중이었다. 먼저 손목시계의 초침을 보며 숨을 멈추고 가만 있는다. 몇십초 후 더이상 견딜 수 없게 되자 흡, 하고 급하게 숨을 한번 들이쉬고는 얼른 멈춘다. 다시 시간을 잰다. 숨을 멈춘 채 견딜 수 있는 시간이 자꾸 짧아진다. 흡, 하고 들이쉬는 횟수가 점점 많아진다. 쉬고 멈추고 쉬고 멈추고.

사촌누나가 의자에서 일어나더니 한 흑인여자의 손목을 끌고 온다. 그는 그것을 마침 숨을 멈추고 있을 때 보았다. 내 친구야. 같이 놀아봐. 사촌누나는 여자를 소개하며 그의 옆에 앉힌다. 여자는 헬로, 하면서 옆자리에 앉더니 그 인사말말고는 서로 말이 통하지 않으므로 그냥 웃고만 있다. 그는 여자에게 친절한 사람은 아니었지만 박대할 만한 적극성도 없었다. 그래서 여자 쪽으로 잠깐 고개를 돌린다. 말이 통하지 않는 검은 여자는 다시 한번 흰 이를 드러내며 웃는다. 그는 배에 힘을 주고 숨을 멈춘 중이라서 그녀에게 웃어줄 수가 없었나.

잠시 후 사촌누나는 또 일어난다. 이번에는 핑크색 브래지어를 한 뚱뚱한 금발여자에게 다가간다. 핑크색 브래지어는 서툰 영어로 말한다. 아임 오큐파이드 인 에이티 달러즈. 캔 유 페이 나인티 달러즈? 그는 마침 흡, 하면서 눈을 부릅뜨고 있었다. 금발여자는 그의 표정을 보고는 눈썹을 한번 치켜올리더니 해브 어 나이스 나잇, 하고 가버린다.

나이스 나잇.

그가 숨 멈추기 놀이를 끝내고 혼자 중얼거린다.

그는 다음날 아침 늦게 깨어났다. 전날 밤 '바공'에서 나와 사촌누나의 차를 타고 다시 어딘가로 갔던 기억이 난다. 여기가 어디야, 내가 묵는 호텔이 아니잖아? 들어가봐, 멋진 곳이니까. 천성적으로 실랑이라는 걸 싫어하는 그는 순순히 사촌누나의 차에서 내렸다. 뒷자리에 어둠처럼 앉아 있던 검은 여자가 따라 내렸다.

주차장에 내려서자마자 바로 눈앞에 방문이 하나 나타났다. 그는 그 방으로 들어갔다.

신비한 푸른빛으로 감싸인 방이었다. 물이 찰랑이는 욕조 속에 푸른 조명등이 잠겨 있었다. 거기에서 나오는 푸른빛이 물결의 움직임에 따라 방안 전체를 조용히 출렁이게 만들었다.

욕조 반대편에는 푸른 풀이 있었다. 검은 여자가 천천히 그쪽으로 걸어가더니 풀 가장자리의 열대나무를 젖히고 벽에 붙어 있는 단추를 눌렀다. 그러자 태초에 하늘이 열리듯 돔 천장이 열리고 별이 반짝였다. 검은 여자가 알몸이 되어 별빛이 비치는 풀 속으로 뛰어들었다.

네 벽이 모두 거울이었다. 그는 단지 오른쪽으로 한 발 움직였을 뿐인데 거울 속에서 수많은 그가 수십 가지 방향으로 사삭, 몸을 틀었다. 그때 그는 자기의 무릎 관절이 철커덕하고 뼈에 자물쇠를 채우는 소리를 들었다. 그는 움직이지 못하고 그 자리에 서 있었다.

풀에서 나온 검은 여자가 물을 뚝뚝 흘리며 그에게 다가왔다. 여자는 무릎을 꿇고 혀를 낼름거리며 그의 다리를 핥기 시작했다. 사촌누나의 말이 생각났다. 이곳 여자들은 하라는 대로 해. 그런 건 자존심 상하는 게 아냐. 자존심이 상할 때는 돈을 적게 받을 때뿐이지. 그는 여자에게 돈을 주었다. 그 이상은 기억나지 않는다.

기억할 수도 없다. 다시 두통이 시작되었다. 다시 누군가가 돌아와서 그의 머리통을 떼내 보자기에 싸고 매듭을 조인다. 아픈 중에도 그는 궁금하다. 목을 조르지 않고 어떻게 턱 위의 얼굴만 이렇게 조일 수 있는지 그 설계가 궁금해진다. 하지만 상관없다. 밖에서 조이는 게 아니라 안에서 뚫고 나오는 것이라고 바꿔 생각하면 그만이다. 그는 경직된 생각을 좋아하지 않는다.

작은아버지가 이미 죽었으므로 그는 일정을 바꾸었다. 금요일에 타려던 한국행 비행기를 앞당겨서 화요일에 탄다. 그는 상빠울루 공항의 대합실에 앉아 있다.

아침에 동양인 거리의 '애나모토'라는 한국식당에서 먹은 육개장이 뱃속을 괴롭힌다. 그 집의 주방장은 먼 바다 어딘가의 어선에서 도망쳐 상빠울루까지 흘러왔다고 했다. 주방장이라고는 하지만 그 식당에 종업원은 그 하나뿐이었다. 지독하게 맛이 없는 음식들을 순전히 그 혼자서 만들어내고 있었다. 그의 가방 속에는 그 주방장이 서울 사는 친구에게 전해달라고 신신당부한 누런 봉투가 들어 있다. 묵직한 것이 뭔가 기분이 좋지 않다. 총이 아닐까. 그의 생각이 너무나 순진했으므로 그것은 쉽게 부인되었다.

그는 문득 양철통에 아편을 숨겨갖고 있던 노인을 생각한다. 아편이 아니라 죽염이었던가? 아마 아편이 맞을 것이다. 진짜 죽염일지도 모르고. 아르헨띠나에서 시계를 맞췄을까 맞추지 않았을까. 시계는 갖고 있었을까. 불현듯 모든 것이 귀찮고 부질없어진 그는 거기에서 생각을 멈추고 대합실 의자에 눕는다.

누운 그의 시야로 한 여자가 들어온다. 그 늙은 백인여자는 건너편 의자에 앉아 있다. 산발한 머리에 빨간 클립 몇개를 대롱대롱 매달고 더운 날씨에 올리브색 바바리코트를 단정히 차려입었다. 손으로는 쉴새없이 뜨개질을 한다. 자세히 보면 뜨개바늘이 한번도 코를 만드는 법이 없다. 여자의 뜨개질은 허공을 뜬다. 여자는 신발도 신고 있지 않다.

여자는 갑자기 바쁜 듯이 자리에서 일어나려다 건너편 의자에 누워 있는 그를 발견한다. 무척 놀란 표정이다. 그에게로 소리없이 다가오더니 물끄러미 내려다본다. 다음 순간 과장된 몸짓으로 그에게 반갑게 인사를 한다. 그는 일어나서 앉을 뻔했다. 그러나 인사를 마치자마자 여자는 다시 시큰둥한 표정이 되어 뜨개질감이 든 가방을 끼고는 가버린다. 공중전화 부스를 향해 서둘러 가고 있다. 걸을 때마다 머리에서 빨간 클립이 대롱거린다.

여자는 주머니에서 코인을 꺼내 공중전화에 넣는다. 투입구에 넣지 않고 코인이 반환되는 밑구멍에 넣는다. 그리고는 행복한 표정으로 통화를 한다. 행복한 통화라서 끝날 줄 모른다. 여자 뒤로 세 사람이나 줄을 섰다. 여자 바로 뒤의 남자는 한참 동안 여자의 등뒤에서 통화가 끝나기를 기다렸다. 그러다 여자 쪽으로 귀를 기울여본다. 말소리가 들리지 않는다. 여자의 입모양만 움직일 뿐 물고기처럼 소리는 나지 않고 있다. 남자가 전화기를 빼앗자 여자가 괴성을 지른다. 남자의 말은 흥분돼 있고 여자의 꽥꽥대는 소리는 높낮이가 일정해 논리정연하게 들린다. 여자는 자기의 가방을 앞으로 내밀었다가 가슴에 껴안았다가 하면서 서슬이 퍼렇다.

마실 것을 사러 갔던 사촌누나가 돌아왔다. 저 여자? 몇년 전부터 매일 저래. 뜨개질하는 척하고 전화하는 척하고, 그러다가는 자기 가방을 훔치려고 했다고 싸움을 걸어. 미친 여자야.

공항 직원인 듯한 남자 둘이 오더니 여자의 양쪽 팔을 하나씩 끼고 끌고 간다. 여자는 조금 전의 전화통화에 이어 두번째로 행복한 표정이다. 직원 남자의 팔에 머리를 살짝 기대고 웃고 있다. 끌려가는 여자의 발바닥은 놀랄 만큼 깨끗하다.

여자의 머리에서 클립은 여전히 대롱거린다. 마치 머리 속에서 가지가 뻗어나와 열매를 매단 듯하다. 여자의 눈이나 귀 근처 어디에 수상한 나무뿌리를 감추고 있는지도 모른다. 그는 그 나무뿌리가 바로 여자의 추억일 거라고 생각한다. 여자의 뿌리에는 추억이 너무 많이 간직되어 있다. 그 추억의 용량이 너무 커서 현실이 저장될 빈 공간이 없다. 여자는 그 추억에서 벗어나야만 비로소 그것이 얼마나 큰 자리를 차지하고 있었는지 알 수 있을 것이다. 100년 된 문 앞에 서서 그가 깨달았던 것처럼.

비행기를 타자마자 그는 창밖을 본다. 그가 탄 비행기가 죽도록 뛰다가 숨이 다하는가 싶더니 바로 그 순간 위로 떠오른다. 상빠울루에 갈 때처럼 다시 LA에서 비행기를 갈아탄다. 실내등이 다 꺼졌으므로 그는 잠을 청한다. 난생 처음 긴 꿈이 그에게로 왔다.

시간을 거슬러가서 그는 다시 상빠울루에 도착했다. 한 낯선 여자가 그를 기다리고 있었다. 그녀는 그에게 뭔지 모를 벅찬 느낌을 주었다. 그는 처음에 그 벅찬 느낌의 정체를 옷차림의 과장된 분위기에서 찾으려 했다. 신축성 좋은 레깅스가 여자의 다리 곡선을 두드러지게 하였고 색색의 구슬이 들러붙은 샌들 역시 지나치게 정교했다. 하지만 그렇게 원인을 밝혀냈는데도 그는 여전히 그녀가 주는 벅찬 느낌에 곤혹을 느꼈다. 그것이 그 벅찬 느낌의 전부는 아닐 거라는 의혹도 생겼다. 그는 자기의 심장박동이 빨라지는 소리를 불쾌하게 엿들었다. 짜증이 났다. 그는 이런 박동 따위를 어떻게 다스려야 하는지 그 방법을 몰랐다.

못마땅하게 내리깐 그의 시선 속으로 그녀의 손이 들어왔다. 손등의 흉터가.

배 안에서 다친 거예요. 어린 시절 상빠울루에 처음 올 때 말이죠. 가도 가도 육지가 나타나지 않았어요. 나는 배 밑바닥에다 노란 물을 게워놓고 갑판으로 나왔어요. 거기 녹슨 쇳조각이 많았죠. 나는 멀미가 날 때마다 주머니칼을 꺼내 쇳조각을 긁으며 놀곤 했어요. 소리도 좋지만 쇳냄새가 멀미를 달래줬지요. 오빠가 올라오길래 주머니칼을 급히 감추다가 손등을 다친 거예요. 오빠가 약을 발라줬어요. 내가 물었죠. 왜 나만 아파?

왜 나만 아파? 너만 다쳤으니까. 왜 다른 아이는 다치지 않았어? 다른 애들은 착해. 그럼 착한 애들은 안 다쳐? 착한 애들은 안 다쳐. 그럼 나말고 또 착하지 않은 애는 없어? 시끄러 이년아, 넌 도둑년이야. 내 칼을 내놔. 그럼 그애는 어딨어, 나말고 또 착하지 않은 애? 알 게 뭐냐. 가난한 나라에는 너 같은 도둑년이 많겠지. 그러니 너는 그냥 한국 같은 거지나라에 남아서 도둑질이나 하고 살았어야 하는 건데, 이 도둑년아.

그와 그녀는 걸어서 성뻬뜨루 성당으로 간다. 가다가 노점에서 과일을 산다. 주머니칼로 파파야멜론의 빨간 살을 도려내 물을 질질 흘리며 먹는다. 차갑고 날카로운 칼의 단면에 끈적한 과육이 들러붙어 있다. 칼을 높이 쳐들어서, 난도질당한 과육을 입속으로 미끄러뜨리며 그들이 웃는다. 이제 막 과육을 받아먹고 탐욕스럽게 꿈틀거리던 혀에 뾰족한 칼끝이 따끔따끔 스치기도 한다. 그들은 과일이 맛있어서 미칠 지경이다.

성당에 들어서며 그가 말한다. 이상해. 이곳이 너무나 낯익어. 언젠가 와본 것 같아. 그는 시장으로 통하는 굽은 길을 보았다. 정말이야. 내가 이 길을 마구 뛰어내려가 노점에서 구워 파는 소시지 따위를 훔쳐먹었던 것 같아.

저 예수상 앞에서 기도한 것은 생각 안 나요? 그녀가 묻는다. 우린 누나와 오빠가 빨리 죽게 해달라고 기도했잖아요. 그녀가 덧붙인다. 그리고 예수님이 우리 기도를 들어주지 않자 그후로 우린 기도를 해본 적이 없어요, 그렇죠?

성당 뒤쪽으로 가보니 나무벤치가 있다. 지금까지 그들이 누워본 어떤 사각형보다 마음에 드는 사각형이다. 축축하고 냄새나고 더럽다. 그들은 거기 눕는다.

그들의 몸 위로 벌레들이 기어올라오기 시작한다. 그들은 살짝 눈꺼풀을 들어 뺨 위를 기어가고 있는 수십 개의 다리를 본다. 절지동물 특유의 유려한 연동운동. 첫째마디가 솟았는가 하면 미끈덕하며 움푹 늘어가고 이어서 둘째마디가 솟아났다가 들어간다. 머리만은 털에 덮인 채 언제나 꼿꼿이 그 각도이다.

그들은 전에도 이런 벌레를 본 적이 있다. 이런 다리 많은 벌레가 몸 위를 기어다니면 무척 까칠까칠할 거라고 생각했다. 하지만 틀렸다. 수십개의 잔털 다리가 얼굴 위로 기어가는 느낌은 제법 간지럽다. 수많은 지저분한 점들과 수많은 털들로 덮여 있는 연두색 몸통은 물컹하고 투명하다. 터뜨리면 물이 많이 나올 것이다. 그들은 벌레들이 입술 위로 기어올라왔을 때 그것을 터뜨려 핥는다.

벌레는 어디선지 끊임없이 줄을 지어 기어나온다. 마음에 드는 사각형에 누워서 그들의 몸은 점점 꿈틀거리는 연두색 벌레로 뒤덮여가고 있다. 마치 길쭉하고 평평한 무덤에 연두색 떼를 입힌 것 같다. 천천히 기어가고 있는 털북숭이 벌레들의 행렬이 무덤 위의 풀이 바람에 흔들리는 모습 같기도 했다. 벌레를 덮고 그들은 잠들었다. 이렇게 평화로운 잠을 자본 것은 태어나서 처음이었다.

그들은 산뚜스 바다의 물속에서도 마음에 드는 사각형을 발견할 수 있었다. 그 사각형 안에 누워 헤엄을 친다. 물에서 나온 그들은 모래 위를 뛰어가기도 한다. 뛰기 위해서는 한번도 쓰인 적이 없던 그들의 녹슨 무릎이 다른 관절에 맞춰지기 위해 철컥, 하며 작동하는 소리가 들렸다.

그들은 또 입을 벌리고 입속에 괴는 단물을 서로의 입에 아낌없이 흘려준다. 처음 서로의 입속에 혀를 넣어보니 그곳은 차갑고 어둡고 텅 비어 있었다. 그러나 한참 뒤 그들은 딱딱하게 굳어져 입천장에 붙어 있던 혀가 단물 속에서 부드럽게 살아나는 것을 느낀다. 그 혀는 불덩이처럼 뜨겁고 얼음처럼 단단하다.

　그들은 서로의 속에 손을 집어넣는다. 갈비뼈를 열어젖히고 그 속의 심장을 어루만진다. 식도를 훑어내린 다음에는 창자 속에 담겨 있는 배설의 욕망까지 쓰다듬는다. 그러고는 천천히 자기의 전체를 서로의 몸속에 들여놓는다.

　그곳은 절대 타인의 장소가 아니었다. 어디까지가 그녀의 몸이고 어디부터가 그의 몸인지 그런 구분 따위도 없다. 그들은 어쩐지 자기들이 완전한 존재인 것처럼 생각되었다. 그가 말했다. 네가 작은 아버지를 죽였구나. 그때 그들은 웃음소리를 듣는다. 아버지와 어머니와 형이 그를 바라보고 있다.

　그녀가 그의 눈을 본다. 눈이 너무 예뻐. 갖고 싶어요.

　그는 눈을 빼서 주어버린다. 그녀의 움푹한 손바닥 안에서도 그의 눈은 그녀만을 보고 있다. 그때 그의 얼굴에 하나 남은 눈이 문득 생각한다. 이상하다. 눈을 뺐는데도 조금도 아프지 않다. 아프지 않은 고통이 존재하는 세상이라면, 그럼 이곳은 꿈속인가. 그제서야 그는 자기가 지금 꿈을 꾸고 있는 게 아닌가 의심하기 시작한다. 차근차근 기억을 거슬러가본다. 그는 한국으로 돌아가기 위해 LA에서 비행기를 갈아탔다. 그런 다음 잠이 들었다. 그렇다면 그는 지금 확실히 꿈을 꾸고 있는 것이다.

　자신이 꿈을 꾸고 있다는 것을 알고 나자 그의 눈꺼풀은 저절로 열렸다.

그 여자는 어쩐지 그가 달라졌다고 느낀다. 종일 가야 말 한마디 없는 것은 여전하지만 그 여자가 욕설을 퍼부으면 전에 없이 언뜻 웃음 같은 것을 띤다. 그의 몸을 안을 때도 그렇다. 체온이 느껴진다. 전에 그와 잘 때는 마치 그는 없고 그의 성기와만 접촉하는 기분이었다. 그 자신은 성기를 떼내 그 여자에게 주어버리고는 아랫도리가 어둠처럼 텅 비고 푹 꺼진 채로 혼자 돌아누워 자는 것만 같았다. 늘 그는 이곳에 없는 것같이 존재했다. 하지만 이제 그는 자기가 앉았던 자리에 온기를 남긴다.

그 여자는 상빠울루에서 무슨 일이 있었는지 궁금하다. 누구를 만나러 간다더니 만나서 일이 잘 풀렸나? 그러나 골치 아픈 생각을 오래 할 줄 모르는 게 그 여자의 장점이었다.

그 여자가 출근하고 난 뒤 그는 짐을 꾸린다. 오후반이라 늦잠을 잔 그 여자의 작은 딸이 작은방에서 나온다. 작은 딸은 그가 꾸리고 있는 가방 두 개를 본다. 작은 딸이 두 개의 가방 중 앞에 놓인 작은 가방을 쳐다볼 때 마침 그가 그 가방을 열어 주머니칼을 꺼낸다. 은색 십자가가 박혀 있는 빨간 주머니칼이다. 이걸 가져라. 아저씨는 아주 가버리는 건가요? 누군가 아저씨를 불렀군요, 그렇죠? 그래. 그럼 이제 나는 아저씨하고 같이 잘 수 없겠죠? 그래. 그러니 너는 이 주머니칼로 네 머릿속의 나를 다 도려내야 해.

그 여자의 작은 딸이 눈물을 흘린다. 네가 우는 것은 처음 본다. 우는 모습을 보니 넌 정말 귀여운 아이구나. 그 여자의 작은 딸은 울면서 말한다. 나도 귀엽다는 말은 처음 들어요. 그 여자의 작은 딸은 계속 울면서 말한다. 나는 아저씨하고 자기 위해 매일 자라고 있었어요.

헤어지는 일에 고통이 있다는 것을 그는 난생 처음 깨닫는다.

그는 가방을 멘다. 문득 벽 쪽을 돌아본다. 거기에 붙어 있는 세계지도에는 브라질과 한국, 두 곳에만 주머니칼로 도린 듯한 작은 구멍이 뚫려 있다. 마치 그것에서 눈을 뗄 수 없었던 누군가의 검은 눈동자처럼.

그가 지도를 떼어 둥글게 말자 양쪽 끝에 있던 지명들이 만나 하나로 겹쳐진다.

〔문학사상 1996년 11월호〕

여름은 길지 않다

불을 붙인 뒤 시거렛잭을 제자리에 끼우는데
운전대를 잡은 여자의 왼손이 중심을 잃었다.
왼쪽으로 살짝 돌아갔던 운전대는 곧 제자리로 돌아왔다.
그러나 속도 탓에 차는 울컥
토하려다 만 취객처럼 휘청했다.
혁희와 나는 눈을 맞췄다.
아무래도 오늘 죽어야 하나봐, 응.
둘 다 서로의 눈짓을 알아보고 고개를 끄덕였다.
죽지 뭐.

여름은 길지 않다

오래가 왔다. 벨소리가 나자 혁희가 내게 눈짓을 했다.

"나가봐."

"네가 나가."

"주인은 너잖아."

혁희도 지지 않았다.

우리는 벽에 나란히 기댄 채 꼼짝도 하지 않았다. 끔찍한 더위였다. 목과 귀 옆으로 땀이 줄줄 흘러내렸다. 사타구니의 골이 끈적거렸고 트렁크 팬티 사이로는 누군가 밟고 미끄러진 말의 배설물처럼 축 늘어진 것이 비져나와 있었다. 둘 다 얼굴은 빨갛게 익어 번들거렸다. 가쁘게 오르내리는 배의 살집으로 보면 내가 혁희의 두 배쯤 되었다. 그러나 수북한 가슴털이 온통 땀으로 젖어 있는 혁희도 헐떡거리기에는 만만치 않았다.

벨소리는 점점 커지고 간격이 빨라졌다. 혁희가 다시 시작했다.

"난 우울해서 꼼짝 못해. 어제 실연당했잖아."

혁희는 일년 중 열 달은 실연당해 있었다.

벨소리는 못 참겠다는 듯이 다급하게 삑삑거렸다.

"그러지 말고 나가서 문 열어줘. 오줌 마려운가봐."

"그냥 알아서 들어오라고 할까?"

"그럴까?"

문이 벌컥 열리며 오래가 들어왔다. 빵, 하고 총쏘는 시늉을 하며.

오래는 언제나 그렇게 들어왔다. 문도 언제나 열려 있었다. 그 문으로 멋진 소식이 들어온 일은 거의 없었지만.

"맞았냐?"

"응, 여섯 발."

나와 혁희는 여전히 맞은편 벽을 바라보고 기대앉은 자세로 입만 움직였다.

"입에 맞은 것까지 일곱 발."

오래가 한 발 더 쏘았다.

내 몸무게는 십년 전부터 변함없이 83킬로그램을 유지했다. 체중미달로 징집면제를 받은 후부터 한동안 나는 밤마다 햄버거 여덟 개와 1리터짜리 우유 한 팩씩을 먹고 잤다. 남들 말처럼 하릴없이 빈둥댄 게 결코 아니었다. 매일 3킬로그램씩 체중 늘리는 일을 성공시켰던 것이다.

오래 역시 땀을 뻘뻘 흘리고 있었다. 티셔츠에 인쇄된 올리브 그린의 슈퍼맨 마크가 축축한 쑥색으로 변했다. 오래는 세븐 일레븐의 초록색 글자가 새겨진 묵직한 비닐봉투를 식탁 위에 내려놓았다.

"너 슈퍼맨 티 샀구나?"

혁희가 간신히 눈동자를 움직여서 오래를 올려다보았다.

"응. 사은품으로 타이쯔도 받았어."

오래는 건성으로 대꾸하고는 비닐봉투 안에서 물건을 하나씩 꺼내기 시작했다. 그리고 맥주를 꺼낼 때마다 그것을 위로 들어 보이며 말했다.

"누구 날개형 생리대 부탁한 사람?"

"나."

내가 쳐다보지도 않고 대답했다.

"오버나이트 사이즈인데, 맞아?"

"응. '짧은 밤'에 쓸 거니까."

"그 다음, 사랑의 러브젤 부탁한 사람?"

"나."

"이 태극기는?"

"그것도 나."

"다 사왔으니 일어나."

오래는 누런색 드래프트 밀러 병과 푸른색 로고의 카스 캔, 그리고 초록색 레이블의 하이네켄을 한 개씩 식탁 위에 늘어놓았다. 나머지는 냉장고에 쓸어넣었다.

혁희와 나는 한 손으로 방바닥을 짚고 다른 손으로는 서로를 부축해주며 엉거주춤 힘겹게 일어났다. 엉덩이 옆에 펼쳐져 있던 스포츠 신문이 종아리에 들러붙어 우리와 함께 일어났다. 혁희가 한쪽 발로 그것을 비벼 떼냈다. 신문지 위에 붙었던 라면가락 하나가 혁희의 엄지와 검지 발가락 사이로 옮겨붙었다. 내 무릎에도 라면스프 가루

194

가 조금 묻었다.

"비디오는? 홍콩영화 빌려오랬잖아."

"아줌마 홍콩 가는 중, 하고 홍콩 좀 보내줘요?"

"응."

"그건 없고 혈투 시리즈만 있더라. 구멍에 빠진 남자, 내가 버린 구멍, 구녕가게."

"빌려왔어?"

"아니. 어느 구멍 속에 있는지 찾을 수가 있어야지."

우리 셋은 식탁에 앉아 오래가 사온 맥주와 피스타치오를 먹기 시작했다. 오래는 밀러를 집어들었고 혁희는 하이네켄을, 나는 카스 캔을 손에 쥐었다. 캔맥주는 차가웠다. 얇은 냉기가 덮여 있던 은색 알루미늄에는 금방 손자국이 났다. 맥주가 한모금 들어가니 몸이 조금 시원해졌다. 오래가 일어나서 CD 플레이어의 온오프 버튼을 눌렀다. 폴 매카트니가 노래하기 시작했다. 오래는 또한 침대 뒤에 있던 선풍기를 끄집어내서 플러그를 꽂고 강풍을 눌렀다. 조금 더 시원해졌다.

우리 셋 중에서는 오래가 유일한 '행동하는 양심'이었다. 그는 한때 원조 '행동하는 양심'의 서열 32위쯤 되는 국회의원 밑에서 '비서관'이라는 직함으로 불렸다. 그러나 그 의원이 낙선한 뒤로는 아직 아홉 벌이나 남아 있는 명함과 함께 폐기처분되었다. 지금은 슈퍼맨 티셔츠를 입고 혁희와 나에게만 정의를 구현하고 있다. 혁희가 입가에 허연 맥주거품을 매단 채로 오래에게 말했다.

"왜 이렇게 늦었어?"

"응. 교통사고가 났어."

"그래, 사람은 좀 죽었고?"

"이백삼십칠명이라던가?"

"너 비행기 타고 갔다 왔구나?"

"다들 몸통이 산산조각나서 사방으로 흩어졌어. 조각을 찾아 붙이
느라고 야단이야. 앰뷸런스하고 소방차가 팔십대는 왔을 거야."

"뭐하러 왔대?"

"발밑에 머리통 굴러다니니까 농구하려고 왔겠지. 근데 드리블이
영 신통찮아."

"넌 용케 몸통을 빨리 맞췄다. 솜씨는 형편없다만."

"끊어진 목을 헬멧같이 옆구리에 끼고 돌아다니던 사람만 아니었
으면 더 빨랐을 거야."

"그 사람이 네 어금니가 자기 앞니라고 내놓으래?"

"아니, 눈을 흘기잖아. 무서워서 혼났어."

"니 눈은 안 무섭고?"

"손가락 찾는 데 제일 시간 걸리더라. 알고 보니 스무 개나 되대.
그걸 모르고 지금까지 코 후빌 때 네 개밖에 안 써봤잖아. 어릴 때부
터 갖고 놀 건 이 손가락밖에 없었는데. 장난감을 사달라고 하면 아
버지는, 네 손가락 있잖아! 하고 소리쳤어."

오래는 어린 시절 얘기를 자주 했다. 그러나 최근의 일에 대해서
는 건망증이 심했다. 건망증이야말로 살아남기 위한 본능이라고 우
기며 전혀 반성하지 않았다. 그는 자신이 잊고 싶은 것이 무엇인지
기억하고 있는 게 틀림없다. 그것이 잘 잊혀지지 않는다는 것까지.
십오분 전에 가위바위보에 져서 맥주를 사러 간 사실을 까맣게 잊어
버린 듯이 구는 것만 해도 그렇다.

"참."

갑자기 생각났다는 듯이 오래가 식탁 아래로 구겨놓았던 세븐 일레븐 봉투를 끌어당겼다. 그러고는 그 안에서 흰 종이쪽들을 꺼냈다. 맥주캔을 기울이던 나와 혁희는 깡통을 입에 댄 채 눈을 가로로 찢으며 오래의 손을 바라보았다.

"그게 뭐야?"

"우편함에서 꺼내왔지."

그것은 가스요금 신문대금 전기요금 등의 독촉장과 신용카드 해지통보서가 들어 있는 흰 봉투였다. 대흥교회에서 한숙희 집사님 앞으로 보낸 잘못 온 우편물도 하나 있었다. 어쨌든 그것들 모두는 거의 한달 내내 이 원룸주택 304호의 편지함에 먼지를 쓰고 꽂혀 있던 물건이었다. 우리 셋은 올해 서른살이 되면서 고스톱을 치지 않기로 마음먹었다. 그런데도 오래는 싹쓸이 버릇을 고치지 못했다.

"삼백삼호 패도 내가 다 봤지."

303호라는 말에 혁희와 나는 오랜만에 비교적 큰 각도로 고개를 돌려 오래의 입을 보았다.

303호에는 긴 머리 여자가 살고 있었다.

나는 그녀의 모습을 딱 두 번 보았다.

한번은 「귀여운 여인」에 나오는 줄리아 로버츠처럼 긴 파마머리를 풀어헤치고 라이온 킹이 그려진 헐렁한 티셔츠와 검은 레깅스 차림으로 현관문을 잠그고 있었다. 문이 잘 맞지 않는지 그녀는 오른쪽 발로 문을 밀면서 열쇠를 돌렸다. 그녀의 검은 스포츠 샌들 속에 매끄럽게 빛나는 빨간색 발톱이 다섯 개나 들어 있었다. 열쇠를 빼낸 뒤 그녀는 플라스틱 바구니를 팔에 걸고는 나를 거들떠보지도 않고 가버렸다. 세븐 일레븐 아래에 있는 '진양탕'에 가는 게 틀림없었다.

또 한번 봤을 때는 그녀가 아닌 줄 알았다. 소복처럼 하얀 정장 투피스에 머리는 헤어 스프레이로 딱 붙여 올리고 하이힐을 신고 있었다. 아홉시 뉴스의 앵커 같기도 하고 아가동산 교주 같기도 했다. 그때는 현관문을 여는 중이었는데 역시 한 발로 문을 누르고 열쇠를 돌린 다음 이번 역시 나를 거들떠보지도 않고 안으로 들어갔다.

혁희는 우리집에 올 때마다 번번이 그녀와 마주쳤다고 했다. 보급투쟁과 우정국 업무상 틈만 나면 들락날락하는 오래는 우리보다 그녀에 대해 훨씬 더 아는 척했다. 우리는 그녀를 '여자'라고 지칭했다. '행동하는' 오래마저도 303호 편지함에서 그녀의 이름은 알아내지 못했기 때문이다. 그녀에게는 우편물이 전혀 오지 않았다. 전기요금 고지서는 '303호 김영숙' 앞으로 날아왔다. 김영숙은 원룸주택의 주인 이름이었다. 한국전력공사는 열여덟 개의 방 모두에 주인이름을 붙여 고지서를 발부했다. 나도 304호 김영숙으로서 두 달째 미납금 독촉을 받고 있었다.

"전화요금 고지서를 보면 이름을 알 수 있을 거야. 그건 실명으로 가입해야 하거든."

오래가 전직 정치인답게 물정 밝은 척했지만 그녀에게는 전화요금 고지서가 날아들지 않았다. 우리는 우편물을 전혀 받지 않는 여자의 정체에 대해 의견을 주고받았다.

"신분을 숨기는 거야. 시실리에서 훈련받고 온 비밀요원이거든."

"글자를 못 읽는 문맹 아닐까?"

"아니면 벙어리. 전화도 없잖아."

"그냥 아무도 편지를 보내주지 않는 고아일 뿐이야."

"불쌍한데!"

"나도 육이오 때 여동생 하나 잃어버렸는데."

"내가 청와대 살 때는 석 달에 한 명씩 배다른 여동생이 들어왔어."

"알고 보면 우리도 다 배다른 자식이잖아."

"배달자식이고."

그쯤 하다보면 우리는 그녀에 대한 흥미를 잃었다. 배달자식 겸 홍익인간으로서 민족중흥의 역사적 사명에 대해 몇마디 더 하다가 그만두는 정도였다.

그러나 오래가 '패를 다 봤다'고 표현했다면 다른 날과 달리 뭔가가 있는 거였다. 오래는 대인관계와 처세술의 결정판인 고스톱을 함부로 시시한 일에 빗대서 쓸 사람이 아니었다.

"그 여자 앞으로 엽서가 한장 왔더라."

혁희와 나는 정지동작을 풀지 않고 오래의 울퉁불퉁한 이를 쳐다보았다.

"한국피씨통신에서 왔는데 하이텔 사용요금 고지서야. 아이디가 있어."

"뭔데?"

"라이어!"

"거짓말쟁이!!"

또다시 혁희와 나는 짐짓 심각한 얼굴로 맥주캔을 쳐들어 거기에 코를 박았다. 그리고 오래가 컴퓨터 앞으로 가서 앉는 것을 멍하니 지켜보았다. 통신에 접속을 하고 이용자 검색을 하기까지 오래가 키

보드를 누르는 횟수는 서너 번을 넘지 않는 것 같았다.

이윽고 오래가 읽어내렸다.

"이름 조행려!"

"거주지 서울!"

"하고 싶은 말 제로!"

"이용자 상태 정상!"

나와 혁희는 못 들은 척 이마를 가까이 맞대고 손톱으로 맥주캔을 긁적거렸다.

"요새 어떻게 지내?"

혁희가 물었다.

"그럭저럭. 생업에 종사하고 학업에 정진하지."

내가 대꾸했다.

"최근 감명 깊게 본 책은?"

"있지. 어떤 여자의 소설인데, 책날개가 인상적이었어."

"그 여자 사진 말이겠지?"

"아니, 그 뒤쪽. 출판사에서 나온 신간이 소개되어 있었거든."

"그래서?"

"신간 여덟 권 중에 여섯 권이 여자가 쓴 책이야. 한 여자는 각고 끝에 내놓았고, 한 여자는 황폐한 삶을 파고드는 섬뜩한 기록이고, 한 여자는 신랄하고 가차없고, 그리고 다른 여자들은 격렬한 고통과 처절한 아픔과 몸부림을 극명하게 드러내준대. 여자들에 대해 뭐 더 알고 싶은 거 있어?"

"없어."

"남자들에 대해서는?"

"그야 궁금하지."

"몽환적 언어의 세계, 고통받는 약자의 이야기, 사색의 도정⋯⋯"

"남자란 멋진 놈들이야."

"맞아."

"잘릴 모가지가 길어서 슬프고."

"슬프지."

오래가 식탁으로 돌아와 앉았다. 우리 셋은 다시 나란히 앉아 맥주를 마시기 시작했다.

조금 후 오래가 입을 열었다.

"아래층에 있는 편지함 열여덟 개를 다 뒤졌는데 네 합격통지서는 안 나오더라."

"응. 이 동네에는 편지함이 워낙 많아. 다 뒤지려면 삼년은 걸릴 거야."

나는 IBM이라는 회사에 다녔었다. 지금은 여기저기 입사원서를 내놓고 결과가 오기를 기다리는 중이다.

이제 내 컴퓨터는 오래가 와서 통신을 할 때만 쓰이고 있다.

전화벨이 요란스레 울렸다.

나는 우두커니 쳐다만 보았다.

"안 받아?"

"응."

전화기 바로 옆에 앉은 혁희가 억울한 표정으로 전화를 받았다. 그러나 혁희가 여보세요,라고 하자 전화는 끊겼다.

"잘못 걸었나봐."

혁희는 전화기를 내려놓았다.

우리는 한참 동안 아무 말 없이 맥주를 마셨다. 시간은 지독히도 느리게 가고 있었다.

"덥지?"

혁희가 누구에게랄 것도 없이 심드렁하게 물었다.

"응."

"그럼 더운 얘기 할까?"

"그래."

"좋아."

"부산에서 출발해서 태평양을 헤엄쳐 건넜대."

"누가?"

"우리나라 젊은이 다섯 명이."

"어떻게 알아?"

"내가 그 기사를 '대한건아 5인이'로 고쳐서 베꼈어."

혁희는 지역신문에서 일했다. 사장 한 명과 경리 한 명, 기자 한 명으로 구성된 회사였다. 혁희는 베끼는 것밖에 할 줄 몰랐다. 노래방에 가도 노래는 부르지 않고 수첩에 가사만 열 몇개씩 베껴왔다.

"더운 얘기라면 나도 할게."

오래가 바통을 받았다.

"이십년 만에 고향에 갔었어."

또 어린 시절. 혁희와 나는 데깔꼬마니 그림처럼 대칭으로 고개를 비틀었다.

오래는 눈이 많이 오는 산간지방에서 자랐다. 부모님은 일년 내내 밭농사를 지었다. 눈이 펑펑 내려서 도저히 바깥으로 한 발도 내밀지 못할 때에만 집안에 들어앉아 있었다. 그때에도 어머니는 쉬지 않고 오래와 오래의 형, 오래의 여동생의 스웨터를 떴다. 오래의 형 것만 새 실로 떴고, 오래와 오래의 동생 것은 오래의 형의 스웨터를 풀어서 뜨곤 했다. 몇날 며칠 눈가가 짓무르도록 지겹고 하얗게 쏟아지던 눈이 그치면 오래에게는 낡은 실로 뜬 새 스웨터가 하나씩 생겨났다. 오래와 오래의 여동생이 그 스웨터를 입고 구르던 그 눈밭에 지금은 스키장이 생겨나 있다.

"우리 동네가 있던 그 자리에 스키 하우스가 지어졌어. 근처 농가에 사는 새까만 꼬마들이 놀러 와서 핫도그를 먹으며 미니골프를 하고 있더라. 농번기 방학이라 스키장 와서 노는 거래. 어때, 덥지?"

"그런 것도 같아."

그때 또 전화벨이 울렸다. 혁희와 나는 지그시 눈을 감았다. 할 수 없다는 듯 오래가 팔을 뻗어 전화기를 들었다. 여보세요. 이번에도 전화는 끊어졌다.

첫번째 끊어지는 전화, 그럴 수 있다. 장난전화이다. 두번째 끊어지는 전화, 그럴 수도 있을 것이다, 장난이 심하다면. 하지만 아닐지도 모른다. 전화를 건 사람은 원하는 상대가 받지 않기 때문에 끊어버릴 수도 있다.

"나 찾는 것도 아니고, 오래도 아니었어."

혁희가 입을 열었다.

"이제 겨우 생각났는데, 이 집 주인은 너잖아."

건망증 많은 오래의 말이었다.

"전화올 데 없어. 전화할 만한 사람들은 다 요금미납으로 끊긴 걸 알고 있거든."

내 말이 끝나자 오래와 혁희는 눈썹을 치켜올렸다. 나도 내 말에 조금 놀랐다. 전화는 통신공사에서 끊어버렸고, 그러면 걸려오지도 말았어야 했다.

"걸려오는 전화는 받게 해주나보다."

"문민정부잖아."

"선거가 가까워졌을걸."

그 순간 또 전화벨이 울렸다.

모두가 지켜보는 가운데 내가 전화기를 들어 귀에 댔다.

"여보세요."

전화기 저편은 조용했다. 나는 송화기에 입을 바짝 대고 한번 더 불렀다.

"여보세요."

그러나 소용없었다. 전화는 끊어졌다.

"어제 나를 찬 여자일 거야. 내 삐삐가 고장이라서 여기로 전화를 거는 거라구."

혁희가 툴툴거렸다.

"아까 혁희 네가 받을 때도 끊어졌잖아."

오래는 나를 돌아보았다.

"너 면접보러 오라는 연락 아냐?"

"장난전화일 거야. 날씨가 더워."

내가 결론을 냈다.

우리 셋은 공통점이라곤 없었다. 혁희는 매일 있는 힘을 다해 사랑했지만 오래는 한번도 여자를 사귀어본 적이 없었다. 오래는 「행복」이란 프랑스 영화에 나오는 대사를 굳게 믿고 있었다. 사랑이란 처음 시작할 때 그 한번이 어렵지 그 다음부터는 아주 쉽고 똑같다. 따라서 혁희는 언제나 실연당해 있었고, 오래의 주변에 있는 여자들은 모두 오래를 '오빠'라고 부를 뿐이었다. 나는 그저 그랬다. 나에 대해서라면 별로 얘기할 만한 것도 없다. 뭐든 그런 식이니까.

전화벨은 오분도 안돼 또 울렸다.

내가 전화코드를 뺐다.

너무 더운 날씨였다. 선풍기와 맥주 이상의 뭔가가 필요했다.

현관문 두드리는 소리는 그 얼마 후에 났다. 검침원이나 밀린 관리비를 받으러 온 주인 아줌마는 아니었다. 그들이라면 기세등등하게 벨을 누를 것이다. 저렇게 앙증맞고 귀찮은 소리를 내는 걸 보면 분명 여자였다. 문을 조금만 밀어봐도 잠기지 않았다는 걸 알 수 있을 텐데 전혀 모른다는 듯이 교양있게 구는 점에서도 틀림없었다. 누구든 한 사람은 일어나야 할 것 같았지만 우리는 서로 악착같이 궁금하지 않은 표정을 짓느라고 애를 썼다. 톡톡톡, 한겨울에 베짱이가 개미네 집을 두드리는 소리 같은 노크는 계속되었다. '행동하는 양심' 오래가 일어났다.

식탁에서는 현관 밖이 잘 보이지 않았다. 오래의 티셔츠는 등에도 슈퍼맨 마크가 박혀 있었다. 역시 땀이 배어 있었는데 오래가 등을 긁적이는 바람에 반쪽밖에 보이지 않았다. 슈퍼맨 마크가 눈앞에서 사라지더니 대신 오래가 얼굴을 우리 쪽으로 돌리며 작게 말했다. 조, 행, 려.

혁희와 나는 짐짓 흥미없다는 듯 동시에 맥주캔을 쳐들었다.

"행려병자래."

"들었어."

"오래 얘기하네."

"오래네 지역구민인가?"

"거긴 강남이었잖아. 여긴 서대문이고."

"주민등록이 거기 있나보지."

우리의 귀에 오래의 예의 바른 목소리가 들려왔다.

"잠깐 들어오시겠어요?"

그러나 여자는 들어오지 않았다. 여자가 간 다음 오래가 식탁으로 다가와 여자의 말을 전달했다.

"자기 집에는 에어컨이 있대."

"그리고 또 뭐가 있는데?"

"정력팬티도 있대?"

"에어컨이 고장나 고쳐달라는 거 아닐까?"

"변기 속으로 금반지가 빠졌다거나."

"남자친구의 바지 지퍼가 숲에 걸려서 안 올라간다면?"

"연장을 써야지."

"총 챙겼지?"

입으로 그런 말을 주고받는 동안 혁희와 나는 방바닥 어딘가에 팽개쳐져 있을 반바지의 행방을 찾아 두리번거리고 있었다.

"그런 건 모르겠지만, 커피는 있다더라."

오래가 말했다.

"커피가루에 곰팡이 핀 걸 모르고 한 주전자 가득 끓였대?"

"세 남자하고 같이 뒹굴며 신음하다가 병원에 실려가서 토하는 게 소원이래?"

"자기가 이미 삼십분 전에 은수저를 담가본 다음 두 잔을 먹었다는데?"

"멀쩡해 보여?"

"응. 거의 은수저같이 반짝반짝해."

그때까지만 해도 우리는 우리에게 닥친 일이 무엇인지 잘 모르고 있있다. 해는 서의 기울었지만 더위는 수그러들지 않았다. 바람 한점 없었고 구름 한점 없었다.

조심해야 할 날씨였다.

여자의 집은 서늘했다. 에어컨에서 냉기가 뿜어나오고 있기 때문만은 아니었다. 그랬으면 그냥 시원하기만 했을 것이다. 그러나 시원한 것이 아니라 서늘한 느낌이었다. 한낮의 깊은 산중에서 만난 외딴 암자 같기도 하고 한밤중에 구불구불한 골목을 끝없이 걷다가 문득 골목이 끝나는 곳에 거짓말처럼 서 있는 여인숙 간판 같기도 한 서늘함이었다. 향냄새 때문인지도 몰랐다.

"왜 향을 피웠죠?"

"담배연기를 빨아들이니까요."

오래의 물음에 여자가 담배를 끼우고 있던 손가락을 들어올리며 대답했다.

"절에서 고기를 구워먹을 때 쓰는 방법이죠."

우리 셋은 다 함께 고개를 끄덕였다. 그리고는 엉거주춤 여자 뒤를 따라 안으로 들어갔다.

방안에는 「라이온 슬립스 투나잇」(Lion Sleeps Tonight)이란 노래가 흘러나오고 있었다. 오늘밤 사자는 잔다고?

방 한가운데에 유행이 지난 짙은 색 등나무 소파와 탁자가 있었다. 나는 그것이 기우뚱거리는 것을 원치 않았으므로 바닥에 앉았다. 내 눈은 소파 옆의 버들고리 위에 걸쳐놓은 여자팬티와 나란히 놓이게 되었다. 팬티는 모두 여섯 장이었다. SUN, MON, TUE, WED 등 영문자가 세 개씩 새겨져 있는 색색의 요일팬티였다. FRI라고 적힌 것만 빠졌다. 나는 눈을 들어 달력을 찾아보았다. 친절하게도 달력은 버들고리 바로 위에 걸려 있었다. 역시 오늘은 금요일이었다. 내 시선은 다시 요일팬티로 돌아갔다. 빨강 · 하양 · 초록 · 파랑 · 검정 · 핑크. 여자가 지금 입고 있는 팬티는 분명 노란색일 것이다.

여자가 쟁반에 오렌지 셋과 사과 한 알, 과일칼과 접시, 포크를 받쳐가지고 왔다. 버스정류장 옆에 엊그제 개업한 제과점에서 산 듯한 쿠키도 있었다. 그리고 곰팡이 핀 콩을 갈아 끓인 커피를 곁들였다. 여자는 「브레스리스」(Breathless)에 나오는 발레리 카프리스키처럼 핑크색 스펀 끈원피스를 입고 있었다. 그래서인지 여자의 눈 속에는 여름이 끝나면 도시의 대학으로 돌아가겠지만 방학 때만은 낯선 곳에서 리처드 기어 같은 멋진 건달과 어울려도 좋다는 듯한 장난기가 엿보였다.

오래는 동그란 스툴 위에 엉덩이를 걸치고 있었다. 혁희만 소파 위에 앉았으므로 여자는 혁희 옆자리에 앉게 되었다. 여자가 탁자 위에 쟁반을 내려놓는 순간 깊게 파인 원피스 속에서 여자의 가슴이 그대로 드러났다. 납작한 가슴이었는데 브래지어는 없었다.

여자의 나이는 짐작할 수 없었다. 긴 머리를 틀어올려 목선이 드러난 옆모습은 성숙해 보였고 발톱에 빨간 에나멜이 칠해진 들쭉날쭉한 발가락은 무척 장난스러웠다. 우리처럼 서른은 넘었지만 서른

셋은 되지 않았을 거라고 나는 멋대로 결정을 보았다.

"우리는 당신에 대해 좀 알고 있어요."

오래가 입을 열었다.

"저에 대해서요?"

여자는 눈을 내리깔고 오렌지를 반으로 가르는 중이었다.

"뭔데요?"

"이름이 뭔지, 왜 우리를 초대했는지, 우리한테 얼마나 많은 관심을 품어왔는지 뭐 그런 대외비 말예요."

오래의 말에 여자는 소리내서 웃었다.

"그리고 게으르다는 것도."

내가 덧붙였다.

"그건 왜요?"

여자는 손을 멈추고 힐끗 내 쪽을 쳐다보았다.

"빨래를 개지 않고 저렇게 걸쳐두니까."

"아."

버들고리 위를 쳐다본 다음 여자는 바로 맞혔다는 듯이 고개를 두어 번 끄덕였다. 나는 여자가 지금 입고 있는 팬티의 색도 맞힐 수 있다고 자랑하고 싶은 걸 참았다.

"빨래 속에 브래지어는 없군요. 빨아 입지 않나요?"

"안 입어요."

여자는 왼쪽 검지로 자기의 젖꼭지를 가볍게 눌러 보였다. 조그만 젖꼭지가 다시 퉁겨나와 핑크색 원피스 위로 보일락말락 희미한 윤곽을 만들었다.

"제 이름은 어떻게 알았죠?"

"당신이 제 이름과 계좌번호를 알아내서 전화요금을 내준 것과 같은 방법으로요."

내 말을 듣자 여자의 눈에는 웃음이 가득 찼다.

"알고 있었어요?"

"당신이 조금 전에 전화를 해보고 통화정지가 풀린 것과 그리고 우리가 집에 있다는 걸 확인했잖아요."

"글쎄요."

여자는 이마를 살짝 찡그리고 대답했다.

"그럴 필요까진 없었을 텐데. 그 집에는 항상 누군가가 있으니까."

"셋 다 있다는 걸 확인하고 싶었을걸요. 그걸 알고 우리는 전화를 번갈아 받았죠."

여자는 또 웃음을 터뜨렸는데 한참 동안이나 멈출 줄 몰랐다. 우리 셋은 그동안 쿠키를 집어먹었다.

"그런 때 없어요? 누군가와 밤새 얘기하고 싶을 때."

오렌지를 접시 위에 담으며 여자가 물었다.

"전혀."

우리 셋은 동시에 머리를 흔들었다.

"우린 모두 밤에는 잠을 자요."

"안 그러면 텔레비전을 보면 되잖아요. 애국가 따라 부를 때 자막 보기가 좀 불편하긴 하지만. 노래방에서는 흰 글씨가 붉은색으로 변해가면서 박자를 맞춰주는데 텔레비전에서 왜 그걸 안해주나 몰라."

여자가 자기의 말을 이어갔다.

"전 있어요. 얘기는 하고 싶은데, 잘 아는 사람과 해서는 안될 얘기이고, 전혀 모르는 사람한테는 할 수도 없고. 우연히 편지함에서 연체된 고지서를 보고 그런 생각이 들었어요. 이 통화정지된 전화를 내가 살려놓으면 나만이 전화선을 독점하는 게 아닌가 하는."

"아하."

"뭘 독점해서 갖는다는 기분 알아요?"

"아뇨."

쿠키를 먹었으므로 우리 셋은 목이 말라 커피를 마셨다.

"선을 살려놨으면서 왜 밤새 전화를 하지 않았죠?"

혁희가 잔을 내려놓으며 말했다.

"아마 우리는 기뻐했을 텐데."

오래가 예의를 차렸다.

"전화를 꼭 할 필요는 없죠. 내 마음 내킬 때만 갖는 게 독점이니까요. 갖고 있다는 것으로 충분했어요."

"거짓말, 당신은 전화가 없어서 걸 수도 없잖아요."

혁희는 아직도 조금 전 우리집으로 전화를 건 게 다른 여자라고 믿고 싶은 눈치였다.

"난 핸드폰을 써요."

여자가 화장대 위를 가리켜 보였다. 뚜껑이 젖혀진 검은색 샤넬 핸드백 옆으로 열쇠가 세 개쯤 달린 크리스털 열쇠고리와 그리고 휴대전화가 놓여 있었다.

"요금청구서를 본 적이 없는데?"

"주소가 하나 더 있어요. 돈 내는 주소 말예요."

"이곳은 뭐하는 주소죠?"

"돈 받는 주소."

"이곳에 있기만 하면 돈을 받나요?"

"물론."

"왜요?"

"어떤 남자가 자기 옆에 있지만 않으면 돈을 줘요."

"거짓말."

우리는 냉큼 대꾸했다.

여자는 오렌지를 다 처리한 다음 사과껍질을 벗기기 시작했다.

"취미가 뭐죠?"

혁희가 여자에게 물었다.

"요리."

"거짓말."

"당신은 이번 달 가스요금이 천육십원밖에 안되던데."

여자는 대꾸하지 않았다.

오래가 다시 물었다.

"어젯밤에 몇시에 잤죠?"

"글쎄, 열두시 조금 넘어서?"

"거짓말. 당신은 영시 사십육분까지 통신을 했어요."

여자는 과일을 다 깎자 고개를 들고는 우리를 쳐다보았다.

"제 아이디를 알아냈군요. 뭐죠?"

"거짓말쟁이!"

우리 셋은 동시에 대답했다.

여자는 고개를 끄덕였다.

그런 다음 한쪽으로 갸우뚱하게 기울이더니 우리를 빤히 보며 천천히 말했다.

"이제 제 차례예요. 제가 당신들에 대해 맞혀보죠."

"괜찮아요."

오래가 여자의 말을 막았다.

"우린 친절하기 때문에 당신이 애쓰는 건 원치 않아요."

"성질이 급하기도 하고."

"남의 눈에 내가 어떻게 비치는지 안다는 건 괴로우니까."

각자 한마디씩 한 다음 오래가 나섰다.

"제가 우리를 소개하죠."

오래는 정중함을 갖추기 위해서 먼저 커피를 한모금 입에 물고 오물거려 입안의 쿠키를 마저 삼켰다.

"우리는 서른살의 건강한 대한건아들이지만 아무도 우리를 부르지 않아요. 우리를 부른 것은 조국이 국방의무를 지울 때뿐이었죠. 그 감동 때문에 우리의 애국심은 아주 각별하답니다. 우리는 십년 전 유월 이십구일이던가, 아무튼 신문에서 공짜커피를 주는 다방이 있다는 기사를 보고 시청 뒤의 그 다방에 어슬렁거리고 갔죠. 거기에서 처음 만나 알게 됐어요. 우리는 셋 다 멋진 인생을 살고 있어요. 가령 이런 거죠. 남한산성에 가본 적 있어요? 산 위에서 내려다보면 서울이 한눈에 들어오죠. 회색 매연의 띠로 겹겹이 덮인 하늘 아래 힘차게 서 있는 아름다운 고층빌딩 숲과 아파트 단지들. 가만히 보고 있으면 눈물이 나려고 해요. 흘려버리기는 아까워서 눈 속에 담고만 있는데, 화려한 행글라이더가 서서히 내려와서는 그 눈물 위로 어리는 거예요. 그리고 옆을 돌아보면 나하고 똑같은 놈이 둘 더 있죠."

"우리 중에 조국의 부름을 거부한 사람이 하나 있는데 그 뒤 어딜 가든 남의 부름에는 응하지를 않아요. 그게 늘 쫓겨나는 이유예요. 우리 중에 하나는 강남 아줌마들을 즐겁게 해주고 증권회사 다니는 친구를 동원해서 돈까지 벌게 해주었는데도 바닥표를 긁을 갈쿠리가 없어서 아줌마들한테 차였죠. 영감님한테도 물론 차이고. 지금도 비서관이란 명함은 남았답니다."

"그리고 나머지 한 사람은 돌려 말할 필요도 없어요. 이름은 황혁희, 언제나 실연당해 있기 때문에 시인이 아니고는 아무 직업도 택할 수가 없었어요."

"알 것 같아요."

여자는 뜻밖에 영리한 표정으로 곧바로 대답했다.

여자는 먼저 나를 쳐다보았다.

"이분이 군대에 가지 않은 분이죠?"

여자가 계속했다.

"이분이 황혁희씨죠? 그리고……"

여자는 오래 쪽으로 몸을 약간 기울이며 말했다.

"당신은 올해 안에 다시 아줌마들한테 돌아가서 표밭을 일구게 될 거예요. 오늘만 무사히 넘기면."

"오늘만 무사히 넘기면? 당신 혹시 점쟁이 아네요?"

여자는 즐겁다는 듯 큰 소리로 대답했다.

"바로 맞혔어요."

"정말인가요, 라이어?"

"복채를 주는 사람에게는 원하는 대로 거짓말을 많이 들려주지만, 지금은 그럴 필요 없잖아요."

"그렇군."

214

우리는 잠시 아무 말도 하지 않고 침묵을 지켰다. 잊고 있던 향냄새가 어디선가 스멀스멀 기어나와 콧속으로 스몄다.

CD 플레이어는 리피트 버튼이 눌러져 있는 모양이었다.

"좋아하는 노래인가요?"

'오늘밤 사자는 잠든다'가 다시 시작되자 혁희가 물었다.

"십년 전에요."

"그렇군요."

"우리 십년 전에 좋아했던 노래 얘기나 하죠."

이런 식으로 말하는 건 오래밖에 없었다.

"십년 전이고 뭐고, 넌「예스터데이」밖에 모르잖아."

혁희가 대꾸했다.

"그렇긴 해."

"그 노래가 뭐가 좋다는 거야?"

"어제에 대해 그렇게 단조롭고 덤덤하게 노래하는 스무살짜리는 그놈밖에 없을 거야."

혁희가 오래의 손에 아몬드쿠키를 하나 쥐여주었다. 오래는 그것을 입에 넣고 씹었다.

"스무살에는 다들 그 시간이 흘러가버릴 시간이란 걸 느끼지 못해."

"십년 전에 나는 샤데이를 좋아했지."

혁희가 입을 열자 이번에는 오래가 마이크를 쥐여주듯 혁희의 손에 초코쿠키를 쥐여주었다. 혁희도 그것을 입에 넣었다.

"그 다음에는 반젤리스를 좋아해야 했어. 그리고 다음에는 퀸, 조지 마이클, 보이 조지. 바뀐 여자들이 끊임없이 레코드를 선물했거든. 왜 그렇게 여자들은 생긴 것은 가지각색이면서 하는 짓은 매번 똑같을까."

"할 수 없어. 엠마 보바리까지 그랬으니까. 자기 사진이 든 목걸이 따위를 왜 선물하는지 몰라."

"여자들은 누굴 좋아하면 그 감정이 언제까지나 계속될 거라고 생각해. 모든 것은 변하고 사라진다는 걸 몰라. 헤어지고 나서 편지나 사진 따위를 버리는 일이 얼마나 귀찮은지도 모르고. 그러면서도 정작 먼저 작별인사를 하는 것은 늘 여자들이지. 이상한 일이야."

혁희가 여자를 바라보며 물었다.

"이상하죠. 한 여자가 세 번이나 작별의 편지를 보냈어요. 점쟁이니까 왜 그랬는지 한번 맞혀볼래요?"

"자세히 말한다면요."

여자도 쿠키를 집어서 먹었다.

"그럼 십년 전 좋아했던 노래는 여기서 이만 그치고 이제부터 이상한 이야기로 넘어갑니다."

오래가 심야 시사토론 사회자처럼 정리를 했다.

"첫번째 편지는 당신의 사랑을 받아들일 수 없다, 하지만 좋아하기는 한다, 이런 내용이에요. 두번째는 당신을 너무 사랑하기 때문에 떠날 수밖에 없다, 이런 내용이구요."

"세번째는요?"

"다른 남자하고 잤다. 그 남자를 사랑한다,라고 썼더군요."

"세번째만 진짜 작별편지예요."

정말로 점괘를 읊조리는 무당처럼 여자의 눈은 허공을 보았다.

"첫번째 편지는 다른 남자가 있다는 뜻일 거예요. 근데 좀 멀리 있어요. 지방으로 발령받아 갔다거나 유럽에 공부하러 간 약혼자라거나. 그 남자를 떠나서 당신에게 가기는 싫었지만 아주 놓치기도 아까웠던 거죠. 그게 첫번째 편지 내용이구요."

"그 다음에는 당신을 조금 좋아하게 됐군요. 그래서 자기를 향한 당신의 마음이 얼마나 강렬한지 시험해보려고 두번째 편지를 쓴 거예요. 당신하고 헤어져도 아무렇지도 않은지 어떤지 자신의 마음도 시험해볼 겸 말이죠."

"세번째 편지에서야 비로소 작별하겠다는 마음이 들어 있어요. 다른 남자와 잤다고 말할 수 있다면 당신이 자기를 어떻게 생각하든 상관 않게 됐다는 거죠. 어쨌든……"

여자가 고개를 갸웃했다.

"당신을 진심으로 사랑한 적은 한번도 없었어요."

"그렇군요."

혁희는 고개를 끄덕이며 이렇게 덧붙였다.

"아직 세번째 편지는 오지 않았어요."

여자가 이마를 조금 찡그리자 오래가 사회자답게 환기해주었다.

"우린 이상한 얘기를 하고 있는 중이에요."

"이상하긴 한 것 같네요."

여자가 탁자 위의 담배 케이스에서 담배를 한 개비 꺼냈다.

"담배들은 안 피우나보죠?"

"우린 끊었어요."

"같은 날에요."

"고스톱 끊은 걸 기념하기 위한 일종의 사은행사였죠."

우리 셋이 계속 대답하자 여자는 머리를 흔들었다. 한 손으로는 담뱃불을 붙인 성냥개비도 함께 흔들었다.

"네가 하나 해봐라."

오래의 시선이 내게 떨어지자 나는 고개를 끄덕였다. 금방 큐 싸인을 받은 신인배우처럼 처음 동작이 조금 어색했다. 나한테는 늘 무엇을 시작하기 전에 약간의 시간이 필요했다.

— 십년 전에 여자 둘과 동해안으로 여행을 갔어요.

— 쌍꺼풀이 있는 여자와 홑꺼풀인 여자였어요.

— 나는 홑꺼풀 여자하고만 가고 싶었고 쌍꺼풀 여자는 나하고만 가고 싶어했죠. 어느날 쌍꺼풀 여자가 내게 와서 여행을 같이 가자고 하더군요. 내가 망설이니까 다음날 그녀가 다시 와서 홑꺼풀 여자도 같이 갈 거라고 말했어요. 그렇게 시작된 여행이었죠.

— 우린 함께 해변에서 서로서로 맨살에 썬오일을 발라주었고 비치 파라솔 안에 들어가 사이좋게 콜라를 마셨어요. 사람들이 붐비는 백사장에서 달리기 시합도 했어요. 남들이 눈살을 찌푸리거나 말거나 쌍꺼풀 여자는 계속 큰소리로 깔깔 웃어댔죠. 밤이 되자 한방에 들어갔어요. 내가 먼저 문 쪽에 누웠고, 쌍꺼풀 여자가 우기는 바람에 홑꺼풀 여자가 내 옆에, 그리고 쌍꺼풀 여자가 벽 쪽으로 누웠어요. 홑꺼풀 여자와 나는 바로 잠이 들었어요. 쌍꺼풀 여자만 한숨 못 자고 밤새 소리를 죽이고 울었어요.

— 아침에 보니 눈이 퉁퉁 부어서 쌍꺼풀 수술한 게 더 표시가 나더라구요.

"몇달 안돼서 쌍꺼풀 여자가 청첩장과 함께 편지를 보냈어요. 결혼할 그 사람은 나에게 상처를 줄 수 없어요. 왜냐하면 내가 사랑하지 않거든요,라고 써 있더군요."

"재미없을 줄 알았어."

오래와 혁희가 어깨를 으쓱하며 말했다. 나는 못 들은 척 계속했다.

"얼마 전 그 여자의 소식을 들었어요."

"그래서요?"

"아주 잘살고 있대요. 나처럼 뚱뚱해지고."

"그게 이상해?"

혁희가 물었다.

"아니."

"그럼 왜 그걸 이상한 이야기라고 하고 있어?"

"내가 그녀를 잊을 수가 없게 됐거든."

"저런."

"가끔 그녀 꿈을 꿔. 백사장을 마구 달리는데 나는 숨이 차서 그녀를 따라갈 수가 없는 거야. 병역면제를 받을 정도이니 무슨 힘이 있겠어. 내가 헐떡거리면서 뛰어가면 그녀가 저만치 앞에서 돌아보며 빙긋 웃어. 머리카락이 날리고 어디선가 짠 냄새가 나. 왜 그런 꿈을 꾸는 거죠, 점쟁이님?"

"스무살 때 얘기니까."

"나이 탓인가요?"

"당신은 조상에게 하듯이 때때로 자기의 스무살을 제사지내는 거예요."

여자가 심각하게 분석했다.

"용한 점쟁이다."

"책을 쓰지 그래요. 프로이트도 썼는데."

오래와 혁희가 감탄했다.

나는 이야기의 마무리로 들어갔다.

"그것도 기억에 생생해요. 여행을 끝내고 서울로 돌아온 날이 국회의원 선거날이었어요. 여자 둘과 나는 함께 투표소에 가서 합동으로 여당 후보를 찍었어요."

"국회의원 선거라면 십년 전이 아니야. 그리고 여름이 아니라 겨울이고."

"네가 십년 전에 투표권이 있었던가?"

"겨우 이상해졌군."

"잘했어."

오래와 혁희, 둘이서 내 어깨를 탁탁 두드려주었다. 진지하게 듣던 여자는 어리둥절한 표정이 되었다.

"당신들은 건실한 대한남아는 아니군요."

"당신도 점쟁이가 아니잖아요."

"그걸 어떻게 알았어요?"

"당신이 처음 우리 셋을 알아맞혔을 때."

"점이라면 우리도 만만찮게 쳐왔으니까요."

"우리는 늘 사지선다로 찍는데, 당신은 세 개 중에 하나를 찍는 거니 얼마나 쉬워요."

여자가 깔깔 웃었다.

우리는 지겨워졌다. 그러나 여자의 방을 나와도 달라질 것은 없었다. 에어컨이 있으니 그냥 눌러 있는 편이 나았다. 그렇다 해도 역시 지겨운 건 사실이었다.

"냉장고 안에 맥주 없어요?"

"차가운 홍차캔이라면 스무 개쯤 있어요. 술은 안 마셔요."

여자가 담배를 꺼내며 대꾸했다.

"오래가 가서 사올 거예요."

"항상 나쁜 걸 수분하는데도 같은 걸 사다주지요."

"맞아요, 아까도 러브젤을 사다달랬는데 하이네켄을 사왔어요."

"러브젤?"

"신혼을 되돌려주는 사랑의 윤활유."

여자가 담배에 불을 붙이고는 오래에게 물었다.

"오래? 당신 이름인가요?"

"맞아요."

"성은요?"

"피!"

혁희와 내가 입을 모아 대답했다.

"피오래?"

"다섯 오, 올 래."

"다섯번째 아들인가요?"

"세번째. 일래형이 죽은 해에 내가 태어났죠."

"이래와 오래?"

"형은 이래가 아니라 우래예요."

"어쨌든 그렇다고 쳐요."

"영래형은 다섯살 때 죽었죠."

여자가 담배를 빨면서 작은 머리를 흔들자 담뱃재가 내 무릎 위로 날아왔다.

"게임을 하는 게 어때요."

오래가 제안했다.

"게임요?"

"이런 거예요. 우리 셋이 당신의 소원을 들어주는 거예요."

"소원?"

여자가 조금 관심을 보였다.

"한 사람에 하나씩, 세 가지를 들어줄 테니 소원을 말해봐요."

여자가 담배를 초록색 유리 재떨이에 비벼껐다. 뭘 베껴먹을지 생각이 난 듯 혁희가 나서며 말했다.

"옛날에 세 왕자가 살았어요. 늘 놀기만 했죠. 하루는 망원경을 갖고 놀던 큰왕자가 우연히 아름다운 공주를 발견했어요. 미인박명의 원칙에 따라 죽어가고 있던 공주였죠. 심심했던 세 왕자는 작은왕자의 양탄자에 올라타고 거기로 날아갔지요. 신묘한 약도 도술도 키스도 없는 주제에. 마침 손버릇 나쁜 막내왕자의 주머니에 훔쳐온 사과가 있어 먹었더니 공주는 살아났어요. 눈을 뜨더니 눈물을 흘렸어요. 사흘 동안 아무것도 못 먹었다나요. 그러고는 말하는 거예요. 저를 살려낸 왕자가 제 인생을 책임지세요. 참고로 말하자면 저는 하루에 일곱 끼는 먹어요. 대신 이렇게 아름답잖아요."

"그럼 그 공주가 저인가요?"

"공주를 구해낸 것이 망원경인지 양탄자인지 사과인지 판정할 수 있다면요."

"좋아요. 그럼 그것들을 다 내놔보세요."

"인생을 책임지게 해주나요?"

"하룻밤은요."

우리 셋은 모두 티셔츠를 입고 있었는데 그 순간 세 등에서 일제히 땀이 식었다. 오래는 등을 긁적이고 있던 손가락을 멈췄고 혁희는 버릇대로 가슴털 쪽에 손을 가져갔다. 나만 태연했다. 감정을 숨기는 데는 내가 한수 위였다. 느린 건지는 모르겠지만.

"그럼 이세 어떻게 해야죠?"

여자가 우리 셋을 번갈아 보았다.

"노래방에 가는 거예요."

혁희는 보편적인 가치란 일단 시시해야 한다고 믿고 있었다.

몇사람을 만족시키는 것은 높은 곳에 있지만 대다수의 사람을 만족시키는 것은 언제나 탁자 아래에 있다. 낮은 곳에서 찾아야 한다. 넓어지려면 먼저 낮춰야 하는 게 보편성의 이치다,라고 생각했다. 인류 전체의 삶에 관해 아는 척했던 시인시절보다는 눈을 낮춰 지역민을 상대로 남의 기사를 베껴먹는 지금이 훨씬 만족스러운 모양이다. 노래가사를 베끼는 일도 그런 식으로 설명했다. 전직 시인으로서 인생에 대해 너무 많이 알아버렸기 때문에 이제는 몇줄로 간단히 간추려야 할 때라고.

"뮤지컴말고 아싸로 가지요. 「사랑할수록」 「사랑하고 있어요」 「사랑하기 때문에」 이 노래를 먼저 찾는 사람이 부르는 거예요."

"왜 하필 그 노래죠?"

"「사랑할수록」이 「사랑하고 있어요」와 「사랑하기 때문에」 사이에 끼여 있다는 거 알아요? 가나다순으로는 못 찾는다구요."

"재미없군요."

혁희가 주장하는 보편성에 단련되지 않은 여자는 솔직하게 말했다.

"제 쪽에서 소원을 말해도 되나요?"

여자가 제안했다.

"물론이죠."

"두 가지예요."

"두 가지?"

"하나는 이곳에서 나가는 것이고."

우리 셋은 동시에 한숨을 내쉬었다.

"또 하나는 이곳에 다시 들어오는 거예요."

우리 셋은 내쉬었던 숨을 들이쉬었다.

"별로 어려울 것 같지는 않은데요?"

오래의 말에 여자가 허공을 보며 대답했다.

"나가는 것은 쉽겠지만 들어오는 것은 어려워요."

"왜요?"

"내가 아까 그런 말 했죠? 당신은 오늘밤을 넘기기 어렵다고."

"그랬던가?"

오래가 시큰둥해했다.

"당신뿐이 아녜요. 함께 나가면 우리 넷은 모두 다 오늘밤을 넘기기 어려워요."

"그래요?"

"넷이 죽거나 하나가 죽는 괘예요."

"『삼국유사』에서 베긴 건가요? 이 편지를 뜯어보면 넷이 죽고 안 뜯어보면 하나가 죽는다."

여자는 혁희를 무시한 채 눈도 깜짝이지 않고 오래와 나를 바라보았다. 그리고 천천히 물었다.

"그래도 나갈 거예요?"

우리 셋은 중얼중얼 한마디씩 늘어놓았다.

"오늘밤을 못 넘기면 내일밤이야 넘기겠지."

"넘기지 말고 넘어가면 안되나?"

"더운데 일단 나가서 얘기할까."

"그럼 좋아요."

여자는 탁자 위에 늘어져 있던 접시며 포크를 쟁반 위에 담기 시
작했다.

"어디로 갈 거죠?"

"뚝섬 시민공원에 가서 캔맥주 마시며 야외 영화나 보지 뭐. 바람
이 시원할 텐데."

"야간개장한 놀이동산 어때요? 롤러코스터를 탄 다음 환상의 퍼
레이드와 레이저쇼를 보면서……"

"보면서?"

"또 캔맥주죠 뭐."

"좋아요."

"술을 못 마신다고 하지 않았어요?"

"특별한 밤이니까요."

"어디에서 관광버스가 출발하더라? 강변역이던가, 강남역이던
가? 아까 스포츠신문에서 광고 봤는데."

"둘 다야."

"출발시간은?"

"모르지."

"오래가 갔다 와라. 강변역 들렀다가 강남역으로 거쳐오면서 물어봐. 아니 강남역부터 가는 게 낫나."

"잘하면 그렇게 해서 오늘밤 넘기겠다. 괜찮은 방법인데."

"이만기 만나거든 넘기고 가라."

"사자는 피해."

여자가 재떨이를 치우며 말했다.

"차는 나한테 있어요."

"차종이 뭔데? 우린 보잉 칠사칠만 타거든요."

"폭스바겐."

"당신 혹시 나이 많은 남자하고 결혼해서 커피에 독 타서 먹인 것 아녜요? 남편 유산 받아가지고는 아무리 진하게 놀아도 뒤끝이 깨끗하다는 힐튼 나이트클럽에나 드나들며 사는 과부 말예요."

"이번에도 맞혔군요, 혁회씨."

여자가 일어났다.

"운전은 내가 하죠. 나가는 소원은 내가 들어준 거예요."

오래가 말했다.

"돌아오는 건 내가 맡죠."

혁회가 덧붙였다.

"그때까지 살아 있다면."

바닥에서 몸을 일으키며 나는 그제서야 깨달았다. 여자의 소원은 두 가지뿐이었다. 내가 또 늦었다.

나갈 채비를 하기 위해 우리는 방으로 돌아왔다. 여자의 방과 달리 찐빵집 주방처럼 후끈했다.

"덥다."

"그래."

"오늘밤 난 여기서 안 자."

혁희가 자신있게 말했다.

"에어컨 있는 방에서 잘 거야."

"나도."

"나도."

오래와 내가 따라 했다.

이발도 세발도 하지 않은 오래는 시카고 불스의 로고가 새겨진 캡을 찾아 썼다. 혁희는 무스를 발라서 머리를 세우고 조금 덜 더러운 티셔츠를 간신히 골라서 갈아입었다. 둘 다 반바지 차림으로 나갈 모양이었다. 나 혼자만 청바지로 갈아입었다.

바지에 다리를 꿰다가 나는 바닥에 굴러다니던 손톱깎이를 밟았다. 매미처럼 날개까지 위로 들려 있었다. 한 발을 쳐들고 두어 번 앙감질을 하는 나를 오래가 힐끗 쳐다보았다.

"남자라면 자기 발이 내려다보일 정도의 몸은 갖고 있어야지. 기왕 그렇게 된 거 발톱 좀 깎고 나가지 그래."

호출기를 주머니에 집어넣는 혁희에게도 참견을 했다.

"고장난 삐삐는 왜?"

"남자라면 총알이 없어도 총은 차야지."

혁희가 오래의 흉내를 냈다.

"시간이라도 보면 되지 뭐."

오랜만에 방안의 공기가 움직이는 기분이었다.

시간은 일곱시가 넘어 있었지만 밖은 애매하게 환했다.

여자는 주차장 앞에 나와서 기다리고 있었다. 짧은 흰색 면스커트에 경쾌한 스니커즈를 신었다. 납작한 가슴을 덮고 있는 노란색 폴로셔츠는 목깃에 '버버리'의 체크무늬가 들어가 퍽 산뜻해 보였다. 나는 그녀의 팬티도 노란색이란 것을 잊지 않고 기억해냈다.

여자가 운전석에 올라타자 오래가 조수석에 자리를 잡았다. 혁회와 나는 뒷자리에 탔다. 내가 엉덩이를 옮겨 앉을 때마다 차가 조금 흔들렸다. 이런 일이라도 없으면 나는 자신이 뚱뚱하다는 것을 거의 못 느낄 것이다.

시동 걸리는 소리가 부드러웠다.

"내가 운전하기로 했을 텐데."

소원 들어줄 기회를 잃은 오래가 여자에게 불평했다. 건망증이 있긴 했지만 에어컨이 있는 방에서 자고 싶다는 건 쉽사리 잊어버릴 수 없는 포상이었다. 게다가 매력적인 점쟁이 여자의 방에서 자는 것은 흔치 않은 일이었다.

"남의 운전을 못 믿거든요."

차를 출발시키며 여자가 오른손으로 오래의 팔을 가볍게 건드렸다.

"했다고 치죠 뭐."

"한 건 아니잖아요."

"하는 거나 했다고 치는 거나 그게 그거일 때가 많아요. 어쨌든 차는 굴러가고 있잖아요."

"그럼 당신도 나처럼 운전을 했다고 치고 가만있어보는 게 어때요. 그래도 차가 굴러가는지."

228

"미안해요. 이해하는 거죠?"

"해보죠 뭐."

차는 언덕을 내려가기 시작했다. 이틀 만에 밖에 나와본 혁희와 나는 서로 싸운 사람처럼 등을 돌리고 아무 말 없이 각자 자기 옆의 창밖을 내다보았다. 드문드문 간판에 불이 들어와 있었다.

폴크스바겐은 언덕길을 거의 다 내려왔다.

혁희가 여전히 창밖에 눈을 둔 채로 물었다.

"배는 뭘로 채우죠? 얼룩말을 잡아먹나요?"

"길이 막힐 테니까 우선 서울을 빨리 벗어나구요. 먹는 건 휴게소에서 해결하죠."

여자는 먹는 데에 관심이 없었다.

시계를 힐끗 보더니 라디오를 켜 교통방송을 들었다. 고속도로에 사고 소식이 들어와 있습니다, 리포터가 말하고 있었다. 사망사고 소식입니다.

"사망할 정도면 그전까지는 안 막히고 속도를 냈다는 얘기네."

여자가 중얼거렸다.

"국도가 낫겠어."

"난 모든 게 자꾸 어긋나요."

한남대교를 건널 즈음 여자는 자기 이야기를 시작했다.

"짐작대로 된 일이 별로 없었어요."

"짐작을 안하면 될 텐데."

친절한 오래는 꼬박꼬박 대꾸해주었다. 혁희와 나는 뒷자리에서 잘까 말까 결정을 못 내리고 있었다.

"언니하고 나는 일찍부터 돈을 벌었어요."

"행려의 언니라면 행자?"

"소려예요. 흴 소, 고울 려."

"당신 이름은 갈 행, 고울 려?"

"다행 행."

"다행히, 고울?"

"요행 행이기도 하고."

"요행수?"

"성산동에 있는 큰 갈빗집 경리로 일했죠. 지금은 서양이름이 붙은 패밀리 레스또랑이 되었지만."

"잘 생각했군."

"저요?"

"갈빗집 주인."

"저의 전남편 말이군요."

차는 여자가 원하던 대로 국도로 접어들었다.

"길눈이 밝은 편인가요?"

오래가 물었다.

"어두워요. 대신 순발력이 늘었어요. 중앙선을 넘어서 되돌아와야 할 경우가 많다보니."

"미리 지도를 보고 나서 출발하지 않지요?"

"표지판만 보고 대충 알아맞혀요."

"하루종일 뭐든지 맞히고만 있군요."

여자의 웃음소리가 짧게 났다. 오래가 다시 물었다.

"왜 그렇게 앞차를 바짝 따라가죠?"

"겁을 주려고요. 답답하기도 하고."

"자신이 난폭운전자라고 생각 안해요?"

"긍지로 삼을 정도지요."

여자는 가속페달을 밟아서 갑자기 차선을 바꿨다.

──제가 아는 남자 중에 그런 남자가 있어요. 조수석에 타면 쉬지 않고 잔소리를 하죠.

──차선까지 다 지정해줘요. 다음 사거리에서 일차선으로 붙어. 이 신호등 지나면 우회전 준비, 삼차선이야. 신호도 다 중계하죠. 노란 불이야, 정지. 교통이 없다, 이건 가도 돼, 밟아.

──저는 저도 모르게 아무 생각 없이 그 사람이 시키는 대로만 운전을 해요.

──그러다가 엉뚱한 데로 가기도 하고 숨어 있던 교통순경한테 딱지를 떼이기도 하죠.

──내가 따져요. 당신 말 듣다가 이렇게 됐잖아요,라고요.

──그럼 그 사람이 눈을 동그랗게 뜨고 말해요. 운전을 하는 건 너 아냐?

──난 속은 기분이 들어요.

──덕분에 강해지지만요.

오래가 고개를 끄덕였다.

"그 사람 면허 있어요?"

"잔소리 면허 말인가요?"

"궁금해서 그러는데, 왜 운전을 왼손으로만 하죠?"

여자는 가속페달을 더 세게 밟았다.

"습관이에요. 왼손으로 깜빡이 켜고 끄고 끼여들기 하고 욕하는 뒤차에 대고 감자 먹이고 다 할 수 있어요."

"왜 그런 습관이 생겼는데?"

"맞혀보세요."

"점쟁이는 당신이잖아요."

"두 손을 다 붙잡힌 채로 안전하게 산다, 이것보다는 한쪽에 시련을 받고 한쪽 손으로 그것을 극복해가면서 사는 게 재미있지 않아요?"

"당신 차를 얻어타는 사람들 생각은 분명 다를 것 같은데."

"사실은 제 말이 아녜요. 잔소리쟁이 남자가 하던 말이죠. 진짜 이유는 다른 데 있어요."

여자는 오른손으로 암레스트를 톡톡 쳤다.

"오른손으로는 옆자리 남자의 손을 잡아야 하니까요. 고속도로에서 백사십으로 달리는데 옆자리 남자가 손을 잡은 채 잠이 들었었어요. 밤이고 빗길인데 손바닥에 땀이 흥건했죠. 그래도 깨우기는 싫었어요."

"이상하군."

"뭐가요?"

"그런 여자를 옆에 앉히고 잠만 자는 녀석이."

"욕하지 마세요."

"그 남자 좋아해요?"

"돈을 주니까요."

갑자기 날카로운 소리가 차 안을 흔들었다. 그녀의 백 안에서 들리는 전화벨 소리였다. 백은 조수석에 앉은 오래의 무릎 위에 놓여 있었다. 엉거주춤하는 오래에게 여자가 내뱉듯이 말했다.

"그냥 두세요."

여자는 오른손으로 암레스트를 열고 낱개로 굴러다니던 담배를 꺼내 물었다. 그러고는 시거렛잭을 눌렀다. 신경질적인 움직임이었다. 끈질기게 울리던 전화벨은 끊어지는가 싶더니 다시 울리기 시작했다. 여자의 담배에서 연기가 피어올랐다. 혁희가 억지로 기침을 두어 번 했다. 혁희는 담배가 피우고 싶을 때 늘 기침을 했다.

"손님예요."

"콜걸도 겸업해요?"

"신문에서 오늘의 운세 같은 거 봐요?"

"그것만 글자를 읽어요. 나머지는 사진만 보고."

"시간별 운세 같은 걸 물어오는 손님이 있어요. 아마 외출하려고 하는데 왼발부터 디뎌야 할지 오른발부터 디뎌야 할지 묻는 전화일 거예요."

"그 사람도 돈을 많이 주나요?"

"조금요. 왜요?"

"두 개 중에 하나 찍는 거라면 나도 할 수 있을 것 같아서."

"어려운 일은 아녜요."

여자가 덧붙였다.

"하지만 그전에 먼저 모든 걸 두 개로 나눠야 하는데, 그건 쉽게 안되죠."

여자는 반쯤 피우다 만 담배를 재떨이에 비벼끄고 다시 새 담배를 꺼냈다. 무슨 이유로인지 손이 떨리고 있었다. 불을 붙인 뒤 시거렛잭을 제자리에 끼우는데 운전대를 잡은 여자의 왼손이 중심을 잃었다. 왼쪽으로 살짝 돌아갔던 운전대는 곧 제자리로 돌아왔다. 그러나 속도 탓에 차는 울컥 토하려다 만 취객처럼 휘청했다. 혁희와 나는 눈을 맞췄다. 아무래도 오늘 죽어야 하나봐, 응. 둘 다 서로의 눈짓을 알아보고 고개를 끄덕였다. 죽지 뭐.

"목숨이 아까워서 그러는데 두 손으로 운전해주지 않겠어요?"

여자는 오래의 엄살을 들어주기는커녕 운전대에 얹혀 있던 하나뿐인 손을 떼어 창문을 내리는 데 썼다. 그러고는 창밖으로 반쯤 피운 담배를 내던졌다. 돈을 주지 않는 남자의 말은 전혀 듣지 않는 여자였다. 어쩌면 남자의 말 따위는 듣지 않는 여자인지도 모른다. 지금까지의 말은 전부 거짓말인지도 모른다. 혁희와 나는 다시 마주보고 눈으로 말했다. 라이어니까.

열린 창으로 열기가 훅 끼쳐 들어왔다. 바람도 따라왔다.

여자의 긴 머리카락이 나풀거리며 눈을 덮었다.

여자가 창문을 도로 닫으려고 운전대에서 손을 떼는 게 보였다. 그리고 속박에서 풀려난 운전대가 제멋대로 빙글 도는 것이 눈에 들어왔다. 다음 순간이었다. 차바퀴가 찢어질 듯한 날카로운 소리가 귓청을 찢었다. 우리 모두의 몸이 걷잡을 수 없이 앞으로 팽개쳐졌다. 불꽃이 번쩍 일면서 불가루들이 부르르 떨며 흩어졌다. 끼이익 하는 소리도 난 것 같았다. 차가 흔들렸고 이윽고 멈췄다. 그렇게 느껴졌다. 명확한 것은 아무것도 없었다. 아주 짧은 순간에 일어난 일은 설명할 시간은 물론이고 느낄 시간조차 없다. 차 안에는 갑자기 어리둥절한 정적이 들어와 찼다. 그것 역시 짧은 순간이었다.

"눈꺼풀 움직여봐."

앞자리에서 오래의 엄숙한 명령이 흘러나왔다. 혁희와 나는 시키는 대로 했다.

"되는데?"

"그런 것 같지?"

여자는 이미 차문을 열고 나가 있었다. 아무도 다치진 않았다. 우리 셋도 차 밖으로 나섰다.

여자의 차가 들이받은 것은 오토바이였다. 튕겨나간 오토바이는 인도 가까이에 넘어져 있었다. 오토바이에 타고 있던 사람은 퀵서비스라고 씌어진 자주색 조끼를 입은 땅딸막한 남자였다. 남자는 넘어져 있지 않았다. 출격 직전의 카미까제처럼 헬멧을 옆구리에 단정하게 끼고는 까만 눈동자를 두릿거리며 씩씩하게 서 있었다.

"아무렇지도 않아요. 전 괜찮습니다."

남자는 우리에게 웃음까지 지어 보였다.

"태권도가 삼단에 유도가 이단이거든요. 낙법을 썼죠."

자기의 착지동작이 대견하고 자랑스러워서인지 남자는 전혀 통증이 없다는 말만 되풀이했다. 여자가 계속 병원에 가야 한다고 우겼지만 팔을 내둘렀다. 우리 셋의 눈은 흔들리는 남자의 팔을 따라 움직였다. 푸른 힘줄이 솟은 부분에 '최선을 다하자'라는 문신이 새겨진 멋진 팔뚝이었다.

"괜찮다니까요. 그냥 가세요."

남자의 말에 우리 셋은 용맹스럽고 선량한 대한건아를 부신 눈으로 쳐다보았다. 또한 우리는 오토바이로 다가가는 남자의 걸음이 약간 절뚝거리는 것도 보았다. 여자가 남자를 뒤따라갔다.

여자가 일을 매듭짓고 돌아오기를 기다리는 동안 우리 셋은 잎이

엉성한 가로수 밑으로 들어갔다. 날은 어둑어둑했다. 혁희는 인도의 시멘트 턱에 엉덩이를 대고 앉았다. 나는 나무에 몸을 기댔다. 나무가 내 무게를 버티느라 잠깐 흔들렸다.

넘어진 오토바이를 사이에 두고 남자는 가려 하고 여자는 붙잡았다.

여자의 노란 티셔츠와 남자의 자주색 조끼가 어둠이 내릴수록 빛을 잃어갔다. 날이 어두워지면서 간간이 바람이 슬쩍 지나쳐갔다.

"별난 남자야."

"별난 여자야."

"급할 것 없지 뭐."

그러나 제아무리 대한건아라도 이십분 넘게 우기는 여자와의 대련에는 끝까지 태권도 정신을 유지할 수 없었던 모양이었다. 남자의 고집스러운 목소리가 들려왔다.

"아, 필요없다는데 자꾸 그래요? 그렇게 돈이 많으면 가서 불쌍한 사람이나 도와주세요."

"그럼 주소라도 알려주세요."

"이래뵈도 남 등쳐먹고 부담 주는 그런 사람 아녜요."

"어디 사는지 꼭 알아야 해요."

"내가 죽으면 부조라도 할라고요?"

"그래요."

"아이고, 이깟 일로……"

남자는 쾌활한 웃음을 지었다.

"사람이 그렇게 쉽게 죽는 게 아녜요."

그 말을 듣고 혁희가 중얼거렸다.

"뜻밖에 죽지."

이상한 날이었다.

오래가 구원투수처럼 슈퍼맨 티셔츠의 등판을 보이며 그쪽으로 다가갔다. 오래는 왼쪽으로 남자를 불러서 오른쪽 무릎을 옆으로 길게 뻗고 왼쪽 무릎을 구부린 자세로 뭔가 얘기를 했다. 그런 다음 여자를 오른쪽으로 부르더니 무릎의 방향만 바꾸고 똑같은 자세로 서서 얘기했다.

"당선일까?"

혁희가 중얼거렸다.

"글쎄, 여성 표밭만 갈아 버릇해서."

"여당표 같은데? 불만도 없고 표정이 밝잖아."

"그럼 이번에도 낙선이네."

이윽고 오래가 우리를 손짓해 불렀다.

날이 완전히 어두워져서 지나가는 차들은 모두 전조등을 켜고 달렸다. 여자의 차에서 뿜어대는 비상등의 불빛이 검은 차도에 얼룩을 만들고 있었다.

오래가 내 어깨를 치며 말했다.

"네가 따라가봐."

"누구를?"

오래는 오토바이를 일으켜세우고 있는 남자를 가리켰다.

"저 사람한테 네가 오토바이 뒷자리에 타보고 싶어한다고 말했어. 넌 저 사람하고 한동네 사는 걸로 돼 있어. 행당동이래."

나는 휘파람을 길게 불었다.

"너는 우리하고 가는 방향이 달라서 그러지 않아도 집에 돌아갈 일이 아득했는데, 마침 동네 사람을 만난 거야."

"그래서?"

"하마터면 서울까지 걸어가야 했는데 오토바이를 타고 갈 수 있게 됐으니 운 좋은 날이야. 저 사람도 남을 돕는 일이 즐겁다고 기꺼이 허락했어."

"운이 좋지. 하루에 두 번씩이나 사고가 나진 않을 테니 얼마나 안전한 오토바이겠어."

"넌 저 사람 집을 알아놓아도 좋아."

"숟가락이 몇개인지는?"

"여자가 믿을 거짓말만 지어낼 수 있다면 집까지는 따라가지 않아도 되고."

"뭐 좀 물어봐도 돼?"

"한가지 정도는."

"왜 하필 나지?"

나는 내가 우리 셋 중에 오토바이를 타기에 가장 적당하지 않은 몸이라는 생각을 떨쳐버릴 수가 없었다.

"그리고, 나하고 방향이 다르다는 너희들이 가는 곳은?"

오래 대신 혁희가 대답했다.

"알잖아, 에버랜드. 시간이 흘러도 변하지 않고 존재하는 곳이라고 광고하던 데."

"거기엔 왜 내가 아니고 너희가 가야 하지?"

"삼백사호 아저씨. 네가 이웃사촌이잖아. 동네일을 해결해줘야지."

"그리고?"

238

"넌 두 가지 소원 중에 아무것도 안 맡았어."

틀린 말은 하나도 없었다.

생전 처음 와보는 어둡고 낯선 길가였다. 나는 오토바이에 올라타서 남자의 허리를 꼭 안았다. 폴크스바겐 옆에 서 있던 여자가 나를 향해 손을 흔들어주었다. 어두워서 얼굴은 잘 보이지 않았다. 마치 야구심판의 아웃싸인 같았다. 그것만도 아니다. 어딘지 심상치 않은 불길해 보이는 손짓이었다.

여자가 운전석에 들어가 앉자 정원이 찬 놀이동산행 폴크스바겐은 금방 출발했다. 차가 출발한 것을 보고 남자도 오토바이에 시동을 걸었다. 남자는 한동네 사람인 나에게 말을 건넸다.

"집에 가면 한 열한시 되겠는데요?"

"이렇게 늦게까지 배달을 하나요?"

"원래 여덟시가 퇴근인데 하도 급하다고 해서요."

오토바이의 시동 걸리는 소리는 폴크스바겐과는 아주 달랐다.

"혹시 전에도 사고로 쓰러진 지 삼십분 후에 오토바이 운전한 적 있어요?"

"이년 전에 이 오토바이로 사고를 한번 냈어요. 학생이 타고 가는 자전거를 받았는데 기적적으로 하나도 안 다쳤더라구요. 다 하나님의 은혜지요. 그때 결심한 바가 있어요. 내가 그런 경우를 당하면 꼭 은혜를 갚겠다고. 오늘이 바로 그날이었어요."

교통사고를 당해야겠다고 마음먹은 사람. 당하되 다치진 않아야겠다고 마음먹고 또 그것을 실천에 옮긴 사람. 남자의 오토바이가 움직이기 시작했다.

"친구들은 어디로 가는 길이죠?"

엔진과 바람소리 때문에 남자는 소리쳐 물었다.

"죽으러 간다나봐요."

나도 악을 썼다.

"날씨가 웬만큼 더워야지."

미친 것들, 하고 욕해주기를 바랐던 나는 뜻없이 고개를 끄덕였다.

남자는 여자의 차가 외제차라서 기름값이 많이 들겠다고 진심으로 걱정해주었다. 내가 무거워서 오토바이가 잘 나가지 않는다고 불평하지도 않았다.

마음속까지 선량한 남자가 있다는 것도 이상했다.

남자가 너무나 우겨서 나는 언덕빼기 골목의 끝집인 그의 집 안까지 들어가야만 했다. 남자는 남자와 비슷하게 생긴 노인, 여자, 아이들과 함께 마루가 있는 조그만 집에 살고 있었다. 남자가 들어가자 가족들이 모두 나와 반갑게 맞이했다. 그러고는 남자가 나를 소개하자마자 서로 의논 한마디 하지 않고도 모두 마루에 자리를 잡고 앉는 거였다. 내가 앉도록 가운뎃자리를 비워놓고. 남자의 아내가 이내 수박쟁반을 내왔다. 나는 수박씨를 뱉으며 오늘 있었던 남자의 무용담에 몇번이나 고개를 끄덕여준 다음, 처음 인사한 순서대로 한 사람씩 차례차례 작별인사를 마치고서야 겨우 그 집을 나올 수 있었다.

남자는 골목까지 따라나왔다. 하나뿐인 외등 아래에서 우리는 작별을 했다. 처음으로 나는 남자의 얼굴을 정면에서 보게 되었다. 남자는 엄청나게 땀을 흘리고 있었다. 불빛 아래에서 보니 얼굴빛이 지독히도 창백했다. 눈밑에 심상찮은 검은 그늘이 짙게 드리워져 있었다. 어둠속에서 얼굴은 보이지 않은 채 흔들리던 여자의 야릇한 하얀 팔이 언뜻 떠올랐다.

십오분쯤 걸어 시장 앞에서 버스를 탄 나는 버스를 갈아타기 위해 광화문에서 내렸다. 거리에는 아직도 뜨거운 기운이 식지 않았다. 그 속으로 여름밤 특유의 나른함이 떠다녔다. 종일 뭔가 강력한 적에게 죽도록 시달리고 난 뒤에 찾아든 평화로운 허탈 같은 것도 있었다. 사람들이 차도까지 나가서 택시를 잡고 있었다. 편의점 앞에는 젊은이들이 쭈그리고 앉아 맥주를 마셨다. 골목에서 한 떼의 술꾼들이 삶은 밤에서 나오는 밤벌레처럼 비틀거리며 기어나왔다.

돌멩이를 걸어차고 싶었지만 눈에 띄지 않았다. 인형이 주렁주렁 걸린 리어카와 해적판 테이프에서 최신가요가 터져나오는 리어카 곁을 지나쳐 교보빌딩 쪽으로 걸어갔다. 검은 나뭇잎 위로 불빛이 드문드문 떨어져 있었다. 나는 그 아래 돌의자에 앉았다. 최신가요가 멈추더니 몇년 전 해체된 보컬그룹의 노래가 들려오기 시작했다. 언젠가 오래가 말해준 적이 있다. 하루종일 댄스그룹의 랩을 틀어놓던 그 리어카 주인은 끝날 시간이 되면 자기가 좋아하는 노래를 듣는다고.

내겐 더 많은 날이 있어. 무슨 걱정 있을까.
어제 힘들었던 순간들도 모두 지나간 것일 뿐.

나는 빌딩 위에 걸린 '개미처럼 모으자. 여름은 길지 않다'는 글씨를 물끄러미 쳐다보며 노래를 들었다.

　뉴스 전광판도 쳐다보았다. 전광판에는 뉴스들이 나타났다 사라졌다 하고 있었다.

　노래는 독백 부분으로 들어갔다. 십년 전 고민이 지나고 보니 아무것도 아니라고 내게 말해주었다. 오래와 혁희는 레이저쇼를 봤을까. 무사히 롤러코스터를 탔을까.

　오늘 낮이었다. 혁희가 말했다.

　"십년 전 여름밤이었는데, 여자를 옆에 태우고 고속도로로 나갔어."

　"예쁜 여자였겠지? 머리카락이 길고."

　—다리도 아주 길었어. 뭘 깨물어먹는 것 같은 소리를 내며 웃는 여자였지. 웃을 때마다 입가의 점이 뾰족하게 도드라지곤 했어.

　—내가 한마디 하기만 하면 스커트 속이라도 건드린 것처럼 깜짝 놀라면서 깔깔거렸어. 잘못 누른 자동차 경적처럼 빽빽거리면서 말야. 팔을 내 팔에 슬쩍슬쩍 대는데, 털이 많고 아주 끈적끈적하고 그리고 차가운 팔이었어.

　—나중에는 내가 말을 시작하려고 하기만 해도 웃었어.

　—어쨌든 아주 예쁜 여자였지. 밤이 깊었고 여자의 머리카락에서는 기분 좋은 냄새가 났어. 그 여자와 나는 차가운 캔맥주와 땅콩을 사들고 에어컨 시설이 잘돼 있는 모텔에 들어갔지. 근데 먼지가 잔뜩 앉은 창턱 위로 더럽고 무거운 커튼이 쳐져 있는 거야. 여자는 그 뒤에 뭐가 있는지 무서운 기분이 든다며 스커트를 못 벗기게 했어. 할 수 없이 그걸 젖혀보니.

"맞아, 죽은 지 이틀 된 여자시체."

"쥐하고 바퀴벌레의 교미장면."

"가진 놈이 임자다, 이렇게 써 있는 커다란 돈가방."

혁희가 고개를 흔들었다.

"틀렸어."

"제임스 본느?"

"삼백삼호 여자구나?"

"아니야."

"그럼?"

"바다."

나와 오래는 고개를 끄덕였다.

"끔찍하군."

나도 그 무렵 쌍꺼풀 여자와 바다에 갔었지,라고 말하려는데 혁희가 나보다 빨랐다.

"십년 전 날들이야 지나가버렸지만 다행히 맥주는 아직도 남아 있지. 자, 가위바위보 하자."

오래가 졌고 맥주를 사러 가기 위해 일어났다.

전광판에서는 사자가 등장하여 휴대전화의 광고를 하고 있었다. 언젠가 텔레비전에서 사자를 보았다. 내레이터가 말했다. 사자는 힘이 듭니다. 일년에 삼백오십마리의 얼룩말을 잡아먹어야만 합니다. 생존에 대한 치열한 욕구가 아니면 살아남을 수 없지요. 우연을 기대하고 살아가는 자에게 자연의 법칙은 너무나 냉정합니다.

어디선가 제법 깊은 바람이 불어와 나뭇가지가 흔들렸다. 어린시절 오래가 어머니에게 들었다는 이야기가 생각났다. 나무가 갑자기 흔들리면 아는 사람이 먼곳에서 방금 죽은 거란다. 작별인사를 한 뒤에 떠나려고 혼령이 잠깐 가지에 앉았다 가는 거지.

전광판을 보았지만 교통사고 소식은 없었다. 롤러코스터가 고장 나서 행락객이 다치고 죽었다는 뉴스도 없었다.

00 : 00

시계가 자정을 가리켰다. 아무도 죽지 않았다. 여자는 역시 거짓말쟁이였다.

아 참, 긴 하루였다.

하루살이도 이렇게 말하고 죽을까.

하긴 하루살이가 하루에 대해 깨친들 무슨 소용이 있겠는가.

노래는 계속되고 있었다.

내겐 더 많은 날이 있어. 무슨 걱정 있을까.

하루하루 사는 것은 모두 기쁨일 뿐이야.

〔한국문학 1997년 가을호〕

인 마이 라이프

혜린의 마음속에 있는 슬픔의 나라의 법정에서는
새로운 판결문이 나왔다. 여자가 그 남편을 사랑하는 것은
더러운 죄악이며 오직 '인 마이 라이프'의 남자를
사랑하는 것만이 순결한 일이라고.
사랑이 없으면서 함께 사는 부부야말로
상대를 기만하고 사람의 아름다운 섭리를
거스르는 부도덕한 관계라고.

인 마이 라이프

나는 이 이야기를 혜린에게서 들었다.

혜린의 원래 이름은 정숙이다. 고등학교 시절 전혜린의 책을 읽은 뒤 그녀는 두 가지 꿈을 갖게 되었는데 하나는 작가가 되는 것이었고 또 하나는 전혜린이라는 필명을 쓰는 것이었다. 비록 작가가 되지는 못했지만 그녀는 전혜린이라는 이름으로 통했다. 조그만 까페들이 몰려 있는 이대 앞 거리의 까페 주인 중에 '인 마이 라이프'의 여주인 전혜린을 모르는 사람은 없었다.

혜린이 레코드 박스 옆에 꽂아놓은 『그리고 아무 말도 하지 않았다』의 저자 이름을 보고, 그녀가 정말로 책을 쓰기도 했나보다 하며 내심 고개를 끄덕이는 사람들도 있었다. 빈 가게를 지키며 카운터에 앉아 언제나 책을 읽고 있다는 점에서 과연 혜린은 지적이거나 사색적인 여자로 보였다. 단지 어떤 종류의 인쇄된 문자를 읽는다는 것만으로 그녀를 지적이라고 단정하는 사람들 중에, 전혜린이란 작가가 20여년 전에 자살했기 때문에 '그리고 아무 말도 하지 않는다'는 것을 아는 사람은 아무도 없었다.

까페 여주인들이 대개 그렇듯이 혜린의 나이는 쉽게 짐작이 가지 않았다. 술상자를 들여놓을 때나 일수를 찍을 때는 함바집 아줌마처럼 지친 표징이나가노 혼자 카운터에 앉아 비 내리는 창밖을 멍하니 내다볼 때의 얼굴을 보면 분명 서른은 넘지 않아 보였다. 그러다가도 혼자 온 단골손님과 대작을 할 때는 10년 전 첫사랑에 실패한 뒤 줄곧 어둠을 골라 디디며 아무렇게나 살아온 지친 작부처럼 갑자기 남의 외로움에 익숙하게 동참했다.

아무튼 그녀는 돈을 벌기 위해서라기보다 자기에게 어울리는 앉을 자리를 갖기 위해 까페를 열고 있는 것 같았다. 그녀가 가장 관심을 기울이는 것은 매상이 아니라 사람들의 사연이었다. 언젠가 취해서 털어놓은 얘기가 사실이라면 그녀는 소설가의 꿈을 포기하지 않은 모양이었다.

새롭고 흥미로운 것을 찾는 사람들은 혜린의 까페에 오지 않았다. 장소에 대한 낯가림을 가진 사람, 자기 혼자 이방인이 되어 두드러지는 것을 못 견디는 사람들이 그 낡고 어둑한 까페의 구석자리에 엉덩이를 내려놓았다. 결코 남의 관심을 끌지 못할 자기만의 얘깃거리를 갖고 있는 그들은 무슨 얘기에든 귀를 기울여주는 혜린과 더불어 인생을 논하기 좋아했다. 그들 대부분은 또한 비싼 안주를 시키지 않고 술을 마실 수 있다는 점도 마음에 들어했다. 그런 단골손님을 빼면 사실 혜린의 가게는 늘 한산했다.

돌이켜보면 그때 내가 혜린과, 그리고 일손이 필요없는 혜린의 까페에 아르바이트를 자청하고 나타나서 맥주만 축내고 비틀거리며 돌아가곤 하던 주미라는 여자애와 어울린 것은 자연스러운 일은 아니었다. 나는 그 거리에 있는 여대를 졸업하자마자 중매결혼을 한 다음 수재들이 바글거리는 연구소의 연구원인 남편과 함께 강남의 아파트에서 백화점 광고 속의 주부처럼 살고 있었다. 내 가슴속에는 혜린처럼 못 이룬 꿈이 간직돼 있지도 않았고, 주미처럼 술을 마시고 토악질을 해대는 것으로써 젊음을 구가해본 적도 없었다.

까페 문을 닫을 때까지 마셔댄 술로도 직성이 풀리지 않아서 새벽 두시에 술을 싸들고 그녀들을 집까지 데리고 들어왔을 때, 남편은 마치 집을 잘못 찾아온 파출부를 바라보듯이 나를 경원했다. 그리고 내뱉었다.

"대체 뭣 때문에 이러는 거야. 이해할 수가 없군."

그때의 남편처럼 누군가가 대체 왜 그랬냐고 묻는다면 지금도 대답할 말은 없다. 아무튼 그때의 나는 그랬다. 저녁 지을 쌀을 씻다가도 갑자기 긴한 약속시간에 늦은 사람처럼 황급히 수도꼭지를 잠그고 코트 주머니에 혜린에게 줄 밀감 두 알을 넣고서 택시를 잡아 신촌으로 달려갔다. 슈퍼에서 돌아오는 길에 수레국화 한다발을 사서 식탁 위에 꽂아놓던 날, 해가 이울기 시작하자 견디지 못하고 그 꽃을 셀로판지에 싸서 쥐고는 또 혜린에게 달려갔다.

혜린과 카운터를 마주하고 앉아서 그녀가 따라주는 맥주를 한모금 넘기고 나서야 나는 안도의 한숨을 내쉬었다. 그제서야 하루종일 나를 서성거리게 했던 알 수 없는 불안이 사라졌다.

혜린은 나에게 많은 얘기를 들려주었다. 거의 다 까페에서 듣고 본 손님들의 사연에 관한 것이었다. 나는 고3 때 보충수업 시간보다

더 집중해 들었으며 얼마 안 가 그 얘기들의 공통점까지 짚을 수 있게 되었다.

혜린의 모든 얘기는 다 슬픔을 갖고 있었다. 그녀의 이야기가 왜 항상 슬프냐고 묻자 혜린은 웃으며 대답했다. 자기가 소설로 쓰고 싶은 것도 다 슬픈 이야기뿐이라고.

"어렸을 때 할머니가 그랬어요. 슬픈 이야기를 좋아하면 가난하게 산다고. 그래도 나는 슬픈 이야기가 좋아요."

가끔 내 쪽에서 얘기를 늘어놓을 때도 있었다. 그럴 때 나는 내 자신이 수다스럽다는 것을 깨닫고 깜짝 놀랐으며 은근히 기쁘기도 했다. 어릴 때부터 나는 조숙하고 말수가 적었다. 사려 깊다는 칭찬에 만족하며 자랐지만 나는 속으로 수다쟁이를 좋아했다. 아무렇게나 말하고도 언제나 용서받는 수다쟁이를 부러워하기까지 했다.

혜린 앞에서 나는 자신을 똑똑하다거나 사려 깊은 사람으로 보이려고 긴장할 필요가 없었다. 아무 얘기나 늘어놓고 시시덕댔다. 고등학교 때 좋아했던 총각선생님 얘기나 대학 다닐 때의 시답잖은 미팅 이야기, 선을 보던 날 남편이 '나한테 꼭 필요한 여자라는 것을 십분 만에 알았다'고 말하는 데에 흡족하여 결혼할 마음이 들었다는 이야기, 그리고 남편이 얼마나 자상하고 가정적인가, 회사에 전화를 할 때마다 자리에 없지만 사랑을 믿기 때문에 별 신경 안 쓴다는 이야기 따위.

내 얘기를 듣고 혜린은 이마를 찡그렸다. 그 얘기는 하루만 지나면 다 잊어버리고 전혀 기억이 안 날 것 같아요. 왜? 슬픈 게 하나도 없잖아요. 그럼 뭐가 있는데? 글쎄. 한참 눈을 깜박이더니 그녀는 고개를 갸웃했다.

"아무것도 없어."

"아무것도?"

혜린의 말이 맞았다. 내 삶이라는 시간 속에는 살아 있는 것이 아무것도 없었는지 모른다. 어쩌면 나라는 존재조차 없었는지도 모를 일이다.

나의 주량은 꾸준히 늘어갔다. 취하면 생기가 났다. 내 몸속에 남의 인생처럼 갑갑하게 들어앉아 있던 것들이 다 떠나고 비로소 내 인생이 시작되는 기분이었다.

까페 안에서 이따금 벌어지는 실랑이나 싸움을 맨 앞에 나서서 구경하는 나. 남녀가 짝을 지어 들어오면 마주앉은 품새와 몸의 기울기를 은근히 관찰하여 누구 쪽이 노예이고 누구 쪽이 주인인지 역학 구도를 분석하는 나. 딥 퍼플의 「하이웨이 스타」에 맞춰 있는 대로 머리채를 흔들며 '아아아 아아아 아아아아'를 악쓰듯 따라 부르는 나. 남녀 구분이 없는 더러운 화장실에 쪼그리고 앉아 '심심해서 친구 집에 갔더니 친구는 없고 누나만 있었다'로 시작되는 낙서를 읽는 나. 자정이 넘은 거리에서 혜린과 팔짱을 끼고 비틀거리며 걷다가 눈에 띌 때마다 쓰레기 봉투를 모조리 걷어차는 나.

그때 나는 생각했다. 만약 지상에 나의 진짜 생이 있는 다른 장소가 있다면 바로 '인 마이 라이프'일 거라고.

내가 맨 처음 '인 마이 라이프'에 간 것은 5년 전 해가 지기 시작하는 가을날이었다. 세번째의 체외수정에 실패하고 난 뒤 꼬박 이틀을 꼼짝 않고 누워 있다가 기운을 차리기로 마음먹고 첫번째로 생각해낸 계획이 바로 파마였다. 그래서 이대 앞으로 갔다. 파마를 하고 나자 딱히 두번째 계획이 떠오르지 않아 남편 회사에 전화를 해봤지만 언제나처럼 그는 자리에 없었다.

해가 기울고 있었다. 세상의 모든 집에서 주부들이 그날의 마지막 끼니를 준비하기 위해 부엌에 갇혀 있는 시각, 여대 앞 골목에서는 누군가 마대에 담아와서 쏟아놓은 것처럼 발랄한 차림의 젊은이들이 끊임없이 쏟아져나왔다. 나는 그늘이 골목 여기저기에 화려하게 돋아난 네온불빛 사이로 물결을 이루며 바쁘게 흘러가는 모습을 멍하니 바라보았다. 갑자기 갈 곳을 잃어버린 사람처럼 막막했다. 공중전화 부스에 한참을 망연히 서 있는 내 눈 속으로 언뜻 길 건너의 '인 마이 라이프'라는 간판이 들어왔다. 나는 천천히 그곳으로 걸음을 옮기기 시작했다.

'인 마이 라이프'는 3층에 있었다. 가파른 계단이 두번째 꺾어질 때부터 후회스러운 마음이 없지 않았는데 문을 열고 들어가서 을씨년스럽고 좁아터진 까페 안을 보자 더욱 한심한 기분이 들었다. 빈 까페를 지키며 카운터에서 책을 읽고 있던 생머리의 여자가 '어서 오세요'라며 기계적인 인사말을 던졌다. 커피를 한잔 마시고 나와 낡은 계단을 내려갈 때 나는 그 까페를 다시 찾아오리라고는 생각하지 않았다.

한 달이 채 지나기 전에 다시 파마를 하러 나오리라는 작정 따위도 물론 없었다. 다시 미장원을 찾은 날 역시 나는 하루종일 FM 라디오를 들으며 새로운 계획에 대해 궁리하고 있었고 끝내 새로운 것을 찾지 못해 그날과 마찬가지로 머리 모양을 바꿔보기 위해 신촌을 찾았다.

오후 늦게 집을 나선 탓인지 파마가 끝나자 밤이 되어 있었다. 미장원을 나온 나는 어지러운 간판의 불빛 속에 서서 잠시 두리번거렸다. 그러고는 신촌역 쪽으로 걸어내려가기 시작했다. 중간에 공중전화 부스를 바라보았지만 그냥 지나쳤다.

모퉁이의 극장을 보자 나는 마치 그곳에 오기 위해서 집을 나선 사람처럼 자연스럽게 발걸음을 멈췄다. 티켓을 산 다음 간판을 올려다보니 최진실이 나오는 「수잔 브링크의 아리랑」이라는 영화였다. 지루한 영화였다. 그러나 나는 손님이 거의 없는 그 극장의 구석자리에 앉아 처음부터 끝까지 소리 높여 울면서 보았다.

영화를 보고 나왔을 때는 꽤 시간이 지나 있었다. 패스트푸드점에 들어가 콜라와 치즈버거를 먹고 나와서는 잠시 유리문에 기대어섰다. 이제 또 어디로 갈까.

그 시각까지 집으로 돌아가지 않는 사람들이 무리를 지어 거리를 돌아다니고 있었다. 그들의 살아 있는 욕망과 활기에서는 썩어가는 냄새가 풍겼다. 밤시간을 보내는 데는 두 가지 방법이 있었다. 집에서 거리를 내다보며 보내는 방법과 거리에서 집을 향해 가며 보내는 방법. 죽어 있는 것의 평화와 썩어가는 것의 생명력.

북적대는 생맥줏집으로 무작정 들어간 나는 젊고 바쁜 종업원에게 '제일 간단한 것'을 주문했다. 생맥주잔의 유리벽을 따라 기어올라오는 거품을 멍청히 내려보다가 길쭉한 감자튀김을 포크로 부러뜨리다가 이윽고 밤거리를 내다보다가, 그러다가 나는 내가 그 술집에도 속해 있지 않다는 것을 느꼈다.

밤이 깊어가면서 비가 내리기 시작했다. 종업원이 계산서를 갖고 와서 말했다.

"영업 끝났는데요."

쫓기듯 밤거리로 나와보니 불이 꺼진 거리는 굴속처럼 어두웠다.

아주 낯선 곳으로 긴 여행을 떠나는 사람처럼 나는 그 어둠속으로 멈칫 한 발을 내디뎠다. 그리고 걸었다. 비를 맞으며 몇개인가 모를 횡단보도를 건넜다. 굴다리를 지났다가는 되돌아오기도 했다. 이따금 기차가 빼액 소리를 내며 긴 불빛을 끌고 지나갔다. 나는 신기루의 환영에 슬려다니는 사막의 방랑자처럼 불빛을 찾아 이리저리 돌아다녔다. 온몸이 젖었다. 그러나 들어갈 곳은 없었다. 이 밤, 죽어버린 듯한 거리 어디에도 나를 맞아주기 위해 열리는 문은 결코 없을 것 같았다.

내가 흠뻑 젖은 채로 '인 마이 라이프'의 문을 두드린 것은 단지 한번 와본 적이 있다는 사실 때문이었다. 닦아놓은 길밖에 다녀보지 않은 나로서는 그 간판을 보는 순간 안도감을 느꼈다.

그곳 역시 굳게 문이 닫혀 있었다. 불빛 하나 새어나오지 않았다. 조심스럽게 문을 두드려보았지만 안에서는 아무 기척도 없었다. 갑자기 이곳이 끝이라는 생각이 들었다. 더 나아갈 곳이 없었다. 다리에 힘을 잃은 나는 감자자루처럼 무거운 몸을 차가운 문에 힘껏 기대버렸다. 그러자 마치 요술이 풀리듯이 문이 스르르 열리고 눈 속으로 불빛이 스며들었다.

거기에는 전혀 다른 세상이 있었다. 빛이 있었고 난로를 둘러싸고 앉아서 사람들이 노래를 부르고 있었다. 나는 한적한 밤 바닷가를 걷다가 갑자기 천년에 한번씩 되살아나는 은성(殷盛)한 해변도시의 축제에 휩쓸리게 된 서양동화 속의 소년처럼 한순간 멍하니 서 있었다. 그때였다. 문을 등지고 앉아 기타를 치던 남자가 내 쪽을 돌아보았다. 순간 나는 이상한 충격을 받았다. 그것은 무심코 맞닥뜨린 낯선 것에 대한 당혹이자 오랫동안 막연히 찾아헤매던 것에 대한 절박함 같은 묘한 느낌이었다. 그 남자의 얼굴에 떠올라 있는 표정——내가 너무나 오랫동안 보지 못해 낯설어져버린 그것은 '확실한 존재감'이었다.

어머, 문이 열려 있었네. 그제서야 나를 발견한 여주인이 어둠속에 서 있는 내게 다가왔다. 그녀의 목소리는 매정했다. 끝났어요, 장사 안해요. 그러나 나는 다급하게 한 발을 까페 안으로 들이밀었다. 마치 이방인이 아니라는 것을 증명이라도 하듯이. 완전히 젖어버린 내 몸이 불빛에 드러났다. 여주인은 내 얼굴을 뚫어지게 바라보더니 천천히 말했다. 들어오세요. 저쪽에 난로가 있어요.

나중에 혜린은 그날 나를 들여놓아준 것은 슬퍼 보였기 때문이라고 설명했다. 우리 가게에서 원래는 노래 같은 것 부르고 안 그랬어요. 근데 그 손님이 기타를 들고 치기 시작하면서부터 단골들끼리 친해지게 된 거예요. 가끔은 그날처럼 새벽까지 어울려서 노래를 부르기도 해요. 간판불 다 끄고 커튼 내리고, 그래도 나는 단속에 걸릴까 조마조마한데…… 혜린이 가리키는 '그 손님'이란 바로 내가 그날 밤 보았던, '살아 있음'의 표정을 갖고 있던 남자였다.

혜린은 이따금 이런 말을 했다.

"그 손님이 오지 않고부터 가게가 이상하게 허전해요, 단골손님들도 덩달아 뜸해지고. 우리 가게 매상이야 항상 이 동네에서 꼴찌지만 그래도 그 손님 다닐 때는 분위기가 좋았는데."

그러면서 그 남자의 긴 사연을 들려주었다.

그 시절 혜린이 들려준 것 중에는 더 기구하고 흥미로운 이야기도 많았다. 그러나 나는 그 남자의 이야기가 가장 가슴에 와닿았다. 어

254

디에나 있는 흔한 이야기인데도 세상에 단 하나밖에 없는 사랑 이야기라는 느낌마저 들었다.

사람이 일생 품을 수 있는 사랑은 여러 개이다. 사랑 이야기도 많을 수밖에 없다. 사랑에 있어 '단 하나'라는 수식어가 허용될 수 있는 것은 현재 내게 진행중인 사랑뿐이다. 그러므로 남자의 이야기에서 내가 단 하나의 사랑이라는 느낌을 가졌던 것은 어쩌면 내 얘기처럼 들려서였는지도 모른다.

이제 그 이야기를 시작해봐야겠다. 혜린과 어울려 술을 마셔대던 방심한 시절이 언제 있었나 싶게 남들과 똑같이 살아가고 있는 요즘에는 거의 다 잊혀진 일이라 제대로 기억이 날는지 모르겠다.

혜린은 데모가 싫었다. 오후 두세시쯤 가게문을 여는 그녀로서는 그 시각이 하루의 시작이나 다름없었다. 막 출근을 해서 가게문을 열어젖히고 청소를 하려면 어김없이 몰려드는 최루탄 냄새에 화닥닥 문을 닫으며 혜린은 얼굴을 찡그리곤 했다.

그날도 그녀는 세시경에 가게문을 열었다. 열쇠로 문을 따고 들어서자마자 전날 밤 그 안에서 만들어낸 취기와 빠져나가지 못한 눅눅하고 시큼한 공기가 코끝으로 확 끼쳐왔다. 혜린은 창문부터 열어젖혔다. 그러나 청소를 대충 해치우자마자 바로 창문을 닫아버렸다. 조금 전 골목으로 접어들면서 힐끔 봤을 때 이대 정문 앞이 어수선했던 것이다. 아니나다를까, 얼마 지나지 않아 밖에서 와와 하는 소리가 들려오기 시작했다.

턴테이블 위에서 샤데이의 『스무드 오퍼레이터』(Smooth Operator)가 세 번 되풀이될 때까지 까페에는 아무도 나타나지 않았다. 혜린은 책을 펴놓고 앉아 턱을 괸 채 하릴없이 티스푼으로 식은 커피를 젓고 있었다. 그때 그녀가 젓고 있던 커피가 작은 물살을 이룰 만큼 동요를 일으키며 좀 거칠다 싶게 문이 열렸다. 그리고는 최루탄 가스를 뒤집어쓴 한 남자가 들어섰다.

남자는 문이 생각보다 가벼워 거칠게 연 셈이었는데, 자기의 출현이 뭔가 돌연하고 강력한 표현이 되었음을 의식했는지 약간 발소리를 죽이며 창가 쪽으로 가 앉았다. 주문을 받으러 다가간 혜린이 조심성없이 그만 에취, 하고 재채기를 해버리자 그는 미안한 표정으로 오른손을 들어 자기의 왼쪽 어깨를 두어 번 탁탁 털었다. 그것이 오히려 그녀의 콧속을 자극하여 혜린은 한동안 재채기를 멈출 수가 없었다. 맥주 두 병을 주문받아 주방 쪽으로 가면서 그녀는 눈가의 눈물을 찍어냈다.

맥주를 가지고 가자 남자가 혜린에게 물었다.

"이 까페 이름, 비틀즈의 「인 마이 라이프」에서 따온 건가요?"

"글쎄요."

가게를 인수할 때 옛주인이 지었던 이름을 바꾸지 않고 그대로 둔 거라고 대답하자 남자는 약간 실망하는 기색이었다.

"혹시 그 노래가 있으면 좀 틀어주시겠어요?"

혜린은 레코드 박스 안에서 먼지 앉은 비틀즈의 앨범을 찾아냈다. 「인 마이 라이프」는 『러버 소울』(*Rubber Soul*) 앨범의 열한번째 곡이었다.

남자는 음악을 들으며 말없이 창밖만 내다보더니 주머니에서 수첩을 꺼내 뭔가 적기 시작했다. 그 일에 꽤 몰두한 모양으로 수첩을 넘겨가며 몇장인가를 채워넣은 다음에야 맥주컵 쪽으로 손을 뻗었다. 손가락 사이에 꽂힌 만년필을 보면서 혜린은 막연히 그가 소설가일지도 모른다는 생각을 했다.

쓰는 일에 열중했던 남자가 창밖을 보더니 불현듯 바깥이 어두워진 것을 깨닫고 반쯤 남은 맥주병을 남겨놓은 채 자리에서 일어설 때까지 혜린은 그에게서 눈을 뗄 수가 없었다.

남자는 꽤 키가 컸다. 얼굴이 갸름한데다 머리카락이 이마로 흘러내려 소년 같은 해사함이 있었지만 지폐를 내미는 왼쪽 손가락 끝에는 모두 못이 박여 있었다. 혜린이 한 눈으로 남자를 힐끔거리며 다른 한 눈으로 거스름돈을 셈하는 동안 남자는 머쓱하게 고개를 돌려 실내를 둘러보았다.

그의 눈길이 갑자기 한곳에 멈추더니 무엇을 확인하는 듯 눈이 조금 찡그려졌다. 그가 보는 것은 구석에 세워둔 기타였다.

"저 기타, 쓸 수 있는 겁니까?"

남자의 목소리에서 억누른 설렘 같은 것이 느껴졌다.

"글쎄요. 그냥 실내가 허전해서 갖다놨는데 소리나 날지 모르겠네요."

그 기타는 얼마 전 주미가 실내장식용으로 가져다놓은, 형편없이 낡은 것이었다. 혜린은 손님들이 그 기타에 관심을 보일 때마다 난처했다. 그러나 남자는 이미 먼지가 뽀얗게 앉은 기타를 집어들고 선 채로 줄을 맞추고 있었다. 남자의 손끝에서 기타줄은 이제 겨우 살았다며 앙탈을 부리듯한 소리를 내며 떨고 있었다.

그 기타가 악기로서의 쓸모를 보이는 것도 신기하려니와 기타를 안고 있는 남자의 동작이 그럴듯해 보여서 혜린은 눈을 가늘게 뜨고 바라보았다. 정성스럽게 줄을 맞추는 품이 노래라도 한곡 부를 작정인 듯해 음악의 볼륨까지 낮춰주었다. 하지만 남자는 가만히 기타를 내려놓았다.

남자가 조금 전 들어올 때와 마찬가지로 문을 세게 밀고 나가버리는 바람에, 둔중해 뵈는 검은색 겉모양과 달리 베니어 합판 몇장을 잇댔을 뿐인 출입문이 제 힘을 이기지 못해 한참을 흔들리다가 멈추었다. 혜린은 어쩐지 허전한 기분이었다. 제자리에 놓으려고 기타를 드는데 워낙 먼지가 많이 앉았던 터라 남자의 손자국이 그대로 남아 있었다. 물걸레를 가져와서 먼지를 닦으려던 혜린은 차가운 금속 기타줄에서 언뜻 온기를 느꼈다.

남자가 다시 온 것은 일주일인가 이주일쯤 지난 어느 늦은 밤이었다. 여자와 함께였는데 둘 다 꽤 취해 있었다. 노처녀로 보이는 여자는 한눈에 보기에도 남자를 좋아하는 눈치였다. 옆자리에 앉아 술을 따라주는 것은 물론이요 땅콩껍질을 벗겨서 남자가 집기 편하도록 놓아주는가 하면 말을 할 때마다 고개를 갸웃거리는 모습 속에 교태가 배어 있었다. 무엇보다 남자를 보는 눈빛이 여간 은근하지 않았다.

노처녀는 자주 웃음을 터뜨렸다. 노처녀가 깔깔거릴 때마다 남자는 따라 웃긴 하면서도 그다지 흥미가 없는 표정이었다. 그녀를 건너다보고는 있었지만 딱히 눈에 담고 있는 것 같지도 않았다. 다만 이따금씩 큰 화분이 있는 구석 쪽으로 고개를 돌리곤 했는데, 그쪽에 세워진 기타 때문이라는 것을 혜린은 알 수 있었다.

노처녀가 약간 비틀거리는 걸음으로 카운터로 다가왔다.

"전화 좀 써도 될까요?"

전화기를 밀어주며 시계를 보니 열시가 넘어 있었다.

"응, 나야. 기다렸지? 일이 그렇게 됐어. 지금이라도 나올래? 일행이 있는데 괜찮겠어? 나온다구? 네 남편 올 때 안됐니? 그래? 그럼 가만있어봐, 여기가 어디냐면……"

노처녀는 잠깐 입술을 쫑긋거렸다. 친구가 굳이 나오겠다는 것이 달갑지 않은 기색이었다.

그 여자가 까페에 나타난 것은 얼마 지나지 않아서였다. 혜린은 한눈에 그녀가 노처녀의 친구임을 알 수 있었다. 여자는 가냘픈 몸매에 얼굴이 희고 겁에 질린 듯한 큰 눈을 갖고 있었다. 언젠가 혜린이 쓰고 싶었던 슬픈 사랑의 소설 속에서 막 튀어나온 여주인공 같은 모습이었다. 어두운 실내에 익숙해지지 않은 눈을 천천히 깜빡이다가 이윽고 노처녀를 발견하고는 초저녁 달맞이꽃처럼 아련히 웃으며 그쪽으로 다가가는 여자의 모습은, 허공을 멍하니 쳐다보고 있다가 때때로 갈망이 깃들인 눈으로 기타 쪽을 돌아보곤 하는 남자 못지않게 혜린의 마음을 사로잡았다.

노처녀의 옆자리에 가서 앉은 여자는 남자를 향해 가볍게 고개를 까딱해보이기는 했지만 그의 얼굴을 정면으로 바라보는 것 같지는 않았다.

고개를 숙이고 있는 여자에게 남자가 술잔을 건넸다. 여자는 당황하며 황급히 두 손으로 잔을 받으려 하였다. 그러나 탁자 밑에서 테이블보의 늘어진 술을 꼬고 있던 한 손을 얼른 빼내지 못해 테이블보가 당겨졌고 그 바람에 하마터면 탁자 위의 술병이 모두 엎어질 뻔했다.

여자는 쓰러지려는 술병을 얼른 한 손으로 붙잡았다. 그러다보니 이번에는 다른 한 손에 쥐고 있던 술잔이 심하게 흔들렸다. 남자가 따르던 술이 탁자 위로 쏟아졌다. 흔들리는 잔을 동시에 붙잡으려다 여자의 손이 남자의 손에 가볍게 스쳤다. 순간 여자는 움찔하며 팔을 움직였고 술잔의 맥주가 남자 쪽으로 왈칵 끼얹어졌다.

"이게 웬일이야!"

노처녀가 힐난하듯 외쳤다. 혜린이 냅킨 뭉치를 들고 자리로 다가갔을 때 여자는 딱할 정도로 안절부절못하고 있었다. 얼굴에 튄 맥주를 천천히 닦아내는 남자의 눈이, 머리카락이 흘러내린 이마 아래에서 똑바로 여자를 향해 있는 것을 혜린은 보았다.

얼마 후에 남자는 기타를 잡았다. 남자가 기타줄을 맞추기 시작하자 노처녀는 감동할 준비를 하느라 미리부터 어깨를 떨었다. 여자는 여전히 창밖을 보면서 천천히 술잔을 끌어다 한모금 마셨다.

처음에 남자는 노처녀가 신청한 가요를 불렀다. 신승훈의 「보이지 않는 사랑」이나 전유나의 「너를 사랑하고도」 같은 노래들이었다. 분명 잘 부르는 노래이긴 했지만 남자의 노랫소리는 무척 건조했다. 그나마 노처녀가 따라 부르기 시작하자 남자는 반주만 해줄 뿐 노래를 하지 않았다. 노래는 거의 노처녀 혼자 부른 셈이 되었다. 그녀도 노래를 잘하는 편이었다. 그런데도 어쩐지 지루했다. 남자의 분위기로 미루어 어떤 특별한 것이 나오리라 기대했던 혜린은 은근히 실망했다. 기타소리는 이내 잠잠해졌다. 혜린은 턴테이블의 바늘을 다시 올려놓으려고 카운터에서 몸을 일으켰다.

그때 그 노래가 시작되었다.

    내 인생에서 잊혀지지 않을 장소가 있지
    어떤 곳은 변하고 어떤 곳은 영원하고

어떤 곳은 사라지고 어떤 곳은 남아 있어도
이 모든 장소는 그들만의 순간을 지니고 있네

아무런 기교가 없는 남자의 목소리는 늦가을 혼자 걷는 길처럼 쓸쓸했다. 혜린은 말할 수 없이 슬픈 감정에 사로잡혔다. 노래가 끝난 뒤까지도 침묵의 후렴을 음미하느라 가만히 서 있던 혜린은 마치 말 없음표를 함부로 지워버리는 듯한 노처녀의 천박한 박수소리에 이마를 찡그리지 않을 수 없었다. 노래 속에 깃들인 추억의 우수를 이해하기는커녕 "우와! 끝내준다"며 상투적인 감탄사를 늘어놓은 뒤 "그럼 이번에는 노사연의 「님 그림자」 좀 해봐" 하면서 큰 소리로 떠드는 노처녀가 혜린의 눈에는 하루속히 무던한 남자와 결혼해서 유치원 재롱잔치에나 가야 할 여자로 보였다.

혜린은 남자가 노처녀의 신청곡을 받아주지 않기를 바랐다. 노처녀는 이미 혜린의 소설 속 주인공이 될 자격을 박탈당한 뒤였다. 그녀의 소설 속 주인공은 슬퍼야 했고, 그렇지 않으면 적어도 고상하기라도 해야 했던 것이다.

"어머, 너 우니?"

노처녀의 높은 목소리에 혜린은 고개를 들어 여자 쪽을 바라보았다. 여자가 두 손으로 얼굴을 가리고 있었다. 뼈처럼 흰 손가락에 얼굴을 묻고 여자는 꼼짝도 하지 않았다.

"왜 그래? 왜 우는 거야?"

노처녀가 여자에게 가까이 다가앉았다. 여자는 얼굴을 가린 채 노처녀 쪽으로 가볍게 몸을 기댔다. 가늘게 떨리고 있는 어깨를 노처녀가 감싸안자 여자의 블라우스가 젖혀지면서 숙인 고개 뒤로 흰 목덜미가 드러났다.

여자는 아무 대답도 하지 않았다. 마치 왜 우느냐고 묻는 것은 왜 지금까지 울지 않았느냐는 질문이나 마찬가지이며, 자신의 눈물은 굳이 설명할 필요 없는 당연함을 갖고 있다고 말하는 것 같았다. 혜린은 이해했다. 슬픔에는 설명할 수 없는 자연스러움이 있는 법이니까. 왜 우느냐고 자꾸 묻는 노처녀를 혜린은 딱하다는 듯이 흘끗 바라보았다. 그러고는 자기 잔에 천천히 맥주를 따랐다. 남자도 혜린처럼 천천히 자기 잔에 술을 따르고 있었다.

혜린은 다시 샤데이의 레코드를 턴테이블 위에 올려놓았다. 여자는 계속 울었고 남자는 아무 말 없이 술을 마셨다. 노처녀까지도 입을 다물었다. 까페 안에는 그들말고 손님이 아무도 없었다. 그들 넷이 완전히 슬픔의 밤을 장악하고 있는 듯했다.

한 달쯤 지난 어느날 늦은 시각에 여자가 노처녀와 함께 다시 까페에 나타났다. 동행이 한 사람 있었는데 혜린은 그 남자가 여자의 남편이란 것을 앉은 자리의 배치에서부터 이미 알아보았다. 맥주를 주문하는 그들의 얼굴은 전작이 있었던 듯 약간 상기돼 있었다. 여자의 남편이 가게 안을 두리번거렸다.

"여기 좋은데? 이런 데 와서 술도 마실 줄 알고, 당신도 제법이야."

노처녀가 "그게 다 누구 덕분인데요"라고 말을 받자, 여자의 남편은 "귀찮더라도 이 사람 좀 데리고 다니세요. 누가 불러내지 않으면 일년 가야 하루도 집 밖으로 안 나올 거예요. 아무튼 연애할 때부터 숙맥이라" 어쩌고 하면서 여자를 다정하게 바라보았다. 여자는 사랑받는 아내로서의 정감어린 눈빛으로 남편을 바라보며 빙그레 웃기만 하고 있었다.

혜린은 이유없이 화가 났다. 노처녀가 카운터로 와서 "전화 좀 쓸 수 있을까요?" 했을 때 전화기를 밀어주는 혜린의 손놀림은 약간 거칠었다.

다정한 친구 부부의 모습에 자극을 받았는지 노처녀는 십분 간격으로 자리에서 일어나 전화를 걸었다. 그러나 그때마다 "에이, 참. 어디 갔지?" "몇신데 아직 안 들어왔어?" "대체 뭐가 그리 바쁜 거야" 식의 혼잣말을 하고는 뽀로통하게 전화기를 내려놓았다. 맥주를 대여섯 병 마신 다음 다시 노처녀가 카운터로 다가오는 것을 보고 혜린은 미리 전화기를 밀어주었다. 이번에도 통화는 되지 않았다. 노처녀가 혜린을 향해 말을 걸었다.

"저, 혹시 축하노래 같은 거 없을까요?"

"네?"

"제 친구, 오늘이 결혼기념일이거든요. 생일 축하노래 같은 것도 좋고, 축배의 노래 같은 것도 좋고요."

혜린은 애매하게 웃으며 "글쎄요, 그런 노래는 없는데" 하고 따돌려버렸다.

노처녀가 다시 물었다.

"그럼, 저 기타 좀 쳐도 되죠?"

혜린은 그날 밤 「인 마이 라이프」를 노래하던 남자의 얼굴을 떠올렸다. 언뜻 기타 있는 쪽을 돌아보니 기타는 마치 순결을 지키지 못한 신부처럼 풀이 죽어 벽에 기운없이 기대 있었다.

그러나 여자의 남편은 기타를 치지 못했다. 축하노래를 불러주면서 노래실력도 좀 과시하려 했던 노처녀는 실망하는 한편, 자기가 좋아하는 남자의 존재에 대한 아쉬움과 그리움이 더해지는 모양인지 점점 술을 빨리 마시기 시작했다. 그러고는 여자의 남편을 향해 자주 웃음을 터뜨렸다. 취한 것 같았다.

여자의 남편은 말이 많고 활달한 성격으로 보였다. 노처녀의 말상대를 능숙하게 해주면서 이따금 여자를 끌어들여 화제에서 제외되지 않도록 배려했다. 두 여자를 즐겁게 해주는 일을 필생의 업으로 삼은 사람처럼 자기의 남성적 매력과 유머감각을 아낌없이 짜냈으며 자기 스스로 연신 크게 웃어젖힘으로써 시범을 보이기도 했다.

혜린의 직업적 안목에 따르면 그는 분명 사람을 많이 상대하는 직업, 그중에서도 접대가 잦은 일을 맡고 있으며 처음 보는 여자와 거리낌없이 한방에 들 수 있는 것은 물론, 그 방에서 볼일을 마치고 나온 뒤 집에 돌아가는 길에는 꽃까지 사들고 갈 수 있는 남자였다.

여자는 남편이 노처녀를 향해 열변을 토하는 것을 흐뭇한 눈빛으로 바라보고 있다가 그의 등뒤에 떨어진 머리카락을 살짝 집어내주었다. 그날 선물받은 듯한 스카프를 풀더니 다른 모양으로 다시 매보기도 했다. 이제 보니 연약하거나 겁에 질려 있는 모습도 아니었다. 남편이 갖고 있는 커다란 종이상자 속에 구색으로 갖춰진 작고 예쁜 조개껍질 같았다. 조개껍질을 열어보면 그녀라는 존재는 텅 비어 있을지도 모른다.

그럼 저 여자는 그날 왜 울었을까.

혜린은 나뭇잎이 지기 시작하는 어두운 10월의 창 쪽으로 고개를 돌려버렸다. 슬픔이 깃들이지 않은 눈물에는 아무런 흥미가 없었다.

그러나 며칠 후에 여자는 또 울었다.

그날 혜린은 노처녀와 남자가 함께 들어오는 것을 별 관심없이 대했다. 그 뒤 한 시간쯤 지났을까. 문소리가 날 때마다 긴장되던 남자의 표정에 불안이 사라지고 갑자기 아침 햇살이 비쳐든 방안처럼 밝아진다 싶어 혜린은 문 쪽을 돌아보았다. 그곳에 여자가 서 있었다. 남편과 같이 온 날 입었던 연한 올리브색 블라우스를 입고 있었는데 스카프를 풀어버린 탓인지 가느다란 목이 유난히 하얗게 드러났다. 긴 머리카락을 귀 뒤로 넘기며 눈으로 웃는 여자의 모습은 한달음에 뛰어가서 번쩍 안아오고 싶을 만큼 애잔했다.

세 사람은 즐겁게 술을 마셨다. 술을 마시고 그전처럼 남자가 기타를 쳤다. 그리고 여자는 울었다. 그날 밤도 그들이 마지막 손님이었다. 세 사람의 뒷모습이 나란히 까페에서 사라진 다음 그들이 앉았던 탁자를 치우다 말고 혜린은 창가 쪽으로 다가가 밖을 내다보았다. 언제부터 비가 오기 시작했을까. 남자는 비에 젖어 번들거리는 차도로 내려가서 택시를 잡고, 노처녀와 여자는 나란히 그 뒤에 서 있었다. 택시는 잘 잡히지 않았다. 나뭇잎들이 보도블록 귀퉁이에 몰려서 비를 맞는 모습이 쓸쓸했다. 가을비는 한번 내릴 때마다 추워진다는데…… 혜린은 계속 내려다볼까 하다가 그냥 쟁반을 들고 카운터로 돌아왔다. 간판불을 끄고 어두운 계단을 내려왔다. 밤거리는 조용했다. 그들도 가고 없었다.

그 뒤로도 그들은 몇번인가 늦은 밤에 찾아와서 똑같은 구도로 앉아 똑같은 순서로 술을 마셨다. 달라진 것이라면 여자가 점점 울지 않게 되었다는 점이다. 대신 남자의 눈길을 피하며 가느다랗게 한숨을 쉬는 일이 많아졌다. 노처녀가 화장실에 가고 자리를 비우면 남자와 여자 사이에는 갑자기 처음 만난 사람들처럼 어색함이 감돌았다. 괜스레 술잔을 들어 연거푸 마시거나 창밖을 내다보았다. 노처녀가 돌아오면 자기들이 어색하게 있었다는 것을 깨닫고는 더욱 부자연스러운 얼굴이 되었다.

혜린은 어느날 문득 남자가 노래를 부르지 않는다는 것을 알았다. 여자가 울지 않게 되면서부터 남자도 더이상 노래를 부르지 않았던 것이다.

카운터에 앉아 그들을 바라보다가 문득 창밖으로 고개를 돌리면 비를 보게 되는 날이 많았다. 혜린은 그해 가을에 유난히 밤비가 자주 온다는 생각을 하곤 했다.

이따금 노처녀가 혼자 오는 때도 있었다. 혼자 올 때면 노처녀는 늘 전화를 했다. 그러나 남자가 전화를 받고 나온 적은 한번도 없었다. 노처녀는 혜린을 상대로 속마음을 털어놓기 시작했다. 자기가 남자를 마음에 두고 있다는 것, 잘 우는 그 여자는 자기의 여고동창이라는 것, 남자가 나오지 않아 쓸쓸하다는 것…… 그녀가 털어놓는 얘기 가운데 혜린이 짐작하지 못했던 새로운 사실은 거의 없었다. 남자는 소설가가 아니라 여행사 직원이며, 그녀가 경리로 일하는 오퍼상과 같은 빌딩에 그의 여행사가 있다는 정도였다.

그러나 혜린의 짐작을 벗어난 것이 한가지 있었다. 남자의 꿈에 관한 이야기였다. 남자의 꿈은 가수라고 했다. 열여섯살에 비틀즈를 알게 되면서 두 가지 계획을 세웠는데 하나는 가수가 되는 것이고, 하나는 존 레논이 태어난 리버풀에 가보는 것이었다. 남자는 리버풀에는 벌써 두 번이나 가봤다고 했다. 그러나 가수가 되지는 못했다. 지금도 혼자 있는 시간이면 때로 악보를 끼적거리곤 하지만 기타를 잡아본 것은 얼마 만인지 모른다고 하더라며 노처녀는 이렇게 덧붙

266

였다.

"나는 평범한 환경에서 자랐고 공부도 중간 정도였어요. 생긴 것
도 그저 그렇고, 뭐든지 그저 그렇게 살아왔죠. 불만은 없었어요. 뭐
가 되고 싶다든지 뭘 갖고 싶다든지 그런 생각 없이 그럭저럭 시간
을 보내며 살아온 거죠. 그런데 그 사람을 알게 되면서부터 깨달았
어요. 나에게는 꿈이 없다는 것을. 이루어지고 아니고는 별로 중요
하지 않아요. 꿈을 갖고 있다는 사실이 부러워요. 꿈이 있는 사람은
뭐랄까, 살아 있는 느낌이라고 할까, 뭔지 몰라도 그 사람이 꼭 존재
해야만 하는 이유 같은 게 있는 것 같아요."

그날따라 초저녁부터 가게가 술렁댔다. 충무로의 디자인 회사에
다닌다는 단골손님 하나가 친구 둘을 데리고 들어왔다. 그날이 그의
생일이라는 거였다. 구석자리에서 술을 마시고 있던 단골인 방송국
조명기사와 그의 애인이 그 말을 듣고는 그냥 지나갈 수 없다며 파
티를 해주자고 제안했다. 조명기사의 애인이 케이크를 사오겠다며
호들갑스럽게 일어나는데 마침 테니스 강사인 또 한 사람의 단골이
들어섰다. 그가 샴페인을 사오겠다고 거들고 나서는 바람에 까페 안
이 갑자기 활기를 띠고 부산해졌다.

'인 마이 라이프'같이 조그만 까페에서는 단골손님끼리 다 낯이
익어서 그날처럼 분위기에 따라 자연스럽게 합석하는 일이 종종 있
었다. 그런 일을 더욱 자연스럽게 해주는 것이 주인인 혜린의 역할
이기도 했다. 부산스레 왔다갔다하고 있는데 전화가 걸려왔다. 혜린
은 여자의 목소리를 바로 알아듣지 못했다.

"누구라구요?"

"혜린씨, 저예요. 저기⋯⋯"

다행히 그녀가 설명하기 전에 혜린은 금방이라도 눈물이 떨어질 것 같은 여자의 커다란 검은 눈이 떠올랐다. 여자는 혹시 오늘 남자가 까페에 오지 않았느냐고 물었다.

"오늘은 안 왔는데⋯⋯ 왜요? 약속했어요?"

"아, 아녜요."

여자는 남자와 약속했느냐는 물음에 간통죄를 신문하는 검사 앞이라도 되는 듯이 화들짝 놀라며 부정했다.

"그게 아니고, 그냥 왔는지 안 왔는지 그것만 확인하고 싶어서요. 정말 안 온 거죠?"

"그렇다니까요."

"정말요?"

"⋯⋯⋯"

"그럼 저, 지금 갈게요."

여자는 기분이 우울해서 술을 마시러 나오고 싶은데, 혹시라도 남자가 와 있다면 오지 않겠다고 말했다. 단둘이 마주치는 일을 거북해하거나 아니면 두려워하는 모양이었다. 혜린은 여자를 안심시켰다. 남자가 혼자서 들른 적은 한번도 없었던 것이다. 조그만 목소리로 몇번이나 다짐을 하는 여자가 어쩐지 안쓰러워진 그녀는 그렇지 않아도 단골손님 생일이라 파티를 하려고 하니 함께 와서 어울리자고 말해주었다. 여자는 머뭇거리며 전화를 끊었다. 그때 케이크를 사든 사람들이 들이닥쳐서 혜린은 접시를 가지러 주방으로 들어갔다. 때마침 남자가 들어와서 구석자리에 앉는 것을 그녀는 보지 못했다.

268

축하노래를 부른 다음 샴페인을 터뜨리고 나서야 혜린은 남자를 발견했다. 남자가 앉은 테이블로 다가가며 혜린은 자기도 모르게 출입문 쪽을 힐끔 쳐다보았다.

"웬일로 혼자세요?"

혜린의 물음에 남자는 "오늘은 손님이 많네요"라고 인사치례를 하더니 어쩐지 혼자 술을 마시고 싶었다고 대답했다. 혜린은 여자도 그런 말을 하더라고 말하려다가 그만두었다.

혜린은 조금 마음을 졸이며 문 쪽을 바라보고 있었다. 계단 입구에서 기다렸다가 여자가 도착하면 남자가 와 있다는 사실을 알려줄까도 생각해보았다. 그러나 다른 생각도 들었다. 우연이라는 것은 다 운명이다. 오늘밤 두 사람이 만나도록 이미 정해져 있다면 아무도 그것을 막을 수 없을 것이다. 계단 아래에서 여자와 얘기하는 사이에 남자가 그곳으로 내려올 수도 있는 것이고, 아니면 그 밤거리 어디에선가 둘은 마주칠 수밖에 없으리라고.

여자가 문을 열고 들어서는 순간 두 사람은 쉽게 서로를 발견했다. 혜린의 짐작대로였다. 여자는 한참 동안 어정쩡하게 서 있기만 했다. 남자가 있는 자리로 갈 수도 없고 그렇다고 다른 자리에 가 앉는 것도 부자연스러운 일이었다. 그때 남자가 가볍게 한 손을 들어주지 않았다면, 금방이라도 눈물이 떨어질 듯한 여자의 눈에서는 정말 눈물이 떨어졌을지도 모른다.

두 사람은 애써 눈길을 피하며 빠른 속도로 맥주병을 비웠다. 그러나 시간이 지날수록 둘의 표정에 점점 말할 수 없이 부드럽고 따뜻한 빛이 비쳐들었다. 이윽고 남자가 일어나 기타를 집어들자 여자의 어깨는 가볍게 떨렸다. 두번째로 듣는 「인 마이 라이프」였다.

이 모든 친구와 사랑하는 이들 중에서도
당신과 비교할 수 있는 사람은 아무도 없어
당신과의 사랑은 나날이 새로워
지나가버린 추억들은 모두 의미가 없네

마지막 부분에서 남자는 여자의 눈을 똑바로 바라보며 노래를 불렀다. 여자도 시선을 피하지 않았다.

노래가 끝나자 생일파티를 하던 테이블 쪽에서 박수가 쏟아졌다. 조명기사의 여자가 특히 열광했으며 디자이너와 함께 온 두 친구도 앙꼬르를 외쳐댔다. 남자는 기꺼이 앙꼬르곡을 불렀다. 그리고 얼마 안 가 모두 어우러져서 노래를 부르기 시작했다. 모두가 취했다. 조명기사의 여자가 높은 목소리로 말했다. 두 분이 너무 잘 어울려요. 그러자 남자와 여자는 기쁜 듯이 마주보고 웃었는데, 그 웃음에는 운명이 우리편이리라는 의미의 당당함이 깃들어 있었다.

남자는 계속 여자의 눈을 바라보며 노래를 불렀다. 남자의 눈에서 던져진 빛이 여자의 눈 속으로 깃들일 때마다 생기가 넘쳐나고 눈빛이 타올라 여자의 모습은 아름답게 빛났다. 잠자는 숲속의 공주를 깨운 왕자의 입맞춤처럼 남자의 눈빛은 여자의 몸속에 깊이 잠들어 있던 생을 일깨우는 것 같았다.

저 여자의 이름은 무엇일까. 저 여자에게는 불리기를 고대하는 멋진 이름이 있을 것만 같았다. 그들이 늦은 밤 속으로 손을 잡고 걸어나갈 때 혜린은 여자의 이름을 물어볼까 하다가 그만두었다. 그것은 그날 밤 남자가 할 일이었다.

한동안 그들은 까페에 나타나지 않았다. 남자도 여자도 노처녀도.

　대신 여자의 남편이 드나들기 시작했다. 여자의 남편은 언제나 왁자지껄하게 사람들을 몰고 다녔다. 주로 직장 얘기에다 세상 돌아가는 것, 여자에 대한 경험담 등 내용은 뻔했지만 어찌나 목청이 높은지 그가 오면 혜린의 가게는 까페가 아니라 선술집이 되어버리곤 했다. 매상보다 사연에 관심이 더 많은 혜린에게는 그다지 달가운 존재가 아니었다.

　그가 까페 분위기를 천박하게 만드는 것은 그것뿐이 아니었다. 그는 곧잘 혜린의 손을 붙들어 옆자리에 앉히려고 하고 조금만 쌀쌀맞게 대하면 술장사하는 여자가 비싸게 군다 하여 고까운 표정을 지었다. 그는 혜린이 철저히 싫어하는 형으로, 꿈이나 슬픔에 대해 생각해본 적도 없고 고상한 것과는 전혀 관계가 없었으며 하다 못해 노처녀와 같은 솔직함조차 없었다.

　여자의 남편을 보면 볼수록 혜린은 여자가 자기 남편에게서 행복을 구하지 않기를 바라는 마음이 되었다. 저런 남편의 전부를 얻지 못해 외로워한다면 그것은 비련의 여주인공만이 지닐 수 있는 슬픔의 작위를 박탈당하고 말 것 같았다. 혜린의 마음속에 있는 슬픔의 나라의 법정에서는 새로운 판결문이 나왔다. 여자가 그 남편을 사랑하는 것은 더러운 죄악이며 오직 '인 마이 라이프'의 남자를 사랑하는 것만이 순결한 일이라고. 사랑이 없으면서 함께 사는 부부야말로 상대를 기만하고 삶의 아름다운 섭리를 거스르는 부도덕한 관계라고.

그날도 혜린은 여자의 남편이 거나하게 술 마시는 것을 카운터 자리에 앉아 지켜보고 있었다. 까페 안에는 조명기사의 여자가 혼자 술을 마시고 있을 뿐 다른 손님은 없었다. 그리고 손님도 없는 가게에 괜히 도와주겠다고 와서 아까부터 냉장고 문을 닦고 있는 주미가 있었다.

남자가 문을 열고 들어왔을 때 혜린은 무척 반가웠다.

"어머, 안녕하세요."

혜린이 인사를 건네자 남자는 노처녀를 만나러 왔다고 말하고는 언제나 앉는 구석자리를 향해 걸어갔다. 왜 여자 아닌 노처녀와 만나는 것일까? 그 다음 순간 혜린은 제풀에 깜짝 놀랐다. 옆눈으로 여자의 남편 쪽을 훔쳐보는 혜린의 가슴은 갑자기 조마조마해졌다.

남자는 우울해 보였고 걸음이 무거웠다. 여자의 남편이 앉아 있는 자리를 지나쳐갈 때였다. 의자 사이의 공간이 넉넉하지 않았던 탓에 남자의 몸이 여자의 남편이 앉은 의자를 약간 건드렸다. 많이 취해 있었던 여자의 남편은 눈꼬리를 치켜올리며 남자를 꼬나봤다. 남자는 여자의 남편을 똑바로 보지도 않은 채 낮게 "죄송합니다" 하고는 구석자리에 가서 앉았다. 여자의 남편이 뭐라고 한마디 할 듯 아래턱을 내밀었다가 거만하게 눈을 내리깔며 고개를 돌리자 혜린은 자기도 모르게 침을 꿀꺽 삼켰다.

물론 아무 일도 아니었다. 그러나 술에 취하면 바로 그 아무 일도 아닌 것들이 사건을 일으킨다. 까페에서는 그런 일들이 너무나 흔했다. 지난주에 아래층 까페에서도 그런 일이 있었다. 한 여자를 사이에 두고 남자 둘이 맥주병을 깨가며 싸움을 벌였는데 그 와중에 여자가 깨진 맥주병 위로 넘어지는 바람에 얼굴을 크게 다쳤다. 사건

272

의 전말을 전해준 그 까페 주인에 따르면 그 싸움 역시 아주 사소한 데서 시작되었다고 한다. 한 남자가 술을 세 병 더 시키자 여자가 한 병만 하자고 했고 다른 남자가 여자의 생각처럼 한 병이 좋겠다고 하면서부터 옥신각신하게 되었다는 것이다.

남자의 자리로 맥주를 갖고 가면서 혜린은 여자의 남편이 앉아 있는 자리를 계속 힐끔거릴 수밖에 없었다. 그 자리의 누군가가 "여기! 맥주 두 병 더!" 하고 외쳤으므로 주미에게 가보라는 뜻의 눈짓을 보낸 뒤 혜린은 남자의 앞자리에 가서 앉았다.

"왜 이렇게 오랜만이에요?"

"그렇게 됐어요."

"얼굴이 좀 상한 것 같아요."

남자는 가볍게 웃어 보이기만 했다.

여자의 남편 자리에서 불평하는 소리가 들려왔다. 누구는 마담이 자리에 앉아 대접해주고 누구는 술도 직접 안 갖다주느냐고 트집이었다. 이어 주미의 목소리가 들렸다. 이 손 놓으세요. 여기는 까페예요. 룸살롱이 아니라구요. 뭐라구? 혜린이 얼른 일어났는데 그 사이를 참지 못하고 와장창 깨지는 소리가 까페 안을 흔들었다. 이년이, 건방지게! 주미는 여자의 남편 일행에게 머리채가 잡혀 있었다.

그 자리에 있던 사람 모두가 완전히 취해 있었다. 혜린이 뛰어갔다. 왜 이러세요, 손님. 주미가 계속 비명을 지르고 혜린이 사정했지만 그는 주미를 놔주지 않았다. 이것들이 손님을 뭘로 보고, 앙? 장사를 하겠다는 거야, 말겠다는 거야. 죄송합니다, 애가 어려서 그래요. 그 손 좀 놓아주세요. 아악! 언니, 언니!

구석자리에서 남자가 벌떡 일어나 다가오는 게 보였다. 누군가 끼여들면 일은 커진다. 지금 혜린은 시비를 가려 정의를 구현하는 것보다는 일이 커지지 않는 쪽을 더 원했다. 그녀는 주미의 손을 놓고 뛰어가 얼른 남자를 가로막으며 속삭였다. 놔두세요, 취해서 그래요. 그러나 혜린을 뿌리치고 그 자리로 한 발짝 다가서는 남자는 물러서지 않았다. 그러지 않아도 누구와든 싸우고 싶었던 사람처럼 보였다. 놓아주십시오, 너무한 것 아닙니까? 넌 뭐야, 왜 나서서 참견이야? 이번에는 자기 차례라는 듯 자리에서 벌떡 일어난 것은 여자의 남편이었다.

순간 혜린은 그 둘을 싸우게 놔둬야 한다는 생각이 들었다. 언젠가의 밤 여자와 남자의 만남을 피할 수 없게 만들었던 어떤 힘이 지금 이 둘을 싸우게 만들고 있는지도 모르는 일 아닌가. 더구나 이곳은 '인 마이 라이프'였다. 다른 장소에서는 다른 종류의 사람들과 섞여 살더라도 이곳만은 꿈의 세상, 슬픔의 세상에 속한 사람들이 장악해야 했다.

그러나 혜린은 생각을 바꾸었다. 불빛 아래 번들거리는 두 사람의 눈빛을 보았기 때문이었다. 자기들 스스로도 미처 정체를 파악하지 못한 운명적인 긴장과 막연한 적의로 인해 두 사람의 눈에서는 불꽃이 튀었다. 노처녀가 들어온 것은 바로 그때였다.

그 다음부터는 누구나 짐작할 수 있을 것이다. 노처녀는 어리둥절해서 두 사람을 번갈아 바라보다가 사태를 파악하고는 재빨리 두 남자를 서로 인사시켰다. 여자의 남편은 남자가 아내 친구의 애인임을 알자 싱겁게도 눈빛이 풀어지며 악수를 청했다. 그러나 상대가 바로 자기가 사랑하는 여자의 남편임을 알게 된 남자의 눈빛은 정반대로 말할 수 없이 어두워졌다. 남자는 악수를 받지 않았다.

274

노처녀는 남자를 거의 끌다시피 데리고 밖으로 나갔다. 여자의 남편이 앉아 있는 옆으로 지나갈 때 남자가 주먹을 치켜들자 그 자리의 모두는 바짝 긴장하여 숨을 들이켰다. 남자의 주먹은 여자의 남편 옆에 세워져 있던 벤자민 화분을 내리쳐 사정없이 박살냈다. 남자가 주먹으로 박살을 낸 것이 화분이 아니라 바로 자신의 사무친 비련임을 아는 사람은 혜린밖에 없었다. 계단을 내려가는 남자의 걸음은 비칠거렸다.

　여자의 남편도 자리를 수습하고 나가버렸다. 까페 안에는 헝클어진 머리를 빗고 있는 주미와 조명기사의 여자뿐이었다. 언제 그런 일이 있었냐 싶게 조용했다. 주미와 조명기사의 여자는 저희들끼리 속살거리고 있었다. 남자가 흑기사처럼 멋있다고 조잘대는 거였다.

　남자는 그 뒤로 꼭 한번 더 왔다. 밤비가 내리던 날이었다. 혼자 와서 자정이 넘도록 술을 계속 마시더니 결국에는 기타를 잡았다. 단골손님 두엇이 남자의 기타소리에 귀를 기울였다. 그날도 혼자 와 있던 조명기사의 여자가 일어나서 남자 쪽으로 다가가자 다른 단골손님도 하나둘씩 남자 주변으로 몰려들었다. 그들은 난로를 둘러싸고 이쪽저쪽 편한 대로 앉아서는 남자의 노래를 재촉했다. 남자가 세번째로 「인 마이 라이프」를 노래하기 시작했다.

　　함께한 친구들 지나간 세월
　　그들에 대한 나의 사랑은 사라지지 않네
　　때로 걸음을 멈추고 그때를 생각하겠지
　　그러나 내가 진정 사랑하는 사람은 당신뿐이라네

인 마이 라이프, 아이 러브 유 모어

노래가 거의 끝날 즈음이었다. 갑자기 찬바람이 느껴지는 듯하더니 문이 스르르 열렸다. 문이 열린 것을 맨 먼저 알아채고 돌아본 사람은 남자였다. 남자의 눈은 갈망에 차 있었다. 거기에는 비를 맞은 한 여자가 서 있었다. 혜린이 일어나서, 분위기를 깨뜨려버린 그 여자에게 다가가 말했다.

"끝났어요. 장사 안해요."

그러자 여자는 자신이 이방인이 아니라는 듯이 까페 안으로 한 발을 들여놓았다. 그날이 바로 내가 '인 마이 라이프'라는 시간과 장소로 들어선 날이었다. 남자는 그 뒤로 까페에 나타나지 않았다. 가을이 가고 겨울로 접어들었는데도.

여자의 남편은 이따금 까페를 찾아왔다. 여전히 사람들을 이끌고 소란스럽게 술을 마셨다. 여자의 남편이 화장실에 갔을 때 일행들이 그의 얘기를 주고받았다.

"저 선배, 이혼했다는 거 사실이에요?"

"나쁜 소문은 빠르다니까. 이혼은 아니고 마누라가 친정에 좀 가 있는 모양이야. 별일도 다 있지. 딴놈 애를 가졌다면서 이혼하자고 우긴다잖아."

"예? 그럼 그 남자하고 결혼할 건가보죠?"

"그것도 아닌가봐. 혼자 낳아서 키우겠다고 이혼만 해달라고 날이면 날마다 질질 짜는데, 알고 보니 임신도 안했더라는 거야. 저 친구 말이, 조금 더 같이 살다가는 정신병원에 집어넣을 것 같아서 차라리 친정으로 내쫓아버렸다고 하더라구."

여자의 남편이 자리로 돌아오는 바람에 얘기는 거기에서 끊어졌다. 혜린은 맥주를 가져다 자기 잔에 콸콸 부었다.

얼마 후 혜린은 조명기사의 여자에게서 청첩장을 받았다. 그녀가 벙글대며 혜린에게 말했다. 이름만 보고는 신랑이 누군지 모를 거예요. 혜린씨도 아는 사람이에요. 힌트 줄 테니 한번 맞혀볼래요? 생일파티와 기타, 음…… 그리고 비틀즈의 「인 마이 라이프」. 거기까지 말하고 나서 조명기사의 여자는 참지 못하고 깔깔댔다. 두 달 만에 식 올리는 거예요, 우리. 전혀 몰랐죠? 혜린은 물론 결혼식장에 가지 않았다. 그런 자리에 모습을 나타낼 만큼 세상일을 모르는 혜린은 아니었다. 까페 주인이란 손님의 현실 속에 등장하면 안되게 되어 있는 것이다.

혜린은 언젠가는 여자가 한번쯤 '인 마이 라이프'에 올 것이라고 믿었다. 그래서 꽤 오랫동안 여자를 기다렸다. 오면 같이 술이나 마시면서 슬픈 이야기를 많이 들려주고 싶었다. 그녀에게는 분명 슬픈 이야기가 필요할 것 같다. 그러나 여자는 끝내 오지 않았다.

"한가지만 더 얘기할게요."

"그래……"

"다른 얘기지만 전에 우리 가게에 술에 취하면 늘 똑같은 말만 하는 단골손님이 하나 있었어요. 긴 파마머리에다 상당한 미인이었죠. 노처녀 친구인 그 여자하고 전혀 안 닮았는데도 이상하게 분위기가 비슷했어요."

"슬퍼 보이는 것?"

"그런 것 같아요. 그 여자는 취하면 언제나 구두를 벗고 두 무릎을 올려세우고 의자에 기대앉아요. 한 손으로는 무릎을 감싸고 한 손으로는 턱을 괴고 계속 입속으로 중얼대는 거예요."

그럴 때 그녀의 눈 속을 보면 텅 비어버린 것처럼 투명했으며, 그 멍한 시선을 허공에 둔 채 마치 기억이 희미한 아득한 옛일처럼 이런 식으로 뇌까리곤 했다고 한다.

—술에 취하면 난 그 사람한테 전화를 해. 그러면 언제나 그 사람이 전화를 받아. 내가 취했다는 걸 확인하고 그 사람은 나를 만나러 오지. 그리고는 같이 술을 마시는 거야. 몇시간 동안 한마디도 안하고. 우리가 입을 여는 것은 술을 더 시킬 때뿐이야. 그렇게 아무 말 없이 술을 마시고 있다가 열두시 가까이 되면 우리는 자정까지 돌아가야 하는 신데렐라처럼 약속이나 한 듯이 일어나. 일어서면서 그 사람은 항상 이렇게 물어봐. 너 그때 왜 도망갔니, 응? 그럼 나는 발끈해서 말하지. 도망친 것은 당신이지 내가 아냐. 그 말을 듣고 그 사람이 화를 내면서, 네가 그런 말을 할 수 있는 거니? 난 반지까지 샀었잖아, 하면 나도 질세라, 그래서? 그 반지는 어떻게 됐지? 지금 누가 끼고 있는데?라고 악을 쓰지. 그 반지는 다른 여자가 끼고 있잖아, 결국 당신이 선택한 건 그 여자야. 그때쯤이면 내 눈엔 눈물이 줄줄 흘러내리고, 그러면 그는 내 어깨를 거칠게 잡으면서 목이 아프도록 침을 삼키고 나서 잠긴 목소리로 말해. 너 똑바로 말해. 그 반지는 네 거야. 지금이라도 네가 원하기만 한다면 모든 게 다 제대로 되는 거야. 나는 그 말이 끝나기도 전에, 그렇다면 왜 그때는 이 말을 하지 않은 거지? 왜 나를 피했지?라고 말꼬리를 잡아채고 그 사람은 또 그 사람대로, 겁을 냈던 것은 너라니까! 내 마음은 그때나 지금이나 똑같아! '끔찍할 정도로 똑같단 말이야' 하는 대목에서 갑

278

자기 그 사람의 목소리가 높아져. 그러나 내 목소리에 묻혀서 그 사람은 다음 말을 잇지 못해. 내가 이렇게 소리치거든. 그게 사실이라면 날 데리고 도망가. 아니면 같이 죽어. 같이 죽을 수 있어? 그러지도 못하면서 변함없다고 말하는 것은 다 거짓말이야. 내가 그런 거짓말에 또 속을 줄 알아? 숨을 할딱이며 꼭 거기까지 말하다가 나는 더이상은 말을 못하게 돼. 그 사람이 나를 아프게 껴안으면서 낮고 뜨겁게 말하거든. 그래, 같이 죽자, 죽어버리자. 그 순간 나는 아기처럼 얌전해버리지. 그 사람은 자기의 품안에 순순히 안겨 있는 나를 조심스럽게 큰길가로 데리고 가. 그리고 택시에 태워보내는 거야. 차 안에서 뒤를 돌아보면 그 사람은 벌써 길을 건너가고 있지. 만날 때마다 늘 똑같이. 그리고 얼마의 세월이 하염없이 지나간 뒤 내가 취해서 전화를 하면 세번째의 신호음이 가기도 전에 또 그 사람이 받아. 받자마자 다급한 목소리로 이렇게 말하는 거야. 너지? 그렇지?라고.

애기를 마치고 혜린은 말했다. 나한테는 손님들이 다 똑같이 보여요. 슬플 때만 살아 있는 것 같거든요. 나도 한마디 대꾸했다. 슬픔을 느낄 때만 진정한 자기 자신인가봐. 그래서 다들 슬픈 곳으로 가고 싶어하는 거고. 혜린이 덧붙였다. 그래요, 살아 있고 싶어서.

크리스마스를 며칠 앞둔 신촌 거리는 들떠 있었다.
막 파마를 마치고 양손에 백화점 봉투를 쥔 채 거리로 나서는 순간 눈앞에 희끗한 것이 스치고 지나갔다. 하늘을 올려다보는데 뭔가 차갑고 부드러운 느낌이 뺨에 와닿았다. 그러더니 거짓말처럼 갑자기 떼지어 쏟아져내려오듯 흰눈이 눈앞으로 달려들었다. 거리를 걸던 모든 사람들이 아주 짧은 순간 탄성을 내뱉기 위해 발을 멈췄다.

나는 공중전화 부스로 들어갔다. 남편은 자리에 있었다. 한 시간만 기다리면 될 거야. 어디서 기다릴래?

나는 공중전화의 뽀얀 유리벽 너머로 길 건너편의 간판들을 훑어보았다. 하얀 아크릴간판의 빨갛고 굵은 글씨가 눈에 들어왔다. 데 땅뜨. 데땅뜨라는 장소를 남편에게 일러주고 나는 전화를 끊었다. 그러나 나는 그 간판에서 왠지 견딜 수 없는 거북함을 느꼈다. 다시 그 간판을 천천히 쳐다보았다. 잠깐 사이에 눈발이 훨씬 굵어져 있었다. '데땅뜨'라는 글씨 위로 쏟아져내리는 눈발은 마치 뭔가 덮어버리려는 듯 맹렬한 기세로 날렸다. 떠나는 여인의 뒷모습에 쏟아지는 망각의 맹세 같았다.

그제서야 나는 깨달았다. 5년 전에도 나는 이 공중전화 부스에서 전화를 걸고 있었다. 그때는 가로수의 잎이 떨어지기 시작하는 가을이었고 나는 알지 못할 허전함 속에서 전화를 걸고 있었다. 그리고 그때 내 눈에 들어왔던 것은 저렇게 커다란 간판이 아니라 귀퉁이에 붙어 있던 작은 간판이었다. 거기에는 눈에 잘 띄지 않는 손글씨로 이렇게 씌어 있었다. 인 마이 라이프.

[비오는 날 국수를 먹는 모임, 문이당 1997]

해설

가족이 지배하는 세계의 '농담'과 연민

방 민 호

　은희경의 이번 창작집은 중단편집으로서는 두번째이지만 장편까지 포함한다면 네번째가 된다. 『새의 선물』과 『마지막 춤은 나와 함께』가 연작에 가까운 장편들이라면, 이 창작집은 『타인에게 말 걸기』 이래의 중단편들을 모아놓은 것으로서 작가가 어디로 나아가고 있는지를 가늠할 수 있게 하는 측면이 있다. 또 하나, 중편으로서는 다소 긴 듯하고 장편으로서는 짧은 「마이너 리그」가 신문에 연재되었지만 아직은 출판이 되지 않고 있다. 95년에 서른일곱의 나이로 등단했던 작가이니, 만 4년이 넘는 동안 그야말로 숨가쁘게, 쓰는 일에만 몰두해왔으리라.

　나는 은희경의 작품들을 냉연한 심정으로 관조해온 경우에 속한다. 그러나 소설 쓰는 일이 노동이 되어버린 작가와 그의 작품들에 대해 논하는 일은 우선 이해자의 견지에 섬으로써 비로소 가능해지겠다는 마음을 다시 품어본다.

*

이 새로운 창작집을 대하면서 가장 먼저 눈에 띈 것은 역시 「명백히 부도덕한 사랑」이다. 은희경의 소설에서 매우 다양한 변주를 이루면서도 일관된 주제를 형성하는 것이 하나 있다면, 그것은 아내가 있는 남자와의 관계라는 창을 통해 여자인물이 사랑의 의미와 한계를 가늠하고 이로써 삶의 이면을 이해하고자 하는 노력이다. 『타인에게 말 걸기』에 실린 수작 「그녀의 세번째 남자」가 그런 것이었고, 이 작품집에 실리지 않은 단편 「너는 그 강을 어떻게 건넜는가」가 또한 그런 유형의 작품이다. 「명백히 부도덕한 사랑」은 그 맥락에서 이해되어야 한다. 이 작품에서 여자는 자기 사랑의 '부도덕성' 탓에 남자의 곁을 떠난다. 그의 아이를 떼고, 여자는 다음과 같이 생각하고 있다.

오늘 특별히 힘들어해야 할 필요가 있는가. 물론 나는 부주의했다. 몸과 마음이 상했고 도덕적인 회오를 감당해야만 한다. 그러나 도덕에 대한 자의식으로 고통받아야 한다면 그것은 중절수술이 아니라 사랑 때문이다. 부도덕은 그를 사랑하기 시작했을 때 이미 함께 시작된 일이었다. 내게 고통스러운 것은 오늘 했던 수술이 아니라 내일도 지속될 사랑이며, 만약 고통에서 벗어나기를 원한다면 술잔을 앞에 놓고 호들갑의 여분인 감상을 즐길 것이 아니라 자리를 박차고 떠나버려야 한다, 영원히. (19면)

'나'의 떠남을 재촉한 것은 아버지의 여자문제였다. 이는 긴밀하게 짜여진 이야기 구조를 추구하는, 은희경다운 설정이라 하겠다. 어머니는 '나'에게 새 여자가 생겨 이혼하고자 하는 남편에 관한 푸념을 늘어놓곤 한다. 이로써 '나'는 아이러니컬한 상황에 직면하지 않을 수 없는데, 만약 어머니의 심정에 동의한다면 '나'는 현재의 자기를 부정하는 것이 되고, 반대로 그 심정을 부정한다면 '나'는 자기 존재의 근거를 이룬 가족과 가정이라는 제도를 근본적으로 부정하는 것이 된다.

결국 '나'는 아내가 있는 애인과 헤어지고 있다. '나'의 아버지는 이혼을 작정하고 '나'에게 프랑스 유학의 비용을 한꺼번에 부쳐주었지만, '나'는 돈을 돌려보낸다. 그리고는, 한번쯤 고독에서 벗어나 보는 것도 나쁘지는 않았다는 자위만을 품고 다시 혼자로 돌아간다. 그로부터 3년이 지나고, '나'의 회상 끝의 결론은 다음과 같다.

나는 아버지의 딸이며 아버지이며 아버지의 여자였다. 나는 어머니의 딸이며 어머니의 연적이었다. 나는 그의 여자이며 그의 아내의 연적이었다. 나는 그의 아내였다. 그리고 나다, 나는. 그리고…… (53면)

「그녀의 세번째 남자」에서, 여자는 아내가 있는 남자를 절대적인 사랑의 대상으로는 더이상 생각하지 않음으로써만 그와의 재회를 받아들일 수 있었다. 그러나 그것이 더이상은 '진정한' 사랑의 과정으로 기능할 수 없으리라는 점에서, 그 만남은 「명백히 부도덕한 사랑」의 떠남과 등가적인 관계에 놓인다. 『마지막 춤은 나와 함께』의 '나'는, 자기의 아이를 가진 것을 앎으로써 결혼을 원하게 된 남자의 곁을 떠나고 있다. '그'와의 사랑과 결혼이 이혼으로 얻은 '나'의 존립을 위태롭게 할 수도 있다는 위기를 느꼈기 때문이다. '나'가 '나'로서 지켜지기 위해서는 결혼, 또는 한 사람에게로의 귀속은 회피되지 않으면 안된다. '나'는 홀로 살아가야 한다. 또는 결혼과 한 사람에게로의 귀속으로 이끌리는 자기를 무마하기 위해 '셋'의 관계를 유지하지 않으면 안된다. 「명백히 부도덕한 사랑」의 여자는 홀로 된 삶에 귀착하고 있지만, 그 본질에 있어 「그녀의 세번째 남자」 및 『마지막 춤은 나와 함께』의 여자와 다르지 않다.

한편, 이로써 하나의 폭력이 모습을 드러낸다. 남자들의 위선으로 현상하는, 결혼이라는 한국사회의 완강한 제도가 그것이다. 「명백히 부도덕한 사랑」의 남자는 '진초록 폴로셔츠를 입고 던힐을 피우는 나직한 목소리의 은행 차장'이었다. 그는 '인도를 생각하는 모임'에서 처음 여자를 만난다. 그 무렵 그는 사십의 나이에 이른 이들이 흔히 겪는 허무감에 시달리고 있었다. 여자가 아이를 뗀 날 그는 비로소 여자의 방에서 자려 하며 "청혼하는 거야"라고 말한다. 며칠 후 여자가 그의 생각을 거부하자 그는 "차라리 나이 많은 남자한테 와서 남의 애 키우며 살기 싫다고 솔직하게 말해라"라며 불쾌해한다. 그러나 그에게 정녕 새로운 선택을 할 의지가 있는지, 또 실제로 그럴 수 있을 만큼 그 의지가 충분한지는 물을 필요도 없다. 그는 '정형화된 사고방식과 틀'에 갇혀 있는 '보수적인 사람'이다. 새로운 사랑이 곧 새로운 결혼으로 이어져야 한다고 믿는 사고방식 밑에 놓여 있는 것은, 얼마간은 적당히 결혼이라는 제도의 이점에 스스로의 삶을 기대고 있고, 그런 한편으로 그것에 권태를 느끼고 일탈욕을 갖는 자기 모순적인 위선이다. 물론 그는 그것을 깨닫지 못한다.

여자가 겪는 혼란이 눈길을 끈다. 남자가 자고 가던 날 여자는 자기 마음속에 다른 이들과 마찬가지로 가족적 정서가 있음을 확인한다. 그와 결혼할 수도 있다고 생각하면서 사랑이 수반하는 배타적 독점욕을 느낀다. 그러나 아버지의 이혼 '소동'이라는 삽화가 개입하면서, 여자는 세상이 갑의 불행이 을의 행운을 가져다주는 제로섬 게임에 빠져 있다는 사실을 새롭게 받아들인다. 세상은 딸들과 어머니들, 여자와 남자, 아내와 남편으로 가득 차 있는 것이다. 그녀의 사랑이라는 것도 그같은 관계로부터 자유로울 수는 없다. 결국 그녀에게는 남자의 곁을 떠나는 외에 다른 선택이란 남겨져 있지 않다. 은희경 특유의 허무주의, 제도에 대한 패배감, 인간성에 대한 회의가 제 몫을 하는 대목이다. 최근의 한 수필에서 작가가 이와같은 태도를 두고 "그처럼 인간의 나약함과 모순을 인정해주는 것이 내 나름의 휴머니즘이다. 그러나 다시 생각해보면 그것은 일방적으로 강요된 도덕에 대한 반발심리가 고전적 가치에 대한 거부감으로 나타난 것일 수도 있다"고 자해(自解)하는 것을 본 적이 있다.

은희경 소설의 이같은 귀착에 내면적인 비판을 가하는 일이 그다지 쉽게 느껴지지는 않는다. 나는 그녀의 반복적 테마가 의미하는 바가 무엇인지 생각해본다. 「그녀의 세번째 남자」에서도 여자는 남자의 위선으로부터 헤어날 수 있는 가능성을 추구하지 않았다. 「명백히 부도덕한 사랑」에 이르면, 남자인물의 설정 자체가 그런 가능성과는 전혀 거리가 멀다는 사실을 느낄 수 있다. 『마지막 춤은 나와 함께』에서는 어떠했던가. 여자는 허무와 우울 그 자체로부터 출발하고 있다. 이들 대부분의 작품에서 아이를 떼는 모티브가 등장한다는 사실도 우연은 아닐 것이다. 이는 여성인물들이 겪었을 어떤 상처를 상상하게 한다. 작가에 의한 소설적 자아는 충분히 강해지기 전에 제도의 폭력에 노출되어버렸고, 이로 말미암아 인물들은 그것과 맞서는 대신 소통과 희망의 단절, 그 폐쇄된 세계 속에서의 생존능력의 터득이라는 길을 가지 않을 수 없었던 것으로 보인다. 그렇지 않다면 비록 포즈로 그칠 망정 사랑의 힘으로 자기와 타인, 세계 모두를 변화시켜나가는 희귀한 길의 모색을 그처럼 철저히 부정하려 하지는 않았을 것이기 때문이다.

*

작가가 줄곧 내보이는 부정의 포즈가 소설적 자아의 어떤 상태로부터 연유하는가를 좀더 구체적으로 살펴볼 수 있는 작품으로 자전적 소설인 「서정시대」가 있다. 여주인공이 앓고 있는 '원형탈모증'이라는 창피한 질병과, 그녀의 심리가 절묘한 상응관계에 놓이고, 이것들이 다시 속된 세상에 좀더 냉정해져야 한다는 교의로 모아지는 이 작품은 작가의 재능을 다시 한번 생각하게 한다. 발표 당시 이미 자전소설이라는 조건이 붙은 작품이므로, 물론 그렇다 해서 자서전이라는 말이 붙은 책에서 사람들은 사실과 일치하지 않는 부분에 이끌리게 된다는 『자서전의 규약』의 저자의 말을 잊은 것은 아니지만, 작가에 의한 소설적 자아의 뿌리깊은 상처를 이해하는 데 도움이 되리라는 사실이 부인되기는 어려울 것이다. 작품에 따르면 '나'는 어떤 여자였던가. "나는 스스로를 이지적이고 성숙한 여성이라고 믿었으며 이따금 나를 순진하게 보는 사람이 있는 걸로 보아 내가 제법 교활하기까지 하다고 생각했다." 그런 소녀였다. 이것이 서울로 대학을 오기까지의 '나'에 관한 '나'의 회상이라면, 이후로도 사정은 많이 달라지지 않았다.

그때부터 나는 언제나 친구들보다 한살이 어렸다. 병도 앓지 않고 재수도 하지 않고 군대도 가지 않은 내가 박사과정 시험에 응시했을 때는(비록 떨어졌지만) 장하게도 겨우 스물네살이었다. 나는 내가 조숙하다는 것을 한번도 의심해본 적이 없을 뿐 아니라 내 인생의 비밀 중의 비밀인 그 사실을 누구한테나 은근히 털어놓았다. 진지한 조숙 속에 지금 내 머리통 한가운데에 박혀 있는 원형탈모의 땜통처럼 속이 들여다보이고 우스꽝스러운 빈터가 있음을 알 턱이 없었다. (135면)

'나'는 말하자면, 일찍 조숙한 탓에 사춘기가 유난히 긴 여자였다. 삶의 이면을 잘 알고 있고, 그러나 정작 '삶의 진실을 깨치게 해줄 시련'으로부터는 충분한 교훈을 얻지 못한 상태로 성인이 되어야 했던 여자였다. 만약 '나'가, "부모님 대신 맹목적 가족애를 가르쳐준 외할머니가 매일 대야에 초록색 물을 하나 가득 토해내며 암으로 죽어갈 때, … 아니면 구둣발로 안방까지 들어온 남자들이 장롱과 텔레비전에 빨간 도장이 찍힌 딱지를 붙이고 가던 때" 그것이 시사하는 생존의 조건을 충분히 음미할 수 있었다면, '나'는 훨씬 더 성숙한 여인으로 될 수 있었을 것이다.

그러나 여기서 잠깐 짚고 넘어가지 않을 수 없는 것은, 그렇다 해서 '나'가 바로 그와같은 생존의 절대적 조건들에 대해 무감각하다거나 그것의 의미를 중요시하지 않는다는 것은 아니라는 사실이다. 막상 당할 때는 충분히 주의가 기울여지지 못한 일들도 의식 저편으로 영원히 흘러가버리는 것이 아니며, 의식이라는 표막 아래 말없이 저장되고 축적되다가는 그것이 의식적으로 상기되어야 하는 때가 당도했을 때는 마침내 무상의 힘을 발휘할 수가 있다. 이것이 융(C. Jung)으로 대변되는 무의식이론의 견해가 아니던가. 그렇다면 현재의 '나'는 바로 그런 조건들에 대해 무관심할 수도 무지할 수도 없다. 오히려 바로 그런 것들에 더욱더 민감한 존재가 되었을는지도 모르며, 바로 그 탓에 자신의 성숙이 연기(延期)되었음을 깨달았을 때, '나'는 타인들보다 훨씬 더 급진적인 방식으로 이른바 인생에의 '서정적인' 태도를 부정하게 되었는지도 모른다. 이 점에서 그녀의 '농담'에는 냉혹성이 깃들여 있음을 추측해볼 수 있다.

다시 작품으로 돌아와보자. 대학에 들어간 '나'는 우여곡절 끝에 후일 첫사랑이라 이름지을 수 있을 만한 남자를 만난다. 그 무렵 남자들을 만날 때의 그녀는 '구원의 여성으로서의 태세'를 갖춘 여성이었다. 그와 동일한 표현을 「그녀의 세번째 남자」로 돌아가 다시 찾아볼 수도 있다. 그 작품에서 여자는 자기를 남겨두고 다른 여자와 결혼해버릴 남자를 사귀면서 역시 '구원의 여성'으로 자기 역할을 정했었다. 아무튼, 고뇌하는 남자들을 위해 주저없이 '구원의 여성'이 되고자 하는, '서정적' 감정에 사로잡혀 있던 「서정시대」의 '나'에게 나타난 남자는, 외면적인 풍모와는 다르게 '여자의 마음을 사로잡는 재능 혹은 성의가 별로 없는 사람' '덤덤한 성격'의 소유자였다. 또 그런 탓인지 몰라도 그와의 관계는 더디게 가까워질 뿐이고, 끝내 친밀한 관계에는 이를 수가 없었다. 훗날까지 '나'는 그 것이 "둘 다 고지식하고 진지하고 점잖고 자존심 강해서, 그래서 결 정적인 계기를 만들지 못했던" 탓이라고 생각했다. 그러나 오늘에 야 알게 된 그 진정한 이유는 '나'로서는 전혀 상상할 수 없었던 것 이다.

   그때 나는 첫사랑인 그를 위해 기꺼이 구원의 여성이 되고자 했 다. 그러나 그는 방황하고 상처입는 영혼 같은 불필요한 것은 갖고 있지 않았으므로 서정적인 의미의 구원 따위는 필요없었다. 그가 원하는 구원의 여성은 실제적으로 뭔가를 갖춘 여자였다. (162면)

   가슴속에 간직해온 20년 전 첫사랑의 신화가 말짱 거짓이고 환상 의 산물일 뿐이라는 사실 앞에서, '나'는 그토록 경계해왔음에도 또 다시 빠져버린 미망(迷妄), 인생과 사람을 서정적으로 대하곤 하는 자신의 뿌리깊은 습성을 깨닫는다. '농담'이라는 포즈의 절실성을 뼈저리게 느끼고야 마는 것이다. 진지함에 가해지는 세상의 폭력에 대해서 '냉소'와 '위악'이 아니고는 달리 대응할 방법이 없다는 것, 냉혹한 세계와 함께 감상(感傷)을 단적으로 거부하는 것, 이것이 「서정시대」가 내린 또 한번의 결론이다. 그녀의 '농담'에 배어 있는 우울이 하루아침에 형성되지는 않았음을 보여주기에 이 작품은 부 족함이 없다. 그러나 남는 생각이 없지는 않다.
   『타인에게 말 걸기』를 엮고 작가는 "나는 악동과 같은 어긋남을 갖고 소설을 쓰고 싶다"고 한 적이 있다. 또한 『마지막 춤은 나와 함 께』에서는 "제3의 지점을 찾아내려 한다"고 썼다. 「서정시대」의 결론이 아직도 유효함을 보여주는 것이리라. 그러나 한편으로 이는 소설 속의 '나'가 얻은 상처에의 되갚음이 오래 지속되고 있음을 말해주는 것이기도 하다. 세상이란, 과연, 서로 얽혀 속된 배신으로 자기 삶을 꾸려가는 사람들의 터전이고, 그 속에서 살아가기 위해서는 냉정해지고 영악해져야 한다. 자기애로 외벽을 쌓지 않고는 '나'는 지켜지지 못한다. 이것이 「서정시대」의 메시지이기는 하다. 그러나 이것이 작가가 원하는 궁극의 결론일까. 나는 작가의 포즈가 지금 모습 그대로 지속되지는 않을 것이라고 생각한다. 지금까지의 소설들이란 소설 속의 '나'라는 측면에서는 상처를 아물게 하는 처방들이었던 것으로 보이기 때문이다.

*

그녀 소설들의 주조와는 거리가 있는 작품으로 보이는 것이 「멍」이다. 작가로서는 「멍」과 같은, 또 예전의 「빈처」(『타인에게 말 걸기』)와 같은 작품을 쓰는 것이 스스로 꺼릴 만한 일이었는지도 모른다. 작가 자신의 어법으로 말한다면, 「멍」과 같은 계열의 작품은 삶을 '서정적'으로 대하는 이들에게 공감을 표현하고 있기 때문이다. 적어도 외면적으로 이는 「명백히 부도덕한 사랑」이나 「서정시대」의 세계와는 명백히 모순되는 것처럼 보인다. 그럼에도 「멍」이나 「빈처」는 그것대로 극히 자연스럽고, 또 작가가 기꺼이 썼다는 인상을 남기는데 그 이유는 어디에 있을까.

「빈처」로 돌아가보면, 이는 아내의 일기를 훔쳐보는 남자의 이야기이다. 지금의 아내를 오래 따라다녔지만 정작 결혼 후에는 가정에 극히 소홀했던 그였다. 그는 우연히 펼쳐보게 된 아내의 일기장을 통해서 아내가 한 집안을 꾸려나가기에 얼마나 힘겨워하고 있는가를 절감하게 된다. 그러면서도 끝내 가정에 충실해지지는 못하는 그이다. 그런 남편과, 이를 이해하려 하면서도 못내 서운해할 수밖에 없는 아내의 정경이 손에 잡힐 듯이 그려진 작품이 바로 「빈처」이다. 이 작품의 마지막 문장은 "살아가는 것은, 진지한 일이다. 비록 모양틀 안에서 똑같은 얼음으로 얼려진다 해도 그렇다, 살아가는 것은 엄숙한 일이다"였다. 화자가 남편으로 설정되어 있음에도, 그 잠언성으로 말미암아 이 문장만은 어쩐지 이 이야기를 그려낸 작가 자신의 육성이라는 느낌이 강했다는 기억이 있다. '농담' 계열의 그녀의 작품들이 하나의 포즈라는 느낌을 주는 것과는 대조적이라 하지 않을 수 없다. 마치 작가 자신이 그 진지함, 엄숙함을 신뢰하고 있는 것 같다.

그렇다면 「멍」은 어떠할까. 이 작품은 「빈처」보다 늦게 발표되었고, 그 구조 또한 다소 이원적이다. 그 때문인지 똑같이 남자를 화자로 내세우고 있음에도 이 작품의 메시지가 작가의 육성 그 자체라는 느낌은 「빈처」만큼 강하지 않다. 그러나 이 역시 서정적 태도에의 공감이라는 점에서는 일치한다. 이는, 대학교수이자 평론가인 화자가 자신의 아내의 삶과, 한때 운동권이었지만 쓸모없는 인생을 살다 죽어버린 심영규의 아내 한현정의 삶 모두에 공히 연민을 느끼도록 설정한 데서도 뚜렷이 나타난다.

화자의 아내는 남편의 뒷바라지와 아이의 양육으로 긴 시간을 소모해버렸는데, 이제 막 정신을 차릴 만하니 다시 임신을 하고 말았다. 작품의 말미에 그녀는 산부인과에 가 아이를 떼고 오는 것처럼 나타난다. 그러나 그녀의 모습은 한현정의 모습에 비하면 하나의 배경일 뿐이다. 전단을 뿌리다 학교에서 제적되고, 뒤늦게 복교해서 학교를 마치기는 하지만 어느 한 직장에도 정주하지 못한 채 술독에 빠져 살다 교통사고로 죽어버린 심영규의 지순한 아내가 한현정이다. 대학 때의 그녀는 "유복하고 사랑이 많은 집안에서 깨끗하게 씻겨가며 키워진 푸성귀 같은 인상을 주"는 여자였지만, 대학은 졸업도 하지 못한 채 임신 4개월의 몸으로 심과 결혼하고 말았다. 도저히 어울리지 않을 한 쌍이었고, 또 자기 생을 내팽개치다시피 한 심영규의 행태로 보건대, 결코 행복스럽지 않은 생활을 이어왔음에 틀림없는 여인이건만, 한편의 소설로 죽은 남편을 그리는 한현정의 필치는 그에 대한 못다 한 사랑으로 가득 차 있다.

그래도 그는 돌아올 것이다. 다시 한밤중에 문을 걷어차고 새 노트와 펜을 사고, 콧물을 질질 흘리며 딸애에게 반성문을 쓰다가 그것마저 그만두어버릴 것이다. 그는 반드시 그렇게 돌아올 것이다. 늘 입버릇처럼 말하지 않았는가. 너와 함께 늙어가는 것은 거룩한 희망이라고.

지난주부터 나는 뜨개질을 시작했다. 밤이고 낮이고 그의 곁에 앉아 같은 자세로 뜨개질을 한다. 그가 자신의 여행에서 돌아와 맨 처음 찾을 사람이 바로 나라는 것을 너무나 잘 알기 때문에 잠시도 자리를 뜰 수 없다. 그는 내가 뜨개질하는 것을 좋아했으니 지금의 내 모습을 보면 다시 그곳으로 돌아갈 생각 따위는 하지 않을 것이다.

하도 여러번 그의 몸에 대보아서일까. 내가 뜬 스웨터를 입고

있는 그를 수없이 본 것만 같다. 이 스웨터가 그의 옷이 아니라 몸
이라는 느낌까지 든다. (90면)

이와같은 인물을 그려낸 작가의 의도는 과연 무엇인지 독자들은
궁금함을 가져도 될 법하다. 「명백히 부도덕한 사랑」이나 「그녀의
세번째 남자」『마지막 춤은 나와 함께』의 여자였다면 어느 대학 무
슨 과나, 어느 사회에나 꼭 하나씩은 있게 마련인 심영규와 같은 비
렁뱅이 남편을 어떻게 대하였을까. 그녀들 또한 생전의 그에게 그처
럼 지순한 정성을 바치고, 세상을 뜬 그에게 그처럼 안쓰러운 사부
곡을 지어 바칠 수 있었을까. 「명」의 한현정, 「빈처」의 아내는 앞에
서 말한 작품들의 여자와는 정녕 다른 인간들인 것이고, 따라서 작
가가 은희경이라면 「명」과 「빈처」의 여자들에게는 의당 더 냉담한
포즈를 취해야 했던 것이 아닐까.

조금 더 들어가볼 필요가 있다. 「명」과 「빈처」의 여자들이란, 다른
면에서 보면 「명백히 부도덕한 사랑」이나 「그녀의 세번째 남자」에
등장하는 아내가 있는 남자들의 그 아내들이라 해도 과언이 아니지
않을까. 남자가 애인을 거느리고 있는데도, 그것을 아는지 모르는지
모르지만, 그를 위해 식사를 준비하고 옷을 빠는 아내들이란, 바로
「명」과 「빈처」의 여자들과 별다르지 않은 지순한 아내들, 어려움 속
에서도 가족과 가정의 테두리를 지켜가는, 결혼이라는 제도의 굳건
한 한 축을 이루는 존재들이 아닌가. 그렇다면 한편으로는 홀로 살
아감 또는 셋으로 살아감의 논리를, 다른 한편으로는 비록 가끔씩이
기는 하지만 살아가는 일의 진지함, 엄숙함을 그리는 작가의 모순은
어떻게 합리화될 수 있을까.

어느 면에서는, 그같은 모순 자체가 바로 작가 은희경의 본 모습일 것이다. 은희경의 여자들이란 질서일탈자라 해도 실제로는 뿌리 깊은 가족애의 소유자들이거나 그 세례 속에서 성장하고 가족적 질서에 순응하도록 훈육되어온 존재들이다. 이같은 사실은, 여자인물들이 가족과 결혼이란 제도에 예민하게 반응한다는 사실로는 부정되기 어렵다. 「명백히 부도덕한 사랑」의 여자는 처음부터 아내가 있는 남자의 세계에 개입할 의사가 없다. 그것은 파괴되기 어려운 것, 처음부터 벅찬 느낌을 갖고 대할 수밖에 없는 성질의 것이다. 이를 그녀는 다음과 같이 합리화한다.

나는 그가 불안함을 감추고 내 곁에 오래 머물기를 바라지 않았다. 그가 서둘러 떠나고 난 뒤에야 오히려 일과를 마친 듯한 피로와 편안함을 함께 느꼈다. 그가 괜찮은 결혼생활을 가질 수 있다면 그를 위해 좋은 일이었다. 그를 사랑하는 일이 그의 아내의 몫을 뺏는 것이라고 생각했다면 더 많이 차지하려고 그녀를 질투했을까. 그러나 그와 나의 관계는 결혼이나 취직, 진급처럼 누구나 갖추기 마련인 공개적인 신상과는 상관없었다. 나는 그것들을 점유해들어가는 존재가 아니었다. (20면)

남자의 비속성 외에, 바로 이와같은 여자의 태도가 두 사람의 관계를 더이상 친밀해지지 못하도록 만들었던 것은 아닐까. 이제 남자가 자기가 속했던 가족의 세계로부터 벗어나려 하자 그녀는 그와 헤어지지 않을 수 없다. 세상은 딸과 어머니와 아내와 남자로 가득 차 있기 때문이다. 자신의 사랑이 다른 여자의 삶의 터전인 가족을 깨

294

뜨리는 일이 됨을 그녀는 감수할 수 없다. 그 점에서 보면 은희경의 여자들에게 가족은 견디기 힘들지만 감내해야 하는 숭고한 무엇이다. 작가의 소설이 두 계열로 나뉨은 따라서 자연스럽다. 한편에서 그녀는 '농담'으로 지배의 불합리성을 드러낸다. 다른 한편에서 그녀는 연민어린 손길로 제도에 연루된 자들의 '멍'을 쓰다듬는다. 이는 스스로를 향한 손길이기도 하여서 이때만큼은 작가는 '서정'이라는 생의 미망에 빠져들고 마는 것이다.

*

이로써 나는 그녀의 새로운 작품집에 관한 나의 이야기를 마쳐가는 셈인데, 그러나 이 새로운 작품집에는 이제껏 논의하지 않은 몇 편의 작품들이 함께 수록되어 있다. 「행복한 사람은 시계를 보지 않는다」「지구 반대쪽」「여름은 길지 않다」「인 마이 라이프」 등이 그것인데, 이들에는 여타의 작품들에서는 찾아보기 힘든 요소가 담겨 있는 경우도 있고, 작가의 새로운 시도로 읽힐 만한 요소도 없지 않다. 그러나 이와 함께 작가의 피로 또한 엿보인다는 점을 지적하지 않을 수는 없을 듯하다. 「행복한 사람은 시계를 보지 않는다」와 「인 마이 라이프」는 손을 가볍게 풀어서 쓰고자 한 자취가 보이고, 「지구 반대쪽」과 「여름은 길지 않다」라면 이후 그와같은 양상이 더욱 분명해질 때를 기다려보는 것도 좋겠다. 그러나 「명백히 부도덕한 사랑」과 「서정시대」와 「멍」만으로도 이 창작집은 능히 빛난다.

이 새로운 창작집을 접하는 가운데 생각하지 않을 수 없었던 것이 삶의 이면이란 과연 무엇일까 하는 것이다. 작년 말 동아일보에 연재했던 소설 「마이너 리그」에서 작가는 역사의 이면을 지적하고 싶었던 듯한데, 나는 이 이면이라는 것이 논의에 올려져야 할 필요를 느낀다. 사람들은 모두 진실한 듯 태도를 꾸미지만 실은 속되고, 반면에 그 속된 이면에 저마다의 진실을 안고 살아가는 듯하다. 이 가식과 진실의 진정한 이면, 사람들을 저마다 옴짝달싹할 수 없게 만드는, 또는 어쩔 수 없이 그렇게 하지 않으면 안되도록 하는 그 무엇을 쉽사리 찾을 수 없다는 데 소설의 문제성이 있는 것은 아닐까, 생각해본다. 그렇다면 그 가식과 진실로 이루어지는 자기애의 심리는 인간 삶의 보편적 조건일 뿐 더 나은 삶을 위한 출발점은 아닐 것이다. 작가는 이같은 문제를 어떻게 해결해갈 것인가. 재능있는 작가 은희경의 앞으로의 활동에 기대를 걸어본다.